CB010102

1ª edição - Janeiro de 2025

Coordenação editorial
Ronaldo A. Sperdutti

Capa
Juliana Mollinari

Imagem Capa
123RF

Projeto gráfico e diagramação
Juliana Mollinari

Revisão
Enrico Miranda
Alessandra Miranda de Sá

Assistente editorial
Ana Maria Rael Gambarini

Impressão
Plenaprint Gráfica

Av. Porto Ferreira, 1031 | Parque Iracema
CEP 15809-020 | Catanduva-SP
17 3531.4444

www.**lumeneditorial**.com.br
www.**boanova**.net

atendimento@lumeneditorial.com.br
boanova@boanova.net

Dados Internacionais de Catalogação na Publicação (CIP)
(Câmara Brasileira do Livro, SP, Brasil)

Aurélio, Marco (Espírito)
Acerto de contas / pelo espírito Marco Aurélio ; [psicografado por] Marcelo Cezar. -- Catanduva, SP : Lúmen Editorial, 2024.

ISBN 978-65-5792-109-8

1. Romance espírita I. Cezar, Marcelo. II. Título.

24-243881 CDD-133.9

Índices para catálogo sistemático:

1. Romance espírita : Espiritismo 133.9

Eliete Marques da Silva - Bibliotecária - CRB-8/9380

Impresso no Brasil – Printed in Brazil
01-01-25-3.000

MARCELO CEZAR

ACERTO DE CONTAS

ROMANCE PELO ESPÍRITO

MARCO AURÉLIO

À Mônica de Castro, minha comadre.
Amiga de todas as horas, foi com você que aprendi
o real significado da palavra “generosidade”. Pessoas
como você me fazem tremendo bem.

Obrigado por tudo.

1957

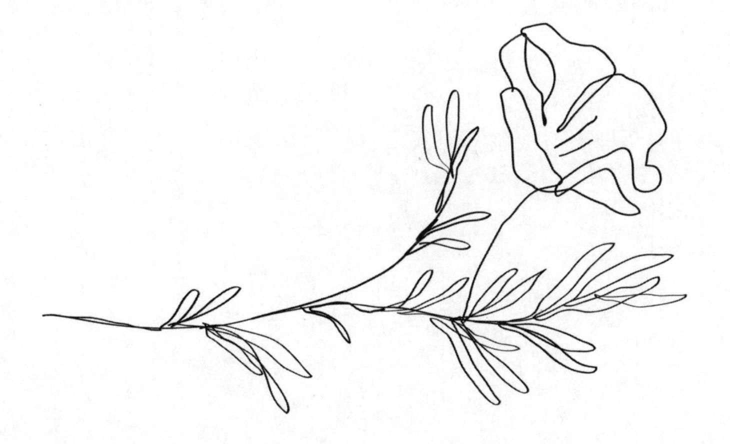

CAPÍTULO 1

Um belo crepúsculo envolvia a cidade de Santos naquele fim de tarde. O brilho alaranjado do sol, atravessando as poucas nuvens no horizonte, refletia sobre as águas calmas do mar, convidando as pessoas a caminhar por entre os belos e amplos jardins ao longo da orla.

Sílvia atravessou a avenida, deixou bolsa e sandálias sobre um banco de cimento no jardim e logo ganhou a areia. Queria estar próximo do mar. Caminhou até tocar a água, sentindo o frescor em seus pezinhos, e fechou os olhos, sorrindo com prazer. Começou a andar, passos lentos, ora apreciando o céu colorido, ora observando algumas crianças que corriam alegres entre petecas e bambolês, causando-lhe imensa sensação de bem-estar.

Embora fosse época de temperatura mais amena, naquela última semana de julho o calor havia predominado, com sol todos os dias, e, às vezes, uma brisa úmida, vinda do mar, soprava ao anoitecer.

Sílvia era filha de um casal de comerciantes que fizera bom dinheiro trabalhando arduamente em uma loja de secos e molhados próximo ao Mercado Municipal, na região central da capital paulista.

O pai falecera quando ela estava com quatro anos. A mãe, dona Eustáquia, continuou à frente dos negócios e, alguns anos depois, casou-se com um comerciante também viúvo, Faruk Chedid, cujo estabelecimento ficava ao lado do dela. Os negócios fundiram-se em um só, ampliaram-se, e o estabelecimento, atualmente, ia muito bem.

Sílvia era filha única. Moça bonita, descendente de italianos e portugueses, tinha a pele alva, estatura média, olhos esverdeados, cabelos castanho-claros, ondulados. O sorriso era encantador. Tinha acabado de se formar normalista no ano anterior e, com planos de se casar, não pensara ingressar em uma faculdade por ora.

Aproveitava o tempo livre para cuidar da casa, grande, por sinal, e vez ou outra, em épocas de datas festivas, ajudar a mãe e o padrasto – a quem considerava um pai – no mercado. Estava com dezenove anos.

Do casamento anterior de Faruk, nasceram Soraia e Jamil. Soraia, também com dezenove anos, se estranhara com Sílvia assim que se conheceram. De personalidade forte, era uma moça que chamava a atenção pelo corpo bem-feito e jeito exuberante de se expressar. Tinha seios fartos, boca carnuda, olhos grandes e expressivos, negros como a noite. Os cabelos, também escuros, estavam sempre presos em forma de rabo de cavalo.

Soraia era uma moça de grande sensibilidade. Ela não tinha conhecimento disso ainda. Nos momentos alegres, não percebia a presença salutar de amigos espirituais. Quando estava nervosa, entrava na negatividade e atraía rapidamente para perto de si energias nada saudáveis. Havia vezes que explodia de raiva e nem se dava conta de que estava acompanhada por espíritos perdidos ou perturbados.

Jamil, vinte e cinco anos, era um homem com traços árabes marcantes. Alto, musculoso, cabelos pretos, chamava a atenção das mulheres pelo porte e pela virilidade. Embora se portasse de maneira bem máscula, dono de uma voz de barítono, que às vezes assustava quem não o conhecia, tinha um bom coração.

Tornara-se naturalmente o irmão mais velho de Sílvia e, por afinidade, o confidente, o amigo, aquele a quem ela podia pedir ajuda em qualquer momento. Essa aproximação entre os dois, a princípio, deixara Soraia cravada no ciúme, aumentando a animosidade entre as irmãs. Com o tempo, porém, Soraia foi se ligando em outros interesses, não mais se importando com o relacionamento amistoso entre os irmãos.

Faruk comprara o apartamento na praia do Gonzaga havia dois anos. Quase não o frequentava porque ele e Eustáquia estavam sempre trabalhando. Precisavam e adoravam estar no mercado atendendo os clientes.

Jamil terminara o equivalente ao Ensino Médio e decidira não mais estudar para se dedicar ao trabalho em tempo integral. Não tinha vontade de fazer faculdade. Muito pelo contrário, tinha tino para os negócios e desejava expandir, crescer, fazer com que o mercado se tornasse uma referência na região, junto ao Mercadão.

Eustáquia, diferentemente das mulheres de seu tempo, desejava que Sílvia e Soraia tivessem curso superior. Como fora mulher que trabalhara e lutara para se sustentar, ia contra o padrão da época, causando escândalo entre pessoas próximas.

Naquele tempo, a maioria das moças terminava o equivalente ao Ensino Médio, engatava noivado e partia para o casamento. Eram talhadas, educadas para ser esposas e mães. Pouquíssimas eram as que se arriscavam e ousavam chegar à universidade. As moças que concluíam o Ensino Superior não eram bem-vistas pela sociedade.

Soraia, embora não fosse tão presa aos costumes da época, não queria saber de estudar. Formar-se professora tinha sido um sacrifício e tanto. Fizera o curso mais por conta do pai, que exigira dela o diploma. Queria mesmo era arrumar um bom partido e casar-se.

Ela estava de olho em Ivan, um jovem recém-formado em Medicina, amigo de Jamil. O problema é que ele também era muito amigo de Sílvia, e esse detalhe a irritava sobremaneira. O que amenizava a irritação era o fato de Soraia contar com a concretização do noivado de Sílvia. Rezava para Olavo pedir logo a mão da irmã lambisgoia em casamento. Era só o que Soraia desejava. Ter o caminho livre para conseguir uma chance real com Ivan. Mais nada.

Sílvia, por sua vez, tinha intenção de continuar os estudos, mas só depois de se casar. Estava apaixonada por Olavo, recém-formado em engenharia no Mackenzie. Eles namoravam havia três anos e ela estava certa de que ele iria noivar e pedir a mão dela em casamento logo depois das férias.

Como sou feliz, pensou, enquanto caminhava pela praia. *Olavo é o homem mais maravilhoso do mundo. Eu o amo tanto!*, refletiu e suspirou.

Conforme ela deu mais um passo à frente, sentiu duas mãos cobrirem-lhe os olhos e uma voz masculina sussurrou em seus ouvidos:

— Se adivinhar quem é, ganhará um beijo nos lábios.

Ela estremeceu de prazer. Levou as mãos dela até tocarem as dele. Sorriu e disse baixinho:

— O amor da minha vida!

Virou-se e era Olavo. Beijaram-se com amor.

— Você veio!

— Sim — tornou ele. — Saí mais cedo do escritório, desci a serra o quanto antes. Queria vê-la. Estava morrendo de saudades.

Abraçaram-se mais vezes. Ele a pegou pela cintura e a rodopiou pelo ar. Depois a beijou novamente. Assim que a colocou de volta ao chão, Sílvia perguntou, preocupada:

— Ficará onde? Sabe que estou com Soraia no apartamento e, infelizmente, você não poderá...

— Calma — ele a interrompeu com amabilidade na voz. — Ficarei na casa da minha tia Emma, na ilha Porchat. Pode ficar sossegada, pois não vou dar motivos para fuxicos. Principalmente para Soraia.

— Que bom! Sabe que ela gosta de arrumar uma briguinha comigo. Aliás, acredita que está assim — juntou os dedos indicadores das mãos — com minha mãe? Amigas inseparáveis?

— Soraia não é má pessoa. É voluntariosa.

— Não gosto quando a defende. Ela gosta de me provocar, isso sim.

— No fundo, vocês se amam.

Sílvia fez uma careta.

— Não creio.

— Claro. Se há raiva, há amor. Tenho certeza. — Olavo a abraçou forte e avaliou: — Eu gosto de provocar você. Fica linda quando está nervosa, de cara amarrada.

— Bobo. Poderá jantar em casa. Eu e Soraia estamos sozinhas. Quer dizer, papai nos obrigou a contratar uma empregada que passa o dia, mas vai embora depois de servir o jantar. Só para ficar de olho na gente — ela riu. — Mamãe e seu Faruk não vão descer a serra. Eles nunca vêm para cá, mas o Jamil virá nos buscar semana que vem. Fim das férias, e então teremos aquele casarão para limpar, arrumar...

Os olhos de Olavo brilhavam de forma diferente, cheios de cobiça. Não prestava atenção ao que ela dizia.

— Não quero jantar em sua casa. Quero ficar com você. Tenho algo a lhe confessar.

— O que foi?

— Ganhei uma bolsa de estudos para fazer um curso de especialização em uma universidade nos Estados Unidos.

Ela exultou de felicidade e o abraçou:

— Que bom! Você sempre quis estudar fora do país.

— Só tem um problema.

— Qual?

— Preciso partir daqui a quinze dias.

— Assim, tão rápido?

— Sim.
— E volta quando?
— Em três meses, no máximo.
Ela o abraçou novamente. Olavo foi categórico:
— E, quando eu voltar, vamos nos casar, Sílvia.
— É o que mais quero. Ser sua e...
Olavo a silenciou com os dedos nos lábios, não a deixou concluir. Ele a puxou pela mão e foram caminhando em direção à avenida, passando pelo jardim.
— Aonde está me levando? Minhas sandálias e minha bolsa estão ali — apontou para o banco próximo deles.
— Surpresa — tornou ele, enquanto apanhava a bolsa e calçava as sandálias nos pés dela.
— Adoro surpresas!
— Vai amar.
— Mas me diga...
Ele a silenciou novamente com os dedos nos lábios.
— Meu carro está do outro lado da avenida. Vamos para a ilha. Hoje seremos só eu e você. Uma noite especial. Só nossa.
Sílvia sentiu um friozinho na barriga, mas nada disse. Concordou. Ela amava Olavo. Mais que tudo na vida.

CAPÍTULO 2

Fazia pouco mais de um mês que Sílvia retornara de Santos. Sentia-se a moça mais feliz do mundo. No entanto, estava desatenta nos afazeres do dia a dia. Não limpava os cômodos como amiúde, esquecia baldes e vassouras no meio do corredor, deixava queimar o arroz... Soraia havia percebido o estado dispersivo e de felicidade excessiva da irmã. Desconfiou.

— Aí tem coisa — disse para si. — Preciso saber o que a princesinha andou aprontando. Vou descobrir.

Depois do lanche da tarde, aproximou-se de Sílvia.

— Estou em dúvida sobre o que separar para o bazar beneficente da paróquia do bairro na semana que vem.

— Você, vir conversar comigo, assim do nada? Sofreu algum tipo de queda, bateu a cabeça no degrau da escada? — questionou Sílvia, sabendo que Soraia sempre chegava junto quando queria algo de próprio interesse ou vinha para brigar.

A outra segurou a respiração e fez de tudo para manter o equilíbrio e não arranhar o rosto de Sílvia com as unhas compridas e afiadas. Fingiu um sorriso:

— Nossa! Você anda nervosa ultimamente. Não sei por que implica comigo. Não tenho culpa se o meu pai se casou com sua mãe e era rico. Eu quero paz.

— Deixe de conversa fiada, Soraia. Vai, desembuche. O que quer?

— Saber sobre as prendas para o bazar da semana que vem.

— Está certo. Qual é a dúvida?

Soraia inventou uma dúvida qualquer sobre xícaras e copos velhos, antigos. Enquanto Sílvia lhe dava explicações sobre o que podia ou não retirar dos armários da copa, Soraia a media de cima a baixo. Sabia que havia acontecido alguma coisa com Sílvia. Estava mais corada, mais animada, mais... solta! De súbito, um pensamento lhe veio à mente: *Será que ela avançou o sinal com Olavo?*

Aquilo ficou martelando em sua cabeça. Em segundos, Soraia retrocedeu no tempo e se fixou no fim de semana em que Olavo fora a Santos visitar a irmãzinha. Lembrou-se de que, na sexta-feira em que ele chegara à cidade, Sílvia voltara ao apartamento quando já passava da meia-noite, com os cabelos molhados, e fora direto para o quarto, de cabeça baixa.

Ela aprontou. É claro que sim! Mas como ter certeza?

Depois de dar uma desculpa esfarrapada para Sílvia, alegando uma ida ao toalete, Soraia sorriu maliciosa:

— Eu vou descobrir o que ela fez. Quem diria! Silvinha...

Passava das nove da noite quando Ivan apareceu na porta da casa e tocou a campainha. Foi Soraia quem o atendeu. O coração bateu descompassado. Abriu largo sorriso ao vê-lo.

— Ivan! Que surpresa agradável! Boa noite.

— Tudo bem? Como está?

— Muito melhor agora. Entre, por favor.

Meio encabulado, Ivan entrou. Ela fez sinal para beijá-lo no rosto, mas ele delicadamente se esquivou e foi entrando como se nada tivesse percebido.

Ivan tinha consciência das investidas de Soraia. Não era bobo. Mas não sentia nada por ela além de amizade. Ela era irmã de Jamil, mais nada. O coração dele, de certo modo, estava fechadíssimo para balanço havia muito tempo, desde... Bom, Ivan evitava pensar no assunto.

— Sente-se, por favor. — Ela lhe indicou o sofá.

Ele se sentou e ela foi logo avisando:

— Jamil ainda não voltou do mercado. Nem papai, tampouco dona Eustáquia. Eu ia até prestar uma ajuda no mercado hoje, mas estou indisposta. — Abaixou a voz: — Estou naqueles dias.

— Não vim por conta do seu irmão.

Ela se animou, mas o sorriso logo sumiu dos lábios quando ele acrescentou na sequência:

— Vim falar com Sílvia. Ela está?

Soraia sentiu o rosto avermelhar-se e uma raiva brotar dos pés, subir com rapidez e abraçar o corpo. Fez tremendo esforço para sorrir.

— Está. Foi só o Olavo viajar que já está todo animadinho. Por acaso ele sabe que você está aqui e quer falar com ela?

— Isso não é da sua conta. Pode me fazer o favor de chamar a Sílvia?

Soraia sentiu como se um peso tivesse sido atirado na direção de seu peito. Nunca Ivan lhe falara naquele tom. De fato, o que a ferira havia sido o tom com o qual ele lhe dirigira aquelas palavras. De uma secura sem igual.

Ele percebeu a grosseria e tentou consertar:

— Desculpe, Soraia. É que estou aflito. Preciso muito falar com sua irmã.

Ela o deixou falando sozinho. Enquanto subia os degraus da escada para chamar Sílvia, gesticulava:

— O que eu fiz para merecer isso? Por que ele me trata tão mal?

Bateu na porta com força e foi entrando.

— Ei, como entra dessa forma? — Sílvia protestou.

— Aqui é minha casa. Sua mãe e você se mudaram para a *minha* casa — enfatizou.

— Fale logo. O que quer?
Soraia sorriu e tornou:
— Você não vai acreditar! Olavo está lá embaixo.
Sílvia desligou a vitrola, jogou a capa do disco de Cauby Peixoto para longe, saltou da banqueta da penteadeira e deu um gritinho de felicidade.
— Não pode ser! Faz duas semanas que Olavo viajou para os Estados Unidos.
— Então há um sósia dele lá embaixo, sentado no sofá da sala.
— Não está de brincadeira?
— Claro que não. Vamos, vou ajudá-la a se arrumar. Aproveite porque hoje estou me sentindo uma boa irmã.
Soraia evitava não rir. Deliciava-se com o excitamento de Sílvia. Ajudou-a a arrumar os cabelos, penteá-los, trocar de vestido, maquiar-se, perfumar-se. Levou uns bons vinte minutos.
Soraia conduziu-a até o espelho e constatou:
— Está linda. Ele vai adorar vê-la assim, toda arrumada especialmente para ele.
— Não estou acreditando que ele esteja aqui. O que será que aconteceu?
— Deve ser a saudade. Vamos, desça. Está igualzinha à miss Brasil, Terezinha Morango. Não tem o que tirar nem pôr.
Sílvia beijou Soraia no rosto.
— Você, às vezes, me surpreende.
— Imagine, irmãzinha! Você é que tem uma impressão ruim a meu respeito.
Sílvia saiu saltitante do quarto, enquanto Soraia, rosto azedo, resmungou:
— Isso mesmo, bobinha. Está mais para Terezinha Abacaxi do que para Morango.
Sílvia desceu as escadas, alcançou a sala e, ao ver Ivan, indagou:
— Cadê ele? Foi para a cozinha?
— Ele quem? Você demorou um bocado!
— Olavo. A Soraia me disse que...
— Olavo está nos Estados Unidos, esqueceu?

Ela se deu um tapa na testa.
— Como fui burra! Caí direitinho na conversa fiada dela.
— Não vá se aporrinhar. Soraia é doidivanas.
— Tenho vontade de subir e arrancar os cabelos dela.
Soraia se divertia no alto da escada:
— Boba sentimental.
Ivan estava com o rosto crispado:
— O assunto é importante. Você poderia sair comigo para dar uma volta?
Ela consultou o relógio no hall da sala. Passava das nove e meia da noite.
— Não sei, não é de bom-tom sair a esta hora. Se a Soraia nos acompanhar...
— O que temos de conversar é confidencial. Não tomarei muito do seu tempo.
— Bom, se é tão importante assim, farei melhor. Vou ligar para o mercado e avisá-los. Falarei com Jamil.
— Perfeito.
Sílvia telefonou para o mercado, conversou com o irmão e, depois que Jamil a tranquilizou afirmando que inventaria uma desculpa aos pais sobre a saída dela, desligou o telefone mais serena.
— Vamos. Jamil me disse que vão chegar tarde e, se eu demorar, vai inventar que você me levou a uma festa e depois ele vai me buscar.
— Ótimo. Venha.
Saíram. Sílvia entrou no carro de Ivan. Da janela do quarto, Soraia dedilhava a cortina para espiá-los:
— Saindo juntinhos, confidenciando segredinhos. O que será que você fez de errado, Silvinha querida?
Soraia não percebeu, mas um vulto de mulher encostou ao lado dela e sussurrou em seu ouvido:
— Ivan é meu e de mais ninguém!
Soraia sentiu um calafrio percorrer seu corpo e um leve enjoo. Passou as mãos pelos braços e deitou na cama. Apanhou uma revista e começou a ler a fim de espantar a sensação de mal-estar.

CAPÍTULO 3

Acomodados em uma lanchonete perto de casa, Ivan pediu dois milk-shakes e afirmou, sério:

— Preciso conversar com você algo muito, mas muito grave.

— Falando desse jeito, parece que vai lançar uma bomba sobre minha cabeça, ou no meu colo.

— Mais ou menos.

— O que está acontecendo, Ivan?

— Sabe que a tia de Olavo é muito rígida nos costumes e o criou de maneira bastante severa também, não?

— Sim. Dona Emma nunca aprovou nosso namoro. Alega que a minha linhagem não é pura, que sou descendente de italianos com portugueses e que minha mãe se juntou a um libanês. Puro preconceito.

— Sim. Preconceito total. Só que, na cabeça da velha, Olavo deveria namorar uma moça inglesa ou norte-americana. Emma foi casada com um engenheiro da Light. É filha de ingleses.

— E por conta disso Olavo tem de se casar com uma inglesa ou norte-americana? Que absurdo!

— Emma o criou com rédeas curtas, sempre escolheu as namoradinhas, fazia chantagem em relação à herança. Sabe o quanto Olavo tinha e tem horror à pobreza.

— Sei, sim. Todavia, ela permitiu o nosso namoro. Estamos juntos há três anos. Não acredito que ela seja tão rígida assim. Você, por mais amigo que seja, às vezes exagera em suas conclusões. O fato é que Emma fez de tudo para que Olavo ganhasse bolsa para estudar nos Estados Unidos. Vai fazer especialização em sua área, pois há parceria entre a universidade que ele cursou aqui e uma instituição em Boston.

— Isso tudo eu sei, Sílvia. — Ivan mordiscou os lábios. — Havia o programa de pós e um estágio em uma empresa de renome...

Sílvia o interrompeu:

— E daqui a poucos meses, estabilizado, com emprego, Olavo voltará, vai pedir a minha mão em casamento e vou com ele para lá. Eu vou desistir de viver no Brasil. Está tudo acertado. Olhe o anel de noivado que ele me deu em Santos.

Sílvia esticou a mão direita e mostrou o anel com a pedrinha brilhante. Ivan sentiu um nó na garganta. Ia falar, contudo, a garçonete aproximou-se com os copos. Ivan bebericou seu milk-shake e Sílvia fez um gesto com as mãos e jogou o rosto para trás.

— Esse milk-shake está com cheiro esquisito. — Afastou o copo e continuou: — Fizemos planos, sabe? Vamos viver em Boston, ou em qualquer outra cidade. Depois teremos nossos filhos, um casal, porque eu sempre quis ter dois filhos. Vamos criá-los de uma maneira menos austera e mais amorosa e, com o passar do tempo, penso em ingressar em uma universidade, trabalhar como a maioria das norte-americanas. Há muitas coisas que sonhamos fazer juntos. Para toda uma vida! — tornou, emocionada.

Ivan pousou suas mãos sobre as dela.

— Eu gosto muito de você. É uma amiga muito querida, uma pessoa muito especial, por quem nutro um sentimento também especial. Eu estudei com Jamil até o fim do colégio, frequentei bastante sua casa, vi você crescer. Tenho um carinho imenso por você, Sílvia.

— Eu também o admiro muito, Ivan. Tenho um profundo carinho por você. É um irmão, também. Aliás, considero você e Jamil os irmãos que não tive.

— Por isso preciso ser franco, direto. Não quero rodeios, usar meias-palavras.

— Então fale. Sem rodeios — ela exigiu, encarando-o.

— Olavo se casou na semana passada.

A frase teve o efeito de um soco na boca do estômago. Sílvia questionou:

— O que disse?

— Olavo se casou na semana passada, em Boston.

Tudo começou a girar à sua volta e logo escureceu. Sílvia desmaiou.

No hospital, uma simpática enfermeira veio conversar com Ivan.

— É parente da moça que está em observação?

— Não. Sou amigo.

— Preciso que alguém da família venha assinar uns papéis. Pura burocracia.

— Ela vai ficar bem?

— Sim. Mas ficará em repouso. Vamos liberá-la se o senhor puder trazer um parente.

Ivan pensou e, imediatamente, Jamil veio-lhe à cabeça.

Preciso dele aqui. Dona Eustáquia não pode se aborrecer.

Saiu do hospital com o carro em disparada e foi em direção ao mercado. Quando estacionou e desceu do veículo, Jamil baixava as portas do estabelecimento.

— Sabia que iria encontrá-lo aqui ainda — afirmou Ivan.

— Noite de sexta-feira. Fechamos mais tarde. Em compensação, amanhã trabalharemos só até as duas da tarde.

Ivan subiu o degrau e abraçaram-se num gesto afetuoso.

— O que faz aqui a essa hora? Está precisando de alguma coisa? Não estava com Sílvia?

— Estava. Quer dizer, estou. — Ivan olhou para os lados e indagou: — Cadê seus pais?

— Acabaram de sair. Eu vou encontrar um cliente, que virou amigo, no centro da cidade para beber, conversar.

Ivan sorriu.

— Infelizmente, vai ter de dar o bolo em seu amigo. Sou portador de más notícias.

Ivan explicou o ocorrido. Jamil ficou sensibilizado.

— Pobrezinha. Deve estar muito mal.

— Sim, está. Arrasada.

— Diga-me: Olavo agiu de má-fé?

— Não sei ao certo. Ele havia conversado comigo sobre essa possibilidade. Disse que a tia o estava colocando contra a parede, exigindo que se casasse com Dorothy. Mas ele achava que a tia não chegaria a tanto; que, tão logo ele chegasse aos Estados Unidos, ela cederia. Por três anos ela não se opusera aos encontros dele com sua irmã. Até tratava Sílvia bem.

— Fez tudo certinho — ajuntou Jamil.

— Como assim?

— Olavo sempre soube que iria embora e teria oportunidade melhor no exterior. Deve ter conversado com a tia, dito a ela que, enquanto não tivesse a viagem resolvida, precisava namorar. A velha Emma foi esperta. Deixou o sobrinho aproveitar-se de Sílvia. E agora ele se foi. Fez o que tanto quis.

— Olavo não seria esse monstro.

— Não sei. É questão de ponto de vista. Ele fez o que julgou melhor para si.

— Ferindo o sentimento dos outros?

— Ele terá de prestar contas à própria consciência. Os atos praticados por ele são responsabilidade dele.

— Só não entendo por que se casar tão rápido.

— Dinheiro, Ivan.

— Como assim?

— Grana. No caso, dólares! Muitos dólares. Emma deve ter feito a cabeça do sobrinho.

— De que forma?

— Ora, Olavo é o único herdeiro dela. Entretanto, é sobrinho, não é filho. Emma pode dispor de sua fortuna da forma que bem entender. Eu conheço você muito bem, do mesmo modo que conheço o Olavo. Ele é homem, pode até ter um bom coração, mas o dinheiro, a estabilidade, a segurança econômica, todas essas questões são mais importantes para ele.

— Olavo sempre foi ligado em valores, em status. Com isso, tenho de concordar.

— Ele nunca trabalhou, zombava de mim porque saía do colégio e vinha ajudar meu pai na mercearia. Dizia não ter nascido para botar as mãos no pesado.

— É. Sempre foi um *bon-vivant*. Mas ele ama sua irmã.

— Sei. Tenho certeza de que ele ama Sílvia e deve ter sido difícil fazer a escolha. Mas o amor, para ele, pode ser guardado, esquecido, trocado, manipulado... já o dinheiro, não. É uma questão de valores, materiais e morais. Cada um é um.

— Nossa, Jamil. Você não sente raiva do homem que está fazendo sua irmã sofrer?

— Não, meu amigo. Ninguém faz ninguém sofrer. Nós é que nos entregamos às ilusões. Criamos expectativas, somos levados a acreditar que o mundo deve ser como o idealizamos. E, se não sair como sonhamos, culpamos o outro, o mundo, Deus, a vida, arrumamos sempre um bode expiatório para condenar. A desilusão pode ser dura, mas é a visita da verdade. E a verdade cura a alma.

Ivan calou-se. Engoliu aquelas palavras e ficou a meditar, refletindo sobre as próprias ilusões. Quais eram as ilusões que ele, Ivan, tinha sobre a vida?

CAPÍTULO 4

No hospital, depois de assinar os papéis, Jamil deu meia-volta para ir à salinha onde Sílvia repousava quando foi abordado por um dos médicos plantonistas:

— É parente da moça que está repousando ali naquela sala — apontou —, no fundo do corredor?

— Irmão — respondeu Jamil, já acostumado com o parentesco e com a afinidade que tinha com Sílvia.

— Preciso lhe revelar algo muito sério.

— Pois diga.

— Ela precisa repousar. Muito.

— Está doente?

— Não. Está grávida.

Ele mordiscou os lábios, respirou fundo. Não ficara chocado com a notícia, embora, naqueles tempos, uma mulher solteira e grávida era algo digno de repúdio e escândalo. A família da moça sentia-se manchada em sua honra, e a sociedade lhe apontava dedos acusadores. Era uma espécie de linchamento moral. Um horror.

Jamil era um rapaz sensível, de alma nobre, cujos valores não eram pautados pelos ditames sociais. Não se baseava no conjunto de regras que regia a conduta da sociedade. Considerava esse conjunto hipócrita, falso, raso, em que as pessoas tinham que seguir padrões preestabelecidos, deveriam pensar de uma determinada forma e não podiam expressar o que sentiam.

Estava acostumado a lidar com o público desde garoto, pois, atendendo atrás do balcão do mercado, conhecera todo tipo de gente. Tinha conhecimento de que homens e mulheres que entravam no estabelecimento vestiam-se com elegância, tinham posição, sobrenome, faziam questão de mostrar o poder que possuíam dentro da tal pirâmide social, porém, por trás daquele verniz, marcavam encontros secretos, tinham amantes, frequentavam bares e cabarés, ou eram viciados em algo ou alguma coisa para, escondidos, viver o que de fato eram: pessoas comuns que ansiavam por um tiquinho de prazer e felicidade.

Jamil não julgava, não condenava e acreditava que as pessoas tinham o direito de escolher ser e fazer o que quisessem de suas vidas, pois tinha em mente que todos, incluindo a si próprio, eram responsáveis por tudo o que lhes acontecia na vida. Para Jamil, não havia vítimas.

Sílvia não era uma vítima de Olavo. Mas ele gostava tanto dessa irmã de coração que faria tudo para ajudá-la, pois sabia que o mundo, fora do hospital, a trataria de forma brutal.

Ele caminhou até a salinha. Sílvia, ao vê-lo, sorriu e fez sinal para levantar-se. Jamil foi logo dizendo:

— Não. Fique sentada. — Aproximou-se, beijou-a na testa e pegou sua mão. — Como se sente?

— Do desmaio ou da surpresa desagradável?

— Dos dois.

— O desmaio foi coisa boba. Quando o milk-shake chegou, senti um cheiro que embrulhou meu estômago. Passou. Agora, saber que Olavo se casou com uma gringa na semana passada ainda está difícil de assimilar...

Sílvia terminou de falar e algumas lágrimas escorreram pela face, enquanto uma mão alisava a outra, com o dedo que sustentava o anel de noivado. Jamil passou o dedo com delicadeza sob os olhos dela e contemporizou:

— Agora deve pensar em sua vida sem Olavo.

— Eu planejei uma vida ao lado dele. Como esquecer tudo de uma hora para outra?

— Imagine que ele morreu.

Sílvia arregalou os olhos.

— O que quer que eu faça? Que fique de luto?

— Não. Mas comporte-se como se ele tivesse morrido. Quando alguém morre, não há mais condições de a pessoa estar em nossa vida, fisicamente falando. Somente na memória.

— Você um dia me disse que acredita na continuidade da vida. Então, se morre, pode voltar.

— Não sou estudioso do assunto, contudo, não é bem assim.

— No caso de Olavo...

— Imagine que ele morreu, está em outra dimensão. E que um dia, talvez, lá na frente, poderão se reencontrar.

— Ele é o amor da minha vida.

— Será?

— Como pode duvidar, Jamil?

— Não estou duvidando. Acredito que na vida tudo acontece para o nosso melhor. Se é para ser, acontece. Se não é para ser, não vai, emperra, não acontece.

— Não entendo.

— Se fosse para você e Olavo se casarem, não haveria obstáculos, barreiras, nada. Tudo seguiria de forma tranquila. Se houve uma mudança no meio do caminho que os separou, se ele mudou de ideia, então, não era para ficarem juntos.

— Eu tenho certeza de que ele não mudou de ideia. Quem o pressionou foi a megera da Emma. Sempre a tia! — Sílvia suspirou. — Ela é a culpada.

— Não. Não há culpados. Olavo fez uma escolha. Simples assim. Aceitar o que não dá para mudar traz serenidade ao coração. Porque não dá para reverter a situação, dá?

— Não, não dá.

— Você não vai sair daqui feito louca e ir até os Estados Unidos para tirar satisfações, vai?

— Bem que eu queria.

— A troco de quê? Ajudaria em algo? Olavo tomou sua decisão. Fez uma opção. Por mais dolorido que possa ser para você, respeite.

— Mas eu o amo. — Nova lágrima desceu pelo canto do olho.

— Quem ama liberta, Sílvia. Entenda isso.

— Duro de entender...

— O amor nada mais é do que um meio de libertação, não de apego. Quem ama de verdade aprende a respeitar a liberdade de escolha do ser amado.

Aquelas palavras tocaram fundo em Sílvia. De repente, uma sensação de paz a fez esboçar um sorriso.

— Você sempre me acalma. Se existem mesmo vidas passadas, tenho certeza de que fomos irmãos em outra vida.

— Não tenha dúvida. Eu amo você, como irmã. Os laços que nos unem são de carinho, afeto e respeito.

— Sinto o mesmo por você.

— Por esse motivo, há algo que preciso lhe dizer agora. E, lembre-se, estarei ao seu lado para o que precisar. Conte comigo.

— O que é?

— Você está grávida.

CAPÍTULO 5

O casamento de Olavo e Dorothy foi realizado numa igrejinha simpática no centro de Cambridge, área metropolitana de Boston. A festa, destaque à parte, com direito a coluna em jornal, reuniu a nata do estado de Massachusetts. A lua de mel foi em Paris.

Além do mais, vale ressaltar que um dos avós de Dorothy havia sido dono da maior fábrica de vidros do país, localizada por muitos anos em Cambridge e, por essa razão, fora por muito tempo a maior empregadora da cidade. A família dela tinha prestígio. E dinheiro, muito dinheiro.

Dorothy era uma moça bonitinha e voluntariosa. Estatura média, cabelos ruivos, pele bem branquinha, muitas sardas no rosto, no colo e nos ombros. Os lábios eram sedosos. Os olhos, verdes e expressivos. Possuía uma voz doce que, de certa maneira, compensava toda a teimosia que possuía.

Ela seduzia pela voz e pelo olhar enigmático. Dorothy sabia como convencer e manipular quem quer que fosse. Filha única, perdera a mãe muito cedo e fora muito mimada pelo pai.

No entanto, não crescera uma menina fútil e enjoadinha, chata. Longe disso. Dorothy era o tipo de pessoa que sabia o que queria, como queria. Viera ao mundo para fazer acontecer e, obviamente, tudo tinha de ser e sair do seu jeito. Não nascera para ser submissa ou para ceder com facilidade, e sim para mandar, delegar. Tinha bom coração, era firme, justa, mas fazia o estilo osso duro de roer.

Dorothy era a princesinha do pai, que atendia a todos os seus caprichos, porque James, o velho, a respeitava. Ela era o tipo de pessoa que impunha respeito, conversava olhando nos olhos. Jamais abaixava a cabeça. Para nada.

Olavo, a princípio, não se encantara por ela. Achara-a muito dona de si, estilo rebelde. O primeiro beijo, de certo modo, causara-lhe um excitamento. Entretanto, no segundo encontro, quando o pai dela lhe revelara a pequena lista de propriedades, joias e dinheiro em aplicações financeiras que Dorothy herdaria, os olhos, assim como o coração de Olavo, sofreram súbita transformação.

Ali, ao encarar Dorothy, viu sua galinha dos ovos de ouro.

Ela é voluntariosa, brava. Eu vou domar essa mulher, disse para si em pensamento. *Todo esse dinheiro fará com que me apaixone rapidinho por essa fera.*

Ivan lutava contra os pensamentos e queria acreditar que Olavo havia feito uma escolha dura, difícil. Mentira. Pura balela. Naquele momento, Olavo nem pensou em Sílvia. Nem lhe passou pela cabeça escrever uma carta para ela, desculpando-se ou rompendo o noivado, nada. Agiu de forma fria, porque ele sabia, desde sempre, que o romance com Sílvia tinha começo, meio e fim.

Para não parecer um patife, jurou a Ivan que fora obrigado a tomar a decisão mais difícil de sua vida, que tia Emma o pressionara, enfim, inventara um drama do tamanho de um bonde para impressionar o amigo e não parecer tão canalha. Por isso, Ivan estava com pensamentos contraditórios em relação à decisão do amigo. Não sabia se acreditava em Olavo ou na intuição de Jamil.

A bem da verdade, ninguém consegue estancar o que sente. Olavo acreditou que, jogando para baixo do tapete todo o amor puro e verdadeiro que sentia por Sílvia, ficaria livre e imune a esse sentimento, como se sentir fosse algo racional, comandado pela cabeça, esquecendo que, nos assuntos afetivos, o coração sempre está ali, pronto para dar as cartas.

Levaria alguns anos, ainda, para Olavo descobrir que o amor verdadeiro é um sentimento tão precioso e profundo que, quando encontrado, é preciso ser valorizado.

❋

Olavo estava apreciando a Torre Eiffel da janela do quarto quando Dorothy o abraçou por trás, seminua. Olavo era fluente em inglês e conversavam nesse idioma com naturalidade.

— Acordou faz tempo, querido?

— Não. Estava apreciando a vista. Já faz dez dias. Amanhã vamos embora e começaremos nossa vida de casados — comentou ele, sem desviar o olhar, enquanto soltava baforadas do cigarro pela janela afora.

— Estou tão feliz. Nunca pensei que fosse me casar com um estrangeiro. Com um *hombre*! — Ela tentou misturar os idiomas. — Você vai me ensinar seu idioma, não? Quero *hablar* direitinho a sua língua e entender as músicas cantadas por Carmen Miranda.

Olavo fechou os olhos e suspirou. Voltou-se para Dorothy e fixou seus olhos nos dela:

— Eu já lhe disse mil vezes que no Brasil falamos português. Não falamos espanhol.

— Não é a mesma coisa?

— Não. Claro que não. São idiomas parecidos, mas diferentes.

Ela deu de ombros.

— Está certo, *señor*. Faça como quiser.

Ele bufou.

— Não tem jeito, mesmo. É burra — falou em português. Em seguida, entrou no banheiro e bateu a porta com força.

Claro que Dorothy entendeu, pela maneira como ele despejou aquelas palavras.

— Está descontrolado — silabou. — Não posso deixar Olavo nervoso logo na lua de mel. Já sei o que fazer para deixá-lo mansinho. Mamãe não me ensinou, porque morreu cedo, mas sei o que dá resultado. — Sorriu de forma maliciosa.

Ela ajeitou os cabelos em frente ao espelho sobre a cômoda, borrifou um pouco de perfume sobre o pescoço e o colo. Depois passou um pouco de batom e beijou o espelho, sorrindo ao ver a marca dos lábios.

— São lindos!

Em seguida, apanhou uma caixinha e pegou uma balinha de menta. Com delicadeza, Dorothy abriu a porta do banheiro. Olavo estava com o corpo imerso na banheira coberta com água morna e sais, tentando relaxar, olhos fechados.

Ela entrou sem fazer barulho, pés descalços. Tirou a roupa e, nua, aproximou-se da banheira.

— Hoje eu acalmo esse homem!

CAPÍTULO 6

A notícia da gravidez caiu como uma bomba sobre a família. Dona Eustáquia teve chiliques, passou mal, desmaiou. Todos foram acudi-la, menos Sílvia, que estava destroçada numa poltrona, de tanto que chorava.

Soraia correu até a cozinha e voltou com um pano com álcool e um copo com água e açúcar. Aos poucos, Eustáquia voltou ao normal. Chorosa, perguntava:

— O que fiz para você me aprontar um desatino desses? Sempre fomos tão amigas. Por que, Sílvia? Por quê?

Sílvia não respondia, chorava copiosamente. Soraia tentava amenizar a situação, passando as mãos nas de Eustáquia. E pensou: *Eu poderia tripudiar sobre a situação, mas até sinto pena de Sílvia. Eu não gostaria de estar no lugar dela.*

Seu Faruk, sentindo-se responsável por Sílvia, experimentou um sentimento doloroso de impotência e fracasso. Era como se tivesse falhado na educação que tentara dar, fracassado por completo nos valores que tentara transmitir aos filhos.

Todos estavam estarrecidos. Até Jamil, que era o mais compreensivo e segurava a mão de Sílvia, não sabia ao certo o que fazer. Entendia os sentimentos de Faruk e Eustáquia. Não podia repreendê-los. Estava um tanto perdido.

A energia do ambiente estava conturbada, uma onda de medo pairava no ar. A negatividade se fazia presente e foi fácil para que um vulto de mulher pudesse ali entrar e grudar-se em Soraia. Ela nem percebeu a aproximação.

De repente, Soraia tirou as mãos das de Eustáquia, cruzou os braços e seus olhos brilhavam excitados. Era um brilho estranho, cujos ingredientes continham desprezo, alegria, raiva e uma pitada de desdém.

Ao encarar Sílvia prostrada no sofá, cabeça baixa, lágrimas escorrendo sem parar, sentiu uma onda de contentamento invadir-lhe o corpo. Lamuriou, numa voz baixa:

— Idiota, estúpida. Deixou-se seduzir e, ainda por cima, engravidar. Como pôde ser tão burra?!

— O que está resmungando aí no canto? — quis saber Jamil.

— Nada. Só estou vendo essa cena patética, apreciando sem moderação. Posso?

— Podia ter um pouco de compaixão.

— Sei. Ela abre as pernas para qualquer um, engravida não sei de quem, suja o nome da família, e eu é que tenho de ter compaixão?

Jamil respirou fundo para não se irritar. Faruk entrou na sintonia do espírito colado a Soraia e emendou:

— Isso mesmo! Onde já se viu repreender a minha filha? Ela nada fez, Jamil. Foi Sílvia quem manchou nossa honra. Ela acabou com nossa reputação. O que faremos agora? O que diremos aos vizinhos, aos amigos?

— É com isso que estão preocupados? — Jamil estava perplexo.

— E quer que estejamos preocupados com o quê? — indagou o pai. — Essa está perdida. Não tem mais jeito. Precisamos tomar providências imediatas.

— Quais providências? — Sílvia se manifestou pela primeira vez, os olhos inchados de tanto chorar.

A mãe levantou-se e Soraia aproximou-se de Eustáquia, amparando-a.

— Venha, dona Eustáquia, eu a ajudo a subir para descansar.

— Quero morrer — dramatizava a mulher.

— Não vai morrer. Levarei a senhora para o quarto, ajudarei a trocar de roupa e deitar-se. Precisa de repouso. O que Sílvia fez não tem perdão. Eu a entendo — asseverou, enquanto encarava Sílvia com ar irritadiço.

Enquanto as duas subiam os degraus, Jamil repetiu praticamente o que Sílvia havia indagado:

— Que providências vai tomar?

Faruk foi categórico:

— Mandá-la para longe, para a casa de algum conhecido, mas distante daqui. Não podemos passar por essa vergonha.

— Não conhecemos ninguém — Sílvia disse baixinho.

— Tenho amizade com um padre que é freguês antigo do mercado. Ele poderá me ajudar.

— Mas esse tipo de situação fará com que, depois que meu filho nascer, eu tenha de entregá-lo para adoção.

— Isso mesmo — advertiu Faruk.

Sílvia apertou a mão de Jamil. Ele a encarou e fez sinal para que nada dissesse por ora. Ela compreendeu e ele tomou a palavra:

— Está certo. O senhor tem razão. Vamos fazer isso a que se propõe. Converse com o padre o mais rápido possível.

Faruk deu um longo e profundo suspiro. Em seguida, também subiu para tentar descansar.

Sílvia cochichou:

— Por que concordou com ele? É um absurdo!

— Eu sei. Só estou ganhando tempo.

— Ganhando tempo?

— Sim. Precisamos conversar com Ivan.

— Contar a ele?

— Claro. Ele vai nos ajudar.

— Tenho vergonha.

— Sílvia, deixe de ser arrogante. Nesse momento, precisa aceitar todo tipo de ajuda e, para isso, precisa passar por cima do orgulho.

— Não é fácil.

— Também não é impossível. É um desafio. Vamos, estou do seu lado. Ivan é seu amigo. Vai nos ajudar, antes que papai converse com o padre. Confie em mim.

*

Ivan era o filho caçula de três irmãos. Todos homens. Os dois mais velhos, também médicos, já estavam casados, tinham filhos. Um havia se mudado para o Rio e outro recebera convite para dirigir um hospital em Campinas, no interior do estado.

Ivan era um rapaz simpático. Tinha traços bonitos, porte elegante, a pele clara, olhos castanhos, os cabelos sempre jogados para trás e usava óculos de grau. Não era um galã de cinema, mas era um tipo interessante. Exalava carisma, simpatia e, acima de tudo, tinha bom humor e acreditava que sempre havia solução para todo tipo de problema.

Tivera uma namorada, Ivete. Acreditara que ela fosse a mulher com quem iria se casar e viver para sempre ao seu lado. Chegaram a noivar. Mas Ivete morrera afogada durante um feriado, no litoral. Um acidente bobo, uma morte inesperada, que arrasara Ivan e fechara seu coração para novos relacionamentos.

Ivan não acreditava na continuidade da vida após a morte e, por conta disso, era-lhe muito duro lidar com o sentimento de perda da noiva amada.

Ele nunca mais quis saber de envolvimento afetivo. Isso ocorrera quando ingressara na faculdade, já fazia um bocado de anos. Sabia que Soraia arrastava as asas para cima dele, porém não queria saber de mulher nenhuma em sua vida. Nunca mais. Morreria solteiro.

De mais a mais, Ivan estava começando a clinicar, especializara-se em obstetrícia. Queria ajudar mulheres a trazer uma nova vida ao mundo, já que perdera o amor de sua vida de maneira que ele julgava inexplicável. Para Ivan, cada nascimento realizado por ele era uma vingança contra a morte de Ivete, que se fora do mundo tão jovem.

Apesar de não ser adepto da espiritualidade, era homem de alma sensível. Naquela tarde, ele estava lendo *O lustre*, de Clarice Lispector, sua escritora predileta, quando a campainha tocou. Sua mãe atendeu, e em seguida Sílvia e Jamil estavam na saleta de leitura, à sua frente.

Ivan levantou-se surpreso:

— Vocês! O que fazem aqui? Que surpresa agradável!

A mãe dele os deixou à vontade e se retirou, fechando a porta atrás de si.

Jamil sorriu e declarou:

— Temos algo sério para conversar. Precisamos de sua ajuda.

— Sentem-se, por favor. — Indicou um sofazinho ao lado.

Sílvia sentou-se, um pouco acabrunhada. Ivan notou o semblante avermelhado e perguntou:

— Você está bem? Não está com bom aspecto. Quer que eu a examine?

Jamil interveio:

— Sem meias-palavras, meu amigo. Sílvia está grávida. De Olavo, claro.

Ivan estancou o passo. Ficou parado olhando para Sílvia. Não sabia se a abraçava ou xingava por ter se deixado seduzir por Olavo tão facilmente. Mil pensamentos passaram por sua mente. Sentiu raiva, muita raiva. Mas raiva de Olavo.

Só conseguiu dizer:

— Precisamos contar a Olavo.

Sílvia deu um salto do sofá.

— De jeito nenhum. Você nunca vai falar nada. Nem você, nem eu, tampouco Jamil.

— Mas se ele é o pai...

Ela o interrompeu:

— Não interessa, Ivan. Ele fez a escolha dele. Está casado com outra, vivendo em outro país. Não quero ser um peso, ser a outra, a amante latina que vai viver de migalhas com um filho bastardo a tiracolo. Tenho minha dignidade.

Ele se emocionou.

— Você vai ter o filho!

— É claro! Vou ter e preciso de sua ajuda, porque seu Faruk quer me mandar para longe. Quer que eu tenha a criança e a entregue para adoção. Não vou fazer isso, nem que tenha de fugir.

Jamil a tranquilizou:

— Calma, Silvinha. Não vai precisar de atos extremos. Nada de fugas noturnas, atos desesperados. Vamos dar um jeito.

— Eu vou ter meu filho. Só que não tenho dinheiro, não tenho como me virar por agora. Eu só peço que me ajudem, me deem um emprego, me indiquem uma pensão, enfim...

Ivan emocionou-se com tamanha firmeza, coragem e sinceridade. E foi de supetão que as palavras saltaram de sua boca:

— Quer se casar comigo?

CAPÍTULO 7

Jamil estava aliviado e feliz. Se pudesse, gritaria toda essa felicidade. O pedido de casamento de Ivan tinha sido uma solução inesperada e perfeita.

Ivan e Sílvia eram muito amigos. Ela estava grávida de algumas semanas, portanto, ele, como obstetra, poderia afirmar que o parto da criança tinha sido feito de oito meses por conta de diabetes na gravidez ou algo do tipo. Ninguém suspeitaria de nada. Ficaria tudo bem para eles, para a sociedade e, principalmente, para a criança, que teria um pai maravilhoso, um lar, uma família de verdade, e não sofreria preconceito, não seria apontado na rua como um filho bastardo.

— A vida é fantástica! Acaba por fazer com que tudo dê certo. Estou muito feliz e, agora, não gostaria de ir para casa. Queria dar uma volta, tomar novos ares.

Murmurou essas palavras enquanto dobrava a avenida São Luís, no centro da cidade, e observava o burburinho frenético formado por pessoas, carros e bondes. Parou em frente a um bar, respirou fundo e disse a si mesmo:

— É aqui. Coragem, Jamil.

Entrou. Era um bar sofisticado, frequentado por homens de terno e gravata. Jamil estava só de camisa e calça social, por isso, foi barrado na porta.

— Não sabia que era preciso usar terno e gravata.

O segurança, notando o nervosismo, sorriu:

— Não se aborreça. Logo ali — apontou para fora —, no Pari Bar, não há necessidade de usar terno e gravata. Ali você não será barrado.

— Obrigado.

Jamil saiu e entrou no outro bar. Havia gente mais jovem entre os frequentadores. Ele se sentou a uma mesa e pediu um guaraná. Minutos depois, alguém tocou em seu braço.

— Jamil!

— Paulo! — exclamou surpreso.

O outro também pediu um guaraná e sentou-se ao lado de Jamil. Era um pouco mais velho do que Jamil, trinta anos, rosto quadrado, ainda afeito ao uso de barba. Paulo era professor de História da Universidade de São Paulo (USP), lecionava ali perto, na Maria Antônia.

— Eu estava dobrando a quadra no sentido da Consolação quando o vi saindo do Barbazul.

Jamil o olhou meio sem graça.

— Eu deveria saber sobre o uso da gravata. Se temos de usá-la para ir ao cinema, não me causa estranheza ter de usá-la também para frequentar um bar sofisticado.

— Não está acostumado. Por que não veio me encontrar na sexta-feira? Eu fiquei esperando você na porta do Barbazul.

— Tive uns problemas de família para resolver. Não tive como avisá-lo. Desculpe.

— Tudo bem. Acreditei mesmo que algo tivesse acontecido. Fui beber com Herculano, depois fui para casa.

— Você e Herculano estão sempre juntos. São amigos há muito tempo?

Paulo suspirou e ficou pensativo:

— Desde a infância. Embora rebelde, é um grande amigo e, como não tive irmãos, eu o trato como se fosse um. Eu o entendo e ele me entende. Era para estarmos juntos, mas ele tinha programa com uma garota. Coisas de Herculano.

— Você sempre anda por esses lados da cidade?

— Moro na Marquês de Itu, aqui perto. Alguns de meus alunos frequentam os bares aqui da região.

A naturalidade com que Paulo falava deixou Jamil à vontade para indagar:

— Desculpe a intromissão. É meu cliente no mercado há anos, agora somos amigos, nunca tivemos conversas mais íntimas. Sei que era casado até pouco tempo atrás. É unha e carne com Herculano. Marcou de conversarmos naquele bar — apontou. — E agora estamos neste. São lugares, bem, são lugares diferentes, frequentados só por homens. Você, por acaso, é...

Paulo sorriu e completou:

— Quer saber se sou homossexual? Ou bissexual?

Jamil fez sim com a cabeça, meio constrangido.

— Não, Jamil. Eu gosto de mulher. Herculano também. É que sempre fui uma pessoa de mente aberta, estudei História e leciono a matéria tentando mostrar aos meus alunos que não devemos ter preconceito de raça, cor, condição social, orientação sexual. Temos lutado há tantos séculos por igualdade, dignidade e respeito e, além do mais, embora eu não seja religioso, compartilho do lema: "Amai o próximo como a ti mesmo". Escutamos a frase há quase dois mil anos e ainda não somos capazes de respeitar as diferenças. Como conviver num mundo tão diverso se não aceitamos e não respeitamos o outro como ele é e escolhe ser, ou seja, negro, magro, gordo, coxo, cego, homossexual...

— Você me comove com tanta compreensão.

Paulo colocou a mão sobre a de Jamil.

— De forma alguma, meu amigo. Eu tento ser uma pessoa boa para mim mesmo e, na medida do possível, semear a bondade no mundo, sem pieguices. Respeitar as diferenças já é um bom começo. Além do mais, você também é um rapaz de extrema sensibilidade. Por trás desse semblante árabe, com vozeirão que às vezes mete medo, há um homem cheio de vontade de dar e receber carinho.

— Você me conhece há um bom tempo.

— Percebo a maneira gentil como trata seus clientes. É um cavalheiro. As mulheres suspiram por você, inclusive as casadas. Sabe disso.

Jamil riu.

— Sei. E agora quer que eu encontre novos amigos.

— Qual é o problema? Não é bom travar novas amizades? Você vive muito só.

— Isso é. Eu amo trabalhar. Às vezes, sinto falta de uma conversa, um abraço, um amigo mais íntimo.

— Todo ser humano sente essa falta, Jamil. É natural. Mas, me diga, nunca frequentou um lugar como este?

— Eu só havia ido ao Nick's Bar uma vez, ao lado do TBC, mas não me senti confortável. Sabe, ao ver minha irmã passar por uma situação difícil e logo em seguida ser pedida em casamento por um amigo meu muito querido, não sei, me senti muito feliz, creio que tive vontade de conhecer alguém, namorar até, algo impensável até há pouco tempo. No entanto, tenho tantos grilos em relação a mim, ao meu jeito de ser. Será que isso é possível?

— Claro que é! Um dos meus amigos, também professor, é muito parecido com você. Eduardo tem muita sensibilidade, é um rapaz de boa índole. Costuma reunir colegas para jantares em seu apartamento aqui mesmo na São Luís — apontou para um prédio mais adiante.

— Acha que eu poderia ir com você a um desses jantares? Nunca conheci ninguém e...

— Precisa se soltar mais. Tem muito medo do que o mundo vá pensar a seu respeito.

— Fazer o quê? Vivemos em sociedade.

— Contudo, a sociedade não pode reger sua vida. Ela deve ser pautada de acordo com o que você sente, com o que tem vontade de fazer.

— Às vezes, acho que estou agindo errado em pensar viver dessa forma — enfatizou.

— Preconceito. Precisa enxergar a vida de outro modo. Conhecer meu amigo vai ajudar você a se aceitar.

— Assim espero. Então, pode me apresentar ao seu amigo? — pediu.

— Sim. Com uma condição.

— Qual?

— Gostaria que me apresentasse à sua irmã.

— Chegou tarde. Sílvia vai se casar. Uma pena, meu amigo.

— Não falo dela. Quero conhecer Soraia.

Jamil quase deixou o copo de guaraná ir ao chão, tamanha a surpresa.

— Soraia? Ouvi bem?

— Sim. Eu a vi duas vezes no mercado. Nunca mais esqueci aqueles olhos negros, aqueles cabelos, aquele rosto parecido com o de Ava Gardner. Fiquei encantado.

Jamil sorriu.

— Soraia se parece com a atriz Ava Gardner. Só que minha irmã tem um gênio estouvado. Não é mulher fácil de conviver.

— Não há problema. Eu adoro desafios. Poderia arrumar uma maneira de nos apresentar?

— Claro.

Ergueram os copos de guaraná e brindaram.

CAPÍTULO 8

Eustáquia levou a mão ao coração, tamanha a emoção. Faruk levou a mão à cabeça, tamanho o alívio. E Soraia teve vontade de levar a mão até o rosto de Sílvia, como se uma bofetada fosse capaz de diminuir o ódio que sentia naquele momento. Não adiantou. Ela teve uma espécie de vertigem e saiu em disparada para o quarto, subindo os degraus como em um pula-pula.

— O que deu nela? — indagou Sílvia.

— Nada — respondeu Ivan. — Abrace seus pais.

Eustáquia começou a chorar, não contendo a emoção.

— É verdade mesmo? Vão se casar?

— Em alguns dias, no máximo. Vai depender de a papelada ser entregue a tempo no cartório, arrumar uma igreja com disponibilidade, enfim... Meus pais foram tomados de surpresa, mas, como não são muito de festas, aceitaram que façamos um evento pequeno somente para as duas famílias. Já aluguei o salão de um clube aqui na região da Vila Mariana. Tudo para facilitar.

— E onde vão morar? — quis saber Faruk.

— Meu pai tem um imóvel que estava à venda na Mooca. Decidiu nos oferecer como presente de casamento. É um belo sobrado, com três quartos, quintal, jardim, bem espaçoso. Vamos nos mudar para lá e, aos poucos, Sílvia o reformará de acordo com seu gosto. Viveremos bem.

— Parabéns! — tornou Faruk. — Ao menos minha menina vai se casar com um bom homem, ter um lar e não vai desonrar o nome de nossa família.

— Já me sinto pai desse bebê. — Ivan passou delicadamente a mão sobre a barriga de Sílvia. — Eu gosto muito de sua filha, seu Faruk. Fique tranquilo porque seremos uma família muito feliz.

Faruk bem que tentou esconder a emoção, mas uma lágrima teimosa escapou pelo canto do olho. Ele se aproximou de Ivan e o abraçou.

— Obrigado, meu filho. Obrigado por tudo o que está fazendo por nós e, acima de tudo, por Sílvia e pela criança.

— Eu é que agradeço, seu Faruk. Acredite, estou feliz.

No portão de casa, ao se despedirem, Sílvia questionou:

— Tem certeza mesmo, Ivan? Não quer pensar mais um pouco?

— Pensar em quê?

— É um passo decisivo para toda uma vida. Está se sacrificando por mim. Pode encontrar alguém e construir uma vida cheia de amor e...

Ele levou o dedo até os lábios dela:

— Estou me sentindo feliz. O que importa é que me sinto bem ao seu lado. O resto é resto. Não estou à procura de um grande amor, Sílvia. Sabe o quanto sofri com a morte de Ivete. Fechei meu coração para o amor. Desejei nunca mais me apaixonar. O que estou fazendo é por conta de nossa amizade. Ao menos, não ficaremos sozinhos.

— É — ela concordou, num muxoxo. — Nós dois já sofremos por amor, cada qual à sua maneira. Somos amigos que têm carinho e consideração um pelo outro...

— Além de admiração e respeito — ele completou. — São os ingredientes necessários para que uma relação entre duas pessoas se mantenha saudável e duradoura. Somos companheiros. Você verá: nós dois, juntos, vamos dar certo. E vamos cuidar muito bem desse menino.

Sílvia enrugou a testa.

— Como assim, menino?

— Pelo seu jeito de andar, como sua barriga começa a tomar forma... — ele divagou, mirou o infinito e depois voltou a encará-la. — Eu peguei essa facilidade de observação do meu avô, também obstetra. Ele nunca errava o sexo dos bebês de suas pacientes. Eu também não costumo errar.

— Você tem um dom!

— Não sei se é dom. Não sou de crendices. Sabe que sou homem de ciência, não acredito em nada. Apenas que para tudo pode-se dar um jeito na vida. E mais nada.

Ela o abraçou com carinho.

— Não tenho como lhe agradecer.

— Não precisa.

— Preciso. Serei grata por toda a minha vida. Você é meu herói.

Ela o beijou no rosto e entrou em casa. Ivan passou o dedo na bochecha e sentiu agradável sensação de bem-estar.

Ao entrar no quarto, Sílvia encontrou Soraia sentada na banqueta em frente à penteadeira, escovando os cabelos negros e compridos. Parecia alheia ao ambiente.

Aproximou-se e perguntou:

— Está tudo bem?

— Sim. Claro que está. Você vai se casar com o Ivan. Sabia desde sempre que eu gostava dele. Tenho certeza de que vai se casar com ele só para me ferir.

— Imagine! Nem pensei nisso. Pelo amor de Deus! Soraia, foi um ato de desespero. Aceitei a proposta de Ivan porque não tenho saída.

— Muito conveniente essa saída. Você rouba minha única chance de ser feliz, ajeita a sua vida — enfatizou — e danem-se os outros. Nem quer saber o que vai em meu coração.

Sílvia parou para refletir. Sentou-se na cama um tanto sem graça.

— Tem razão, eu não pensei em nada, em ninguém. Mas você precisa admitir uma coisa.

— O que é?

— Ivan nunca deu bola para você. Já me confessou que você arrastava uma asa para cima dele, e ele fazia de tudo para fingir que não percebia suas investidas.

Soraia virou o pescoço e atirou a escova na direção de Sílvia. A jovem abaixou-se a tempo. O objeto bateu com força contra a parede.

— É louca? Está querendo me matar?

— Se possível, adoraria. Pena que está grávida, caso contrário, eu partiria para cima de você agora mesmo e arrancaria seu couro.

— Eu só falei a verdade. Sabe que Ivan não gosta de você. Se ele gostasse, eu jamais aceitaria a proposta de casamento. Quer dizer, ele nunca me faria uma proposta dessas se estivesse apaixonado por você.

— Por que está atrapalhando o meu caminho?

— Eu?! Como assim? Nunca atrapalhei você.

Os olhos de Soraia brilhavam de maneira estranha. Ela aproximou-se de Sílvia de um modo tão esquisito, que a outra agarrou o travesseiro para proteger-se.

— Você sempre foi um estorvo. Sempre. Se atrapalhar meu caminho outra vez, juro que sou capaz de matá-la. Ele é meu, só meu!

Eustáquia entrou no quarto e anunciou:

— O lanche vai ser servido. É uma tarde alegre. Vamos celebrar. Jamil acabou de chegar e avisou que um amigo virá logo mais para se juntar a nós. Quer apresentá-lo a você, Soraia.

Ela balançou a cabeça e virou o pescoço para Eustáquia, mudando completamente o semblante e a voz:

— A mim?

— Sim. É um cliente do mercado, um rapaz simpático.

Sílvia aproveitou e saltou da cama, fugindo da irmã e juntando-se a Eustáquia.

— Vamos descer, mamãe. Estou pronta.

— E você, não vem? — quis saber Eustáquia.

Soraia sorriu de maneira estranha.

— Eu vou me arrumar. Já desço.

Enquanto mãe e filha saíam e deixavam o quarto, Soraia procurava algo para vestir e impressionar o amigo de Jamil.

— Amigo de Jamil, amigo de Jamil. Quem será?

Os pensamentos estavam confusos. Ao mesmo tempo que queria se vestir e se arrumar da melhor maneira possível, uma outra voz se sobrepunha aos seus pensamentos:

— Vamos impedir esse casamento. Ivan é meu.

Soraia, acreditando serem seus aqueles pensamentos, repetiu mecanicamente:

— Preciso impedir esse casamento. Ivan é meu.

Ao seu lado, um espírito em forma de mulher, corpo abatido, estava praticamente colado a Soraia. Ivete, a noiva de Ivan que morrera afogada anos atrás, estava ali, em espírito, perturbada e infeliz, influenciando e atrapalhando os pensamentos de Soraia.

CAPÍTULO 9

Após momentos excitantes na banheira, Dorothy acreditou que Olavo fosse tratá-la melhor. De certa forma, ele a tratou. Contudo, durou até o momento de terminarem de se arrumar e saírem para jantar. Na recepção do hotel, ela disparou:

— *Estoy feliz! Me gustaría un vino para celebrar.*

Ele a fulminou com os olhos.

— Estou feliz. Eu gostaria de um vinho... — rebateu, em alto tom.

— Não foi o que eu disse?

— Não. Você falou em espanhol. Já disse que a minha língua materna é o português.

Ela levantou os ombros.

— Para mim, também já disse, é a mesma coisa.

— Que bom! Pois saiba que idiota, estúpida e ignorante têm o mesmo significado nos dois idiomas.

— O que quer dizer? Falou rápido. Não entendi.

— Vire-se, sabichona. Estou farto de sua ignorância e petulância. Só porque é norte-americana acredita ter o rei na barriga.

— Não tenho culpa se o meu país é o mais poderoso do Ocidente.

— Idiota, estúpida e ignorante — ele repetiu.

— O quê...

Olavo a deixou falando sozinha e se afastou pisando firme. Meteu a mão com força na porta giratória, saiu do hotel, apanhou um táxi que estava parado logo na porta e desapareceu na primeira curva. Dorothy ficou na recepção parada, atônita, sem reação.

O gerente do hotel, educado, muito elegante, aproximou-se e, como havia presenciado a discussão, limitou-se a perguntar, em inglês:

— Quer que eu chame um táxi para a madame?

— Não, por favor. Gostaria que me levasse até o quarto — disparou num francês fluente.

Ele estranhou o pedido e ela emendou:

— Meu marido saiu em disparada e está com a chave do quarto.

— Eu levarei outra para a madame.

— Vou subir. Espero pela chave — disse, atordoada.

— Claro, madame. Só um instante.

Depois de um tempo, o gerente chegou à porta. Dorothy chorava sentada no chão. Ele a levantou com delicadeza, abriu a porta e a conduziu para dentro do quarto.

Enquanto isso, Olavo saltava do táxi nas imediações de Montmartre. Pagou o chofer, desceu e caminhou até alcançar as escadas que davam acesso à parte alta do bairro. Encontrou um bar frequentado por artistas e intelectuais. Entrou, sentou-se em uma banqueta, pediu uma bebida e acendeu um cigarro.

Logo, uma mulher belíssima apareceu, engataram uma conversa, uma bebida, uns beijos, e Olavo, por ora, esqueceu-se da discussão com a esposa.

Passava das cinco da manhã quando ele entrou no quarto. Dorothy dormia a sono solto. Ele tirou os sapatos com delicadeza, se desfez das roupas e ficou só de ceroulas. Deitou-se ao lado dela e sentiu o hálito forte de bebida.

— Ela bebeu. Precisaremos conversar sobre isso quando voltarmos para casa. Não gosto que minha esposa beba.

Encostou a cabeça no travesseiro e logo adormeceu.

❋

Jamil chegou a sua casa e apresentou Paulo para os pais. Sílvia o cumprimentou e logo entabularam conversa.

— Seu irmão me disse que vai se casar daqui a uma semana.

— Modo de dizer — tornou Sílvia. — Na verdade, será daqui a uns dias. Além da burocracia com os papéis, a casa onde vou morar com meu futuro marido precisa de pequena reforma, alguns reparos, há móveis para ser entregues, ao menos os básicos, como os móveis de quarto e da cozinha. O resto, bem, compraremos aos poucos.

— É um passo muito importante.

Sílvia o encarou e argumentou:

— Sei, mas não tive alternativa.

— Sempre temos.

— Não entenderia. — Ela não quis, obviamente, comentar sobre o estado de gravidez. Jamil tampouco havia revelado o assunto a Paulo.

— O que nos falta é coragem para assumir o que queremos e quem somos.

— Não entendi.

— Vivemos em um mundo regido por crenças muito atreladas à moral, a costumes que mudam conforme valores que são questionados por uma determinada parcela da sociedade. Quando colocados em xeque, a maioria se dá conta de que tais valores não eram tão importantes a ponto de ser seguidos e, por sua vez, perdem força, deixam de ter significado, não causam mais escândalo.

— As pessoas acabam por aceitar valores que não aceitavam antes.

— E até condenavam. Veja o caso de vocês, mulheres. Não podiam participar da vida política do país até há pouco tempo. O voto feminino só foi regulamentado com a Constituição de 1934.

— Ainda temos uma longa batalha pela frente. Temos muitos deveres, poucos direitos. Não somos reconhecidas profissionalmente. — E arriscou: — Também uma mulher não pode criar um filho sozinha.

— Você se engana.

Sílvia arqueou a sobrancelha.

— Como não?

— A maioria das famílias pobres, de baixa renda, é constituída por mães solteiras, ou cujos maridos as abandonaram. Eu frequento alguns bairros da periferia e encontro muitas famílias chefiadas por mulheres, sem maridos.

— Nossa sociedade condena uma mãe solteira.

— A sociedade a que se refere é este mundinho no qual eu e você vivemos, endurecido pelo verniz social, cheio de regras, em que não podemos ser nós mesmos. Precisamos representar um papel. Vivemos como robôs. Não é assim que eu gostaria de viver. Ao menos, é o que tento passar aos meus alunos.

— Você é professor, não?

— Sim. Dou aula de História. Sempre fui questionador, todavia, mudei minha ideia sobre a convivência em sociedade quando me separei de minha esposa.

— Foi casado?

— Sim.

— Foi duro desquitar-se?

— Até que não sofri tanto, mas Dalva sofreu bastante. Não foi justo o que lhe aconteceu. Todas as amigas, incluindo a família, afastaram-se dela assim que o desquite saiu. Era como se Dalva tivesse uma doença altamente contagiosa. Foi isolada, marcada, passou a ser hostilizada por pessoas que antes a tratavam bem. E por conta de quê? Porque deixou de ser casada? Ora, ela continuou sendo a mesma pessoa de sempre, boa, inteligente, honesta, alegre, digna e correta.

— Por que não continuaram casados?

— Porque não nos amávamos. Casamos porque ela havia engravidado.

Sílvia sentiu o sangue sumir do rosto. Meio que de forma mecânica, quis saber:

— Seria indelicado querer saber sobre detalhes da gravidez de Dalva e sua reação?

— Minha?

— Sim.

— Eu havia acabado de concluir a faculdade e tinha passado no concurso como professor da universidade. Dalva estava com vontade de ser secretária de uma multinacional e cursar universidade. Nossa intenção era, eventualmente, casar. No entanto, nunca pensamos, num primeiro momento, em filhos.

— E então?

— Estávamos noivos na época. Fomos passar um fim de semana em Campos do Jordão. Os pais dela foram visitar amigos, veio uma chuva forte, eles não puderam retornar e ficamos sozinhos no chalé. Sabe como é, jovens, namorados, friozinho, chocolate quente, lareira... Aconteceu. Ficamos juntos. Resumindo a história, casamos para não causar dissabores às famílias. Entretanto, no terceiro mês de gravidez, Dalva sofreu um aborto espontâneo.

— Sinto muito.

— Ficamos muito tristes. Como não tínhamos intenção de ter mais filhos até nos firmarmos em nossas carreiras, então, não tentamos mais. Permanecemos casados, mas notamos que éramos amigos, gostávamos de estar juntos, porém faltava o componente essencial para uma relação perdurar: amor. Vivíamos como irmãos, entende?

Sílvia sentiu novo estremecimento pelo corpo. Seria aquela conversa um sinal, um toque, para ela refletir sobre a atitude que estava tomando?

Paulo prosseguiu:

— A atração foi esvaindo-se. Eu não sentia mais prazer em estar junto dela. E percebia que Dalva não tinha mais prazer em estar ao meu lado. Embora o desquite seja algo ainda pesado para a mulher, pensamos muito a respeito, mas vimos que seria a melhor decisão. Estávamos presos, encarcerados, e não queríamos terminar nossa vida sem nos dar a chance de tentar ser feliz, procurar um amor.

— Ficaram casados por quanto tempo?

— Três anos. Faz dois anos que estou desquitado. No começo deste ano, Dalva fez uma viagem a Porto Alegre, pois tem parentes lá. Conheceu um rapaz também desquitado, advogado. Apaixonaram-se. Vão se casar no Uruguai. Mais por uma questão de protocolo, de ritual, porque o casamento não é válido no Brasil. Decidiram viver juntos. Vão enfrentar os dedos acusadores da sociedade porque perceberam que sentem algo muito forte um pelo outro.

— Não sente ciúmes?

— Eu? Não. Muito pelo contrário. Estou feliz por Dalva. Desejo a ela toda a felicidade do mundo, assim como desejo também a você, a mim, a Jamil. Quanto mais leciono aulas de História e revejo a trajetória da humanidade, mais sinto que em todas as eras procuramos pelo mesmo objetivo: viver bem, de preferência ao lado de alguém que valha a pena. Mais nada.

Sílvia mordiscou os lábios e pensou em Olavo. Ela tinha gostado tanto dele, depositado tanta esperança num relacionamento duradouro, mas ele a trocara por outra. Ele não levara em conta os sentimentos dela. Paulo tinha um belo discurso, mas a realidade era bem mais dura. Ela precisava proteger o bebê que carregava no ventre. Precisava dar a ele um lar e, principalmente, um pai. Ela abriria mão de sua felicidade em prol da felicidade da criança.

— Afinal de contas, os pais não se sacrificam pelos filhos? — ela disse baixinho.

Paulo ia perguntar o que ela havia silabado, mas Jamil apareceu, puxou uma cadeira e sentou-se próximo.

— Parece que se tornaram melhores amigos.

— Não fique com ciúme — tornou Paulo. — Sílvia sempre será sua irmã de coração, a preferida.

— Gostei do Paulo — ela emendou. — É muito simpático.

— Não sabe o porquê de eu tê-lo trazido aqui.

Sílvia fez ar de interrogação.

— O que foi?

— Paulo quer conhecer Soraia.

— Sério? — Sílvia não conseguiu esconder o descontentamento. — Não tenho nada contra Soraia, mas ultimamente eu e ela não temos nos dado bem. Deve ser por conta de... — Sílvia não quis comentar.

— O que foi? — indagou Paulo.

— Nada. Creio que o meu santo não bate com o dela.

A voz de Soraia se fez presente:

— Há pessoas com as quais o meu santo também não bate. Eu acho isso triste, uma pena mesmo, porque eu adoraria que ele desse uma surra em um bando de gente.

Paulo voltou o rosto para trás e abriu largo sorriso.

— Você é mais linda do que eu havia guardado na memória. Mais linda do que Ava Gardner.

Ela simpatizou com ele. Mesmo com a interferência de Ivete, Soraia se mostrava simpática. Afinal, havia algo em Paulo que a tocava. Esse sentimento era imune a obsessão. Sorriu e estendeu a mão.

— Prazer, Soraia.

— Paulo, amigo de Jamil.

— Aceita uma bebida, um refresco?

— Um refresco.

— Venha comigo. O ambiente aqui está carregado. Há gente demais no recinto — comentou ao encarar Sílvia, pois, nesse momento, era Ivete quem se sobrepunha. Estendeu o braço para Paulo e foram em direção à sala de jantar.

Jamil mexeu a cabeça para os lados.

— Não ligue. Sabe o quanto Soraia gosta de provocar você.

— Tenho pena do seu amigo.

— Paulo insistiu. Eu também fiquei surpreso quando ele me pediu para conhecer Soraia.

— Cada coisa! Bom, há chinelo para todos os pés, não é mesmo?

Jamil sorriu e concordou:

— Sim. Mas, me diga, como está seu coração?

— Não sei ao certo. Ainda anestesiado com tudo. A bem da verdade, estou com muita raiva de Olavo. Nunca pensei que pudesse ser tão desonesto e baixo a este ponto, de me trocar por um punhado de dólares.

— Está julgando-o. Não sabe o que aconteceu.

— E eu lá quero saber o que aconteceu, Jamil? Estávamos juntos havia três anos. Ele me prometeu mundos e fundos. De repente, sem mais nem menos, fico sabendo que se casou com outra e nunca mais voltará ao Brasil. É muita falta de caráter.

— Olhando por esse ângulo...

— Tem outro?

— Creio que há sempre um motivo por trás de tudo. Na vida da gente, nada acontece em vão. Para mim, a união com Ivan vai ser muito mais proveitosa para você.

— Estava conversando com Paulo sobre casamento. Será que uma união sem amor é o melhor caminho que eu deveria tomar?

— Quem disse que não há amor nessa união com Ivan?

— Eu não o amo.

— Não o ama nos moldes que aprendeu, na maneira como viu nos filmes bobos e açucarados que invadem nossos cinemas. Você só tem dezenove anos, Sílvia. Ainda há muita coisa para aprender, experimentar, sentir, apreciar. Não deixe que essa paixão por Olavo seja o molde, a referência, para a construção de seus verdadeiros sentimentos de afeto e amor.

— Não foi paixão.

— Claro que foi. Porque você vivia ansiosa, aflita, sempre esperando por Olavo.

— Normal.

— Não é. A paixão é uma ilusão que faz você sofrer o tempo todo. Não há descanso. Muito pelo contrário, promove cansaço mental e físico. Já o amor traz alegria, ânimo e bem-estar. Desde que Ivan lhe fez a proposta de casamento, noto um brilho diferente em seu olhar.

— Claro, Jamil. Ele me tirou de uma situação complicada. Está me oferecendo uma vida digna, de respeito.

— Não é isso. Há algo mais.

— Não entendo o que me diz.

— Você e Ivan ainda não perceberam. Mas vão perceber.

— O quê?

— O tempo vai dizer.

CAPÍTULO 10

O casamento de Sílvia e Ivan foi realizado na igreja São José, no Ipiranga, único local disponível para a celebração do matrimônio. A festa seguiu em um clube próximo à igreja. Foi uma recepção para poucos convidados, somente as famílias dos noivos e poucos amigos. Foi uma comemoração bonita, elegante, com direito a música ao vivo.

Soraia estava linda, com os cabelos presos num belíssimo coque, que deixava o pescoço à mostra. Usava um vestido verde-água que lhe caía bem, combinava com o tom da pele. Atraía a atenção dos rapazes. Estava sentada com os pais, quando Paulo se aproximou:

— Você me concederia esta dança?

— Sim, se desgrudar do Herculano.

Ele sorriu.

— Não precisa ficar com ciúme do meu amigo. Sabe que o trato como irmão.

Havia algo em Herculano que não agradava a Soraia. Era muito solto, falava alto, não tinha muitos modos. Ela o achava mimado. Pensando assim, levantou-se. De supetão, Herculano apareceu.

— Surpresa! — gritou, enquanto a abraçava pela cintura.

Soraia esbarrou na taça de champanhe, derramando o líquido sobre o vestido.

— Você me assustou.

— Brincadeira — tornou Herculano.

— Estúpido! — E, virando para Paulo, comentou: — Terei de lhe conceder outra dança. Agora vou ao banheiro para passar um pouco de água antes que manche o tecido. É um dos meus preferidos!

— Está bem.

Soraia saiu fulminando Herculano.

— Ela é nervosinha.

— Pega leve, Herculano — pediu Paulo. — Sabe que estou apaixonado por ela.

— Sim, mas é muito nervosinha. Jamais me apaixonaria por ela.

— Sorte minha!

Faruk o convidou para juntar-se a eles. Ele se sentou entre Faruk e Eustáquia, e entabulou conversa animada com o casal.

Enquanto Soraia se dirigia para o toalete, Sílvia e Ivan dançavam.

— Como se sente, senhora Marcondes?

— Ainda estou tentando assimilar meu novo sobrenome — ponderou, olhando para a aliança dourada no anelar esquerdo.

— Agora é uma mulher casada. Logo será mãe!

— Teremos nosso bebê.

Ivan emocionou-se. Sílvia perguntou:

— O que foi?

— Você disse *nosso* bebê.

— Mas é. Daqui em diante, essa criança será minha e sua. Sempre. Jamais saberá que é filha de Olavo. É um pacto que estamos fazendo agora, Ivan.

— Não crê que seja justo contar a verdade quando esta criança estiver crescida?

— Para quê? Para gerar confusão? Você é e sempre será o pai.

— Sei que seus pais jamais vão dizer nada, claro. Jamil também não. Minha família não sabe de nada sobre sua gravidez. Temo por Soraia.

— Ela tem um temperamento forte, gênio difícil. Mas não é má pessoa. Ela não cometeria uma crueldade dessas.

— Tem certeza?

— Sinto que Soraia, lá no fundo, gosta de mim, mas há algo que nos impede de desenvolvermos afeição maior uma pela outra. Creio que é por essa razão que a vida nos juntou como irmãs. E, de mais a mais, ultimamente, tem alguma coisa estranha com ela.

— O quê?

— Não sei. Soraia tem tido comportamento estranho. Muda de humor com facilidade, está mais agressiva comigo. Nos últimos dias antes do casamento, estava cada vez mais irritadiça.

— Ciúme. Sabe que ela arrastava uma asa para mim.

— Não é isso, Ivan. Há algo nos olhos dela que me assusta. Soraia não está bem. É como se estivesse tomada por alguma coisa, sabe?

— Acredita nessas crendices?

— Às vezes, sim. Não sou tão ligada nos assuntos de religião. Fui batizada quando bebê e, de vez em quando, frequentava a missa com minha mãe. Claro, acredito em Deus e faço minhas orações, à minha maneira. E você?

— Já lhe disse que não acredito em nada, exceto na ciência. Não gostaria que nosso filho crescesse dentro de normas preestabelecidas. Podemos conversar e explicar a ele sobre fé, as diferentes correntes religiosas, e deixá-lo escolher o melhor caminho a seguir nesse aspecto, caso isso a alegre.

— Concordo com você. Temos de ensinar, orientar e dar opções à criança. É muito importante conversar sobre assuntos espirituais com os filhos. Uma pena que o tema não seja discutido de forma clara. Em todo caso, devo lhe confessar algo muito estranho que nos aconteceu alguns anos atrás. E com Soraia.

— Diga.

— Logo que mamãe se casou com seu Faruk, Soraia teve dificuldade em nos aceitar como membros de sua família. Tinha pesadelos, acordava de noite; sonâmbula, vagava pela casa de olhos abertos e, certa vez, aproximou-se de minha mãe e a xingou em árabe. Seu Faruk estava presente e arregalou os olhos.

— Por quê?

— Ele jurou que quem falava daquele jeito era a falecida esposa dele. Era como se Soraia tivesse incorporado a própria mãe, e esta, indignada com o segundo casamento do marido, estivesse ali para tirar satisfações.

— É fantasioso. A mulher estava morta. Estamos falando em possessão? Em algum distúrbio, desequilíbrio? Algo do tipo?

— Não sei ao certo. Depois de falar, Soraia desmaiou. Uma vizinha amiga de mamãe nos indicou uma benzedeira. Ela nos afirmou, na época, que Soraia fora tomada pelo espírito da própria mãe. Defumou nossa casa, orientou Soraia a acender uma vela de sete dias, rezar um determinado salmo e fazer outras orações pela alma da mãe durante o período em que a vela estivesse acesa. Garantira, na época, que, depois que a vela se apagasse, a mãe de Soraia seria encaminhada a um local de socorro no mundo espiritual.

Ivan sorriu incrédulo e moveu a cabeça para os lados.

— Sei que presenciou esse evento, contudo, confesso que não acredito no sobrenatural.

Sílvia deu de ombros e continuaram a dançar.

Enquanto eles dançavam, no toalete, Soraia passava um pano com água sobre o tecido.

— Não pode manchar. Não posso perder um vestido que acabei de receber da costureira. Tudo culpa de Herculano. Idiota. É um vestido tão lindo...

Ela levantou o rosto e olhou para sua imagem refletida no espelho. De repente, não era seu rosto que via, mas outro. Soraia sentiu tudo girar à sua volta e começou a resmungar:

— Ivan não podia se casar. Ele ia se casar comigo. Prometeu que eu seria a única. Foi só eu me afogar e o tempo passar. Pronto. Agora está casado. Ele me traiu.

Uma moça que acabava de entrar no banheiro perguntou:

— Precisa de ajuda?

— Só se for para te matar. Saia da minha frente!

A menina arregalou os olhos assustadíssima. Soraia saiu feito um tornado, rodopiando pelo salão, até alcançar Sílvia e Ivan. Parou a dança do casal e encarou Sílvia, olhos arregalados.

— O que foi, Soraia? — ela quis saber.

— Vadia! — Soraia arrancou o arranjo floral da cabeça de Sílvia com força. — Nunca deveria ter aceitado a proposta dele.

Ivan a segurou pelos braços:

— Isso são modos, Soraia? Não acha que está passando dos limites?

Ela o mirou com fúria.

— Não está me reconhecendo, Ivan?

— O quê?

— Sou eu. Acha que só porque me afoguei e morri não existo mais?

Ele soltou os braços de Soraia e gelou. As pernas não se moviam. Ela prosseguiu:

— Continuo viva. Mais viva do que nunca. Você prometeu, antes de eu dar aquele mergulho fatal, que iria me amar pelo resto da vida. Jurou que jamais se casaria com outra. E olha só o resultado! Como fui trouxa. Acreditei em suas palavras. Você me enterrou com o seu anel de noivado, me traiu...

Soraia não terminou de falar. Caiu sobre si e desmaiou ali, no meio do salão. Os pais vieram correndo, assim como Jamil e Paulo. Herculano deu de ombros e se deleitava com a situação. Sílvia encarou a mãe e afirmou:

— Tenho a impressão de que Soraia está passando pelo mesmo processo do daquela época em que você se casou com seu Faruk. Lembra-se?

Eustáquia levou a mão à boca.

— Acha que ela está tomada? — perguntou baixinho.

— Estava. Quando acordar, não vai se recordar de nada. Entretanto, precisamos levá-la para atendimento espiritual.

Jamil pegou Soraia nos braços e a conduziu até um sofá. Vieram com panos encharcados em água fria e sais. Soraia foi despertando aos poucos.

— O que aconteceu? Fui ao banheiro limpar o vestido e tudo ficou escuro, não me lembro de mais nada...

Ivan olhava tudo de maneira perplexa. Sílvia aproximou-se dele e passou o braço pela sua cintura.

— E agora, acredita no sobrenatural?

— Nossa! Se me contasse, eu não acreditaria. Mas posso jurar que, por instantes, vi Ivete na minha frente.

— Sua ex-noiva, que morreu afogada.

— Sim... Sim... — ele balbuciou. — Como pode ser possível?

— Pelo pouco que sei, de algumas conversas com Jamil, a vida continua depois da morte do corpo. Creio que hoje tivemos uma prova.

— E tem o anel...

— Que anel, Ivan?

— Nada. — Ele estava transtornado. Ninguém sabia daquilo. Na hora de fecharem o caixão, ele tirou a aliança de noivado da mão e a pousou delicadamente sobre as mãos de Ivete. — Precisamos saber mais a respeito.

— Claro — ajuntou Sílvia, sem entender direito o que tinha acontecido. — Temos de ajudar Soraia e também prestar auxílio a Ivete. Creio que chegou o momento de abrir nossa mente ao conhecimento espiritual.

Ivan balançou a cabeça de maneira positiva, suando em bicas, ainda perplexo com tudo o que presenciara.

CAPÍTULO 11

Dois dias depois, Jamil atendia uma cliente que era ligada aos assuntos espirituais e, de vez em quando, conversava com ele sobre o tema.

— Dona Leocádia, preciso conversar um minuto a sós com a senhora.

— Claro.

— Teria um tempo para mim agora?

— Estou com a tarde livre. Podemos conversar à vontade. Mas você está sempre ocupado.

— O movimento hoje está tranquilo. Pedirei a meu pai e dona Eustáquia para reforçarem o atendimento.

— Está bem.

Jamil explicou aos pais por alto sobre o motivo de ir ter com Leocádia, pediu licença e saiu. Em poucos minutos, estavam em um gracioso café. Sentaram-se, fizeram os pedidos, e Jamil tomou a palavra:

— Sei que é espírita e poderia nos ajudar.

— Sim. Estudei Espiritismo por muitos anos. Depois, quando me casei, meu marido me levou para conhecer o Círculo Esotérico da Comunhão do Pensamento. Lá, eu tive maior entendimento das questões do espírito.

— Não conheço.

— É uma ordem esotérica cujos princípios fundamentais estão baseados na Harmonia, no Amor, na Verdade e na Justiça. Esses ideais são as colunas que sustentam a filosofia da ordem e constituem a tônica de suas atividades.

— Muito interessante.

Leocádia tinha um sorriso encantador. Prosseguiu, voz suave:

— O Círculo é a primeira ordem esotérica estabelecida no Brasil e seu propósito é estudar as forças ocultas da natureza e do homem, além de promover o despertar das energias criadoras latentes no pensamento humano. A mente humana é capaz de grandes feitos!

— Adoraria conhecer.

— Posso levá-lo a uma reunião para não filiados. Se gostar e se interessar, poderá filiar-se. É frequentado por pessoas de qualquer profissão, com grande vontade de melhorar a si próprias e de fazer deste mundo um lugar melhor para vivermos.

— Depois me passe dia e horário da reunião para eu poder ajeitar minha saída. Como sabe, trabalho até tarde no mercado.

— Sim, sei. E qual é o problema que o trouxe até mim?

— Desde adolescente me interesso por assuntos de ordem espiritual. Li alguns livros de Allan Kardec, contudo, nunca frequentei centro espírita. Acredito que conhecer e estudar as forças ocultas da natureza e do homem seja um grande passo a dar em minha vida, no entanto, no momento, estamos passando por um problema, digamos, de ordem espiritual lá em casa.

— O que ocorre?

— Tenho a impressão de que minha irmã Soraia esteja sendo influenciada por um espírito. Pelo que já li a respeito, é possível, certo?

— Sim. O mundo espiritual é real. Só porque não o vemos, não quer dizer que não exista. Ocorre que nós, humanos, somos sensíveis, alguns em grau maior ou menor. Todos percebem o mundo espiritual, que eu prefiro chamar de mundo das energias. Sua irmã tem uma facilidade maior de captar essas energias.

— Mesmo que elas sejam de uma pessoa morta?

— Chamamos de morto quem deixa o corpo físico, contudo, o espírito é eterno e continua vivo em outra dimensão. O que morre é o corpo de carne, este que temos para viver no mundo. — Ela tocou os próprios braços para demonstrar.

— Então Soraia tem o que se conhece por mediunidade?

— Todos nós temos. Ela tem um grau de sensibilidade maior. Há muito tabu e preconceito diante da mediunidade, como se ela fosse algo ruim.

— E não é?

— De forma alguma. É um instrumento precioso, uma ferramenta que pode ajudar bastante no progresso do ser. Se bem utilizada, pode trazer muitos benefícios para a pessoa.

— Como Soraia pode fazer para se livrar dessas influências que lhe causam mal-estar?

— A mediunidade só se equilibra quando a pessoa vence a negatividade e deixa de ver maldade em si, no outro, no mundo. Como vê, não é um trabalho fácil.

Jamil mordiscou o lábio antes de bebericar seu café.

— Vai ser difícil. Soraia é nervosa, gosta de uma briga, está sempre amarga.

— Porque não está feliz com o que tem, com o que é. Sua irmã sofre de autodesprezo, sente-se desvalorizada. Se você é muito exigente consigo, muito crítico, não se gosta, quem vai gostar? Como pode querer que os outros gostem de você? Se você está dividido, travando uma guerra interior, não vai atrair nada de bom. Se Soraia estivesse de bem consigo e com a vida, atrairia bons espíritos ao seu lado e manteria os atormentados a certa distância. Mas, como anda perturbada, vai atrair outro perturbado. É a lei da afinidade.

As palavras tocaram fundo em Jamil. Parecia que Leocádia dizia aquilo tudo para ele. Pensaria sobre o assunto depois, porque agora precisava ajudar sua irmã. Indagou:

— O que podemos fazer? Levá-la a um centro espírita para tratamento?

— Pode ser. Um tratamento de passes ajuda bastante, assim como um tratamento de desobsessão. Mas de nada vai adiantar se Soraia não mudar o seu jeito de ser. Se ela permanecer na amargura, no negativo, vai atrair outros espíritos afins e terá de passar o resto da vida em sessões de desobsessão. Veja, você não pode depender de tratamentos espirituais para viver em equilíbrio. A ajuda espiritual é essencial quando você não está bem, mas, assim que a recebe, precisa fazer a sua parte, ou seja, mudar sua maneira de ver a vida, de encarar os fatos que o surpreendem, procurar ser mais positivo, mais alegre, aceitar-se como é, colocar-se em primeiro lugar...

— Vivemos em um mundo que prega tudo ao contrário. Não podemos nos colocar em primeiro lugar, devemos sempre fazer a vontade dos outros e sufocar nossos desejos.

— Diz isso porque gostaria de expressar seu amor por outra pessoa de forma explícita e a sociedade condena sua forma de amar.

Jamil levou um susto. Como Leocádia poderia saber que ele era gay? Ela passou a mão sobre a dele, tranquilizando-o:

— Meu filho João Carlos é como você. Eu o amo do jeito que ele é, porque gostar não impõe condições. Quem ama, ama! — Ela sorriu. — Eu fui mãe muito cedo. Tive João Carlos aos dezoito anos. Ele está com vinte e dois. Por isso, vou lhe pedir que me chame de Leocádia. Deixemos os formalismos de lado, por favor.

— Pode deixar, Leocádia! Por onde anda seu filho?

— Adoraria apresentá-lo a você. Creio que se dariam muito bem. Contudo, João Carlos decidiu terminar os estudos no exterior. Vive em Londres com um amigo, George.

— Parece que você não está muito feliz com esta união.

— Não é isso — ela divagou. — João Carlos é alegre, divertido. Creio que tenha arrumado companhia por estar se sentindo só. Fui passar o Natal com ele ano passado. Apresentou-me a George. É um rapaz simpático, elegante, trabalha na rádio BBC. Mas não combinam. Algo me diz que João Carlos ainda vai voltar e ser feliz aqui. Um dia... — Leocádia balançou a cabeça e mudou de assunto: — Há um centro pequeno, não muito longe da casa de vocês, que poderá atender sua irmã para sanar essa emergência. Quando poderei visitá-la?

— O quanto antes, por favor.

CAPÍTULO 12

De volta a Boston, Dorothy e Olavo começaram a enfrentar os desafios da vida a dois. E, de certa forma, a vida de um casal norte-americano, naquela época, não era tão diferente da vida de um casal brasileiro no que diz respeito à rotina do dia a dia.

Olavo esperava por uma esposa ao estilo da época: cordata, que preparasse o café da manhã, cuidasse da casa, de suas roupas, cozinhasse, jamais reclamasse, enfim, que fosse autêntica senhora absoluta do lar.

Dorothy, como era de esperar, não fazia nada a que fosse obrigada, não seguia regras nem protocolos. Acordava, retirava os bobes dos cabelos, os cremes do rosto. Passava um bom tempo arrumando-se entre banheiro e closet para, quase duas horas depois, descer belíssima para o café. Limitava-se a colocar duas torradas na torradeira e fazer um café instantâneo.

Olavo indignou-se:

— Cadê os ovos mexidos? E a mesa pronta?

— Não posso estragar minhas unhas. Além do mais, não o quero gordo. Nada de bacon, ovos, manteiga. Aqui sempre teremos um café da manhã frugal. Café e torradas com geleia. Mais nada. Se seguir essa rotina, você vai me agradecer daqui a alguns anos.

Ela foi até a geladeira, pegou um pote de geleia, colocou-o sobre a mesa. Olavo bufava:

— Isso não está certo.

— Não sei quem determinou o que é certo ou errado dentro de casa. Na *minha* casa — ela enfatizou —, eu dito as regras. E também trabalho. Dividimos as tarefas.

— Você é a esposa. Sua obrigação é cuidar da casa.

— O mundo está mudando. Até o fim da guerra esse discurso servia. Agora, não mais.

— Você pode realizar as duas tarefas, cuidar da casa e trabalhar. É seu papel. — Ele foi até a sala e voltou com uma revista. Abriu-a e apontou com o dedo: — Leia. Aqui está o guia da boa esposa. Uma das regras: "Ele é o dono da casa e você não tem o direito de questioná-lo". Isso quer dizer o quê? Que quem manda aqui sou eu.

Dorothy deu uma gargalhada. Apanhou a revista e mexeu a cabeça para os lados.

— Só pode ter sido a empregada que trouxe essa revista aqui para casa. Eu jamais compraria um lixo desses. Não sou esse tipo de mulher submissa.

— Mas tem de desempenhar esse papel. É o que toda mulher casada faz.

— Papel? Acha que eu sou mulher de desempenhar papel? Olhe bem para mim, querido. — E disse num português impecável: — Não sou sua empregada! — Rasgou a revista em vários pedaços, atirando os pedacinhos de papel sobre a mesa.

— Isso é um absurdo! Vou falar com seu pai.

— Fale com papai. Pode marcar entrevista com o presidente Eisenhower. Ou, então, entre em contato com os soviéticos. Vivemos tempos de tensão, discuta minha insubordinação com Nikita Kruschev.

— Não pode falar comigo nesse tom.

— Falo e "desfalo", desautorizo, desmando, des-tudo! Já disse, você se casou comigo, mas não manda em mim. — Ela consultou o relógio e o encarou: — Agora preciso ir. Fiquei de encontrar uma amiga para discutirmos a possibilidade de, juntas, montarmos um ateliê.

Foi a vez de Olavo gargalhar.

— Você, filhinha de papai, vai montar um ateliê! Essa é boa. Pensa que está em Paris?

— Não. A nossa viagem à França me deu motivação. Fui visitar o ateliê de madame Chanel. Se ela reabriu um ateliê depois da guerra, aos setenta anos de idade, por que eu, aos vinte e um, também não posso?

— Para começar, porque você não tem a competência de madame Chanel.

— Você não tem ideia do que sou capaz, Olavo — falou, novamente, em bom português, e saiu batendo os saltos e a porta com força.

Olavo ficou olhando para a porta e perguntou para si mesmo:

— Será que valeu a pena ter-me casado com ela por conta do dinheiro? Será que fiz a coisa certa?

❋

Dorothy encostou seu carrão em frente a uma bela casa, toda ajardinada, com flores de várias espécies. Tirou os óculos escuros e o lenço que cobria os cabelos, agora alourados e cacheados. Mudara o corte e a cor durante a lua de mel.

Aspirou o perfume que vinha do jardim. Sentiu leve enjoo, mas não perdeu a pose. Sorriu. Tocou a campainha e foi atendida por outra loura, bem mais alta e esguia. Esther era uma mulher mais velha, na casa dos quarenta, divorciada, sem filhos.

Quando jovem, estudara Artes na Universidade de Chicago e decidira, na época da Depressão, viver na Europa. Mergulhara no mundo da moda, apaixonara-se pelo ofício e tinha sido manequim de Nina Ricci. Conhecera o costureiro Rousseau

Bocher, da grife Mainbocher, durante uma apresentação em que desfilava para Nina. Ele estava para abrir uma filial de sua *maison* em Nova York e havia convidado Esther para gerenciar o estabelecimento.

Ela retornara aos Estados Unidos, ficara doze anos trabalhando com a grife, até decidir trabalhar por conta própria. Fazia cinco anos que estava debruçada sobre tecidos, cores, texturas, tendências, modelos de roupas.

Esther desejava que a mulher pudesse ter mais liberdade para se vestir. Embora apreciasse o figurino de sua época, achava que os vestidos lindos e maravilhosos escravizavam a mulher. Desejava um dia chegar a "menos sem perder o glamour".

Abraçou Dorothy com efusividade e a convidou para entrar. Passaram por uma sala ricamente mobiliada e entraram em outra, que Esther usava como ateliê.

— Não se incomode com a bagunça. Passei a noite toda tentando uma maneira de diminuir o comprimento das saias.

Dorothy apanhou uma cartolina e admirou-se com o desenho:

— Pensa em encurtar tanto assim? Não acha um tanto ousado?

— Passar da altura dos joelhos? Não. Precisamos de movimento, de liberdade para nosso corpo. Esse monte de panos nos impede de fazer tanta coisa. Veja você. Para manter essa saia rodada, precisa de anáguas, corseletes, é tudo muito sofrido. Como faz para se sentar?

Dorothy olhou para seu vestido, todo engomado, com saia rodada e, de forma elegante, sentou-se na poltrona, meio que de lado.

— Vê como, de certa forma, é desconfortável? O New Look criado por Dior é belíssimo, mas não é prático para o dia a dia. Quero algo mais simples, porém que não perca a elegância.

— Jamais vi uma mulher vestindo uma saia tão curta.

— Em breve verá. Não percebe uma onda de mudança no ar? A inesperada morte de Christian Dior deixou o mundo da moda de pernas para o ar. Novas tendências estão surgindo. Logo outros setores também vão começar a mudar. A música que toca nas rádios já está diferente.

Dorothy ficou pensativa por instantes.

— Concordo com você. Senti algo diferente em Paris. E, por falar em Paris, preciso lhe confidenciar algo.

— O que é?

Dorothy contou as peripécias da última noite e Esther a olhou de maneira enigmática:

— Às vezes, não sei quem você é.

— Por que diz isso?

— Eu sou uma mulher à frente do meu tempo, não estou presa a valores, a nada. Luto pela igualdade dos sexos. Mas você consegue me surpreender.

— Ora, eu também sou uma pessoa à frente do meu tempo.

— É impulsiva, Dorothy. A impulsividade pode levá-la a cometer sandices. O que fez em Paris pode ter consequências devastadoras em sua vida.

— Está sendo dramática. Não foi nada de mais. Só quis me vingar, mostrar a Olavo que eu faço o que quero, do jeito que quero.

— Só que não precisa correr riscos.

— Sou assim, ora. Sempre fui de correr riscos.

Esther encarou-a por instantes e acendeu um cigarro. Em seguida, sentou-se numa banqueta, apanhou uma caneta e convidou Dorothy:

— Pegue uma cadeira. Sente-se ao meu lado. Vou ensiná-la a desenhar os modelos.

Dorothy assentiu.

— Antes, vou ao seu quarto me trocar. Realmente este vestido incomoda sobremaneira. Posso usar uma calça comprida?

— Fique à vontade.

Dorothy saiu do ateliê, subiu as escadas, passou pelo corredor e entrou no quarto da amiga. Enquanto se vestia, sentiu tontura e mal-estar, espécie de vertigem. Correu para o banheiro.

Depois de jogar água no rosto e enxugá-lo com uma toalha, disse convicta para sua imagem refletida no espelho:

— Tenho certeza. Estou grávida.

CAPÍTULO 13

Fazia dois meses que Soraia tinha se submetido a tratamento espiritual em um centro espírita próximo de casa. Ainda estava um pouco mexida com o ocorrido, pois nunca participara de uma sessão de desobsessão e, na primeira à qual fora convidada a participar, ficara semiconsciente e sabia que não era ela quem estava falando:

— Por que me trouxeram aqui?

— Porque chegou a hora de receber ajuda — respondeu a dirigente do trabalho.

— Não quero ajuda. Quero Ivan.

— Não é possível por ora. Estão em dimensões diferentes.

— E daí? Ele é meu. Prometeu casar-se comigo. Tem de cumprir o que prometeu. Não vou enquanto não nos casarmos.

— Já lhe disse, você está em outra dimensão. Seu corpo físico morreu. Agora vive em espírito, Ivete. Precisa aceitar a realidade e seguir sua nova vida, cheia de possibilidades incríveis.

— Quais possibilidades? Eu não tenho nada a perder. Só tinha o amor de Ivan.

— Há alguém aqui que muito a estima e está com bastante vontade de ajudá-la a se recompor.

— Não me lembro de ninguém que estaria com vontade de ajudar-me.

A dirigente encostou uma mão na testa de Soraia e outra na nuca. Em seguida perguntou:

— Não se recorda de seu primo Aristides?

— Sim, claro! Adorava ir à casa dele. Mas Aristides morreu quando eu era pequena.

— Ele também a adorava. Está aqui.

— Impossível.

— Olhe melhor. Na sua frente.

O salão ficou em silêncio por instantes até que Soraia, em prantos, estendeu os braços para a frente, olhos abertos, e silabou:

— Aristides, meu primo amado, quanta saudade! Estou tão cansada. Por favor, leve-me com você.

Logo, Soraia remexeu-se na cadeira e fechou os olhos. Alguns minutos depois voltou e não se recordava direito do que ocorrera, somente de alguns flashes.

Deram-lhe um copo com água, foi-lhe indicada a leitura de *Nos domínios da mediunidade* e do recém-lançado *Ação e reação*, ambos de Chico Xavier, e também, como tratamento complementar, sessões de passe por algumas semanas.

Ela apanhou um dos livros que ganhara e recomeçou a ler. Estava mudada. Desde o tratamento, Soraia passara a tratar as pessoas de forma mais cordata. Claro, tinha sua personalidade forte, mantinha ainda seu gênio um tanto irascível, afinal, eram características suas, mas estava mais serena, até mais alegre.

Depois que fora afastada das influências de Ivete, passara a ver Ivan de outra maneira. Ela gostara dele, contudo, agora que se via cortejada por Paulo, percebia o que era ser valorizada e querida por alguém.

De certa forma, Soraia também começava a sentir-se interessada por ele. Neste dia, ele a convidara para saírem. Era um sorvete, nada de mais. Paulo ficara de buscá-la por volta das cinco da tarde.

Faltava uma hora para o encontro. Soraia bem que tentava concentrar-se na leitura edificante, todavia, olhava o relógio de minuto a minuto.

A campainha tocou e ela correu atender. Fez um ar de desagrado porque não era ele. Cumprimentou a pessoa com um beijo e um abraço.

— Como vai, dona Leocádia?

— Vou bem. Vim saber de você.

— Estou bem. Entre. Não poderei me demorar com a senhora porque Paulo virá me buscar daqui a uma hora para sairmos.

— Não, querida. Minha visita será rápida. Fique tranquila.

— Aceita uma água, um café?

— Não, obrigada. Quero saber como você está se sentindo depois do tratamento espiritual.

— Estou bem — Soraia respondeu enquanto as duas se ajeitavam no sofá.

— Vejo que está com o semblante mais sereno, mais corada. Não sente mais as influências perturbadoras de Ivete?

— Deus me livre! — Soraia bateu três vezes sobre a mesinha de centro. — Nem quero. Dela nem de ninguém.

— Para isso, sabe que precisa manter bons pensamentos.

— Bem que tento! Não é fácil. Pela minha cabeça passam mil pensamentos a todo momento. Nem todos são bons. Eu tento me afastar deles, contudo, há alguns que parecem colar em mim.

— Nem todos os pensamentos que passam são seus.

— Como não? Se estão aqui — apontou para a cabeça — é porque são meus.

— Engana-se. Como temos sensibilidade, captamos e transmitimos pensamentos. Somos como antenas de rádio, que captam sinais da emissora e os emitem como ondas para as casas das pessoas.

— Quer dizer que nem tudo o que penso...

— Pode ser de alguém que esteja muito ligado a você, de algum espírito. Por isso, é importante selecionar nossos pensamentos.

— Fica difícil saber o que é meu e o que não é. Não sei como fazer essa separação.

— Realmente é bem difícil — tornou Leocádia. — Há uma maneira bastante prática de você separá-los.

— Como?

— Faça assim: todo pensamento que lhe causar bem-estar, tome-o como seu; todo pensamento que lhe causar mal-estar, que não lhe fizer bem, for negativo, recuse, aja de maneira como se não fosse seu, rejeite-o. É mais simples e fácil para educar nossa mente.

— Uma maneira bem interessante de trabalhar a cabeça. Mas vou sempre ver tudo de maneira positiva? E as situações dramáticas que acontecem à minha volta? Não posso deixar de percebê-las, dona Leocádia.

— O sofrimento sempre estará presente no mundo enquanto as pessoas se nutrirem de ilusões. Não podemos evitar o sofrimento dos outros. Cada um precisa passar por suas próprias experiências para aprender a amadurecer.

— Gostaria de sofrer menos. Não queria passar mais pela mesma experiência que vivenciei há pouco. Por mais que tenha minhas diferenças com Sílvia, sei que ela é uma boa pessoa. Desejo que ela e Ivan possam ter uma boa vida em comum.

— Cabe a você, Soraia, mudar sua maneira de ver a vida, de julgar, de entender que nem tudo é como desejamos. Você nutriu por muito tempo um sentimento não correspondido por Ivan. Sentiu-se rejeitada e ferida em seus sentimentos, mas, veja, você criou expectativas e ilusões.

— Isso é.

— Acreditar em ilusões, dar força para o negativo é a causa de todos os sofrimentos que afligem a humanidade. Se você quer ser feliz de verdade, precisa pensar no bem. Sempre que tiver um pensamento ruim, não lhe dê força.

— Estou aprendendo. Agora que Paulo apareceu em minha vida, tenho refletido sobre sentimentos verdadeiros. O que sentia por Ivan era capricho. Creio que o que estou sentindo por Paulo é um sentimento de amor verdadeiro.

— Porque Paulo gosta de você do jeito que é. Ele a aprecia com seu temperamento forte, com seu jeito ousado de ser.

— Além do mais, ele me faz rir. Nunca alguém me fez rir. E Paulo, com suas piadas sobre história, me faz cair na risada. Meu pai estava um pouco chateado com o namoro porque Paulo é desquitado e não poderemos casar na igreja.

— Convenções sociais. O mais importante é que vocês se amam. Eu vim aqui para ver como está e, pelo jeito, percebo que melhorou bastante. E vai melhorar muito mais.

— Por que diz isso?

— Porque, quando nos damos a chance de melhorar, a vida começa a nos dar coisas boas. Também vejo um espírito ao seu lado, feliz.

Soraia olhou ao redor, um tanto assustada.

— Não precisa ficar preocupada — acalmou-a Leocádia. — Trata-se de um espírito em forma de mulher, amiga, que a ama muito.

— É um anjo da guarda?

— Creio que espécie de protetora. Está lhe mandando um beijo e agradecendo.

— Por quê? Não me lembro de ter feito nada ultimamente.

— Nunca sabemos. O importante é você manter seu coração limpo e ter sempre em mente que Deus é amor. O sofrimento é uma ilusão que o tempo vai arrancar. Um dia, Soraia, o homem compreenderá que foi criado para a alegria, o amor, a felicidade, a beleza. — Leocádia a beijou no rosto e se despediu.

O espírito que ali estava também a beijou no rosto e sussurrou:

— Vim me despedir, querida. Logo vai se iniciar o meu processo de reencarne. Não vou mais perturbá-la — disse Ivete, com sinceridade. — Creio que nos reencontraremos daqui a uns dois anos. Eu a estimo muito, minha amiga. Descobri, aqui com o primo Aristides, que tive ligação com você, Sílvia e Ivan no passado. E agora prometo que tudo vai ser diferente. Para melhor! Não serei sua filha, mas nossa ligação será muito forte.

Soraia sentiu, naquele momento, uma indescritível sensação de bem-estar. Sentou-se no sofá, passou a mão pelo rosto e depois, instintivamente, pela barriga. Embora aquele espírito em particular não fosse voltar ao mundo como filho seu, despertou em Soraia uma vontade imensa de ser mãe.

— Espero que Paulo não demore muito para pedir a minha mão em casamento — ela suspirou.

CAPÍTULO 14

Sílvia andava a passos lentos. A dor mal a deixava caminhar. Ivan segurava a maleta com uma mão e a mão dela com a outra, suando, aflito. Ela, com dor, tentava acalmá-lo:

— Vai dar tudo certo. Foi só a bolsa que estourou.

— Fala como se fosse a coisa mais natural do mundo.

— E é. A bolsa estourou. Agora vamos para a maternidade. O bebê vai nascer. Você, como obstetra, deveria estar acostumadíssimo.

— Agora eu sou o pai. O obstetra ainda não apareceu.

Sílvia sorriu e entraram no carro. Chegaram ao hospital e, horas depois, Sílvia dava à luz um menino saudável e com fartos cabelos pretos. Recebeu o nome de Fernando.

Ivan sentia-se o mais feliz dos homens.

— É lindo! Ele se parece tanto com você!

— Imagina. Mal abriu os olhinhos — Sílvia murmurou, enquanto virava-se na cama, dolorida.

— Tem os seus traços. A boca, o nariz...

— Deixe-o sentir-se feliz — tornou Jamil. — Ivan fez o parto, trouxe Fernando à vida. Merece ficar nesse estado pleno de felicidade.

— Porque não foi ele quem pariu — interveio Soraia, sentada num canto do quarto.

— Obrigada — agradeceu Sílvia. — Ao menos tenho alguém para me defender.

— Impressionante — comentou Jamil. — Agora essas duas viraram amigas de infância.

— Nem é para tanto — protestou Soraia. — Apenas estamos mais tolerantes uma com a outra. Dando uma trégua à turbulência.

— Isso mesmo. Estamos num momento de paz — completou Sílvia.

— Essas mulheres, vai entender o que se passa na cabeça delas! — ajuntou Ivan.

Eles riram. Paulo entrou no quarto, acompanhado de Herculano, carregando um buquê de flores. Naquela época, podia-se entrar no quarto da gestante com flores, inclusive acender um cigarro no recinto. Outros tempos...

Soraia, assim que viu Herculano, fez uma careta. Definitivamente, o santo dela não batia com o dele. Paulo entregou o buquê para Sílvia e disse, emocionado:

— Fico contente que tudo tenha dado certo.

— Quem sabe você não se anima? — sugeriu Sílvia, cheirando as rosas vermelhas.

— Não sei ao certo. Eu nunca tive muita vontade de ser pai.

— Será que não era mais por influência de sua ex-esposa?

— Não sei ao certo.

— Claro que sim — interveio Herculano. — A Dalva era chata, não gostava de crianças.

— Por que defende tanto seu amigo? — quis saber Soraia.

— Por que é tão nervosinha? — retrucou Herculano.

Paulo ajuntou:

— Vocês dois, por favor. Agora não é hora de discussão.

Soraia e Herculano fulminaram-se com os olhos injetados de fúria. Paulo prosseguiu:

— Sabe, Sílvia, o que diz sobre Dalva pode ser verdade. Era ela quem não queria filhos. Sei que, antes de vir para o quarto, passei no berçário e não pude deixar de me emocionar com aqueles bebês. Confesso que deu uma vontadezinha de ter um.

— Um. Só um. — A voz de Soraia soou autoritária. — Criar um filho exige muito da gente. Sei que uma família grande, com irmãos, é lindo de se ver, só que exige demais dos pais. Devo ser franca. Eu não tenho estrutura para ter mais de um filho.

— Ainda bem que não somos parentes. Eu poderia ser filho do capeta, mas jamais seria seu filho — tornou Herculano.

— E eu jamais aceitaria ser sua mãe. Que horror! — rebateu Soraia.

— Podemos pensar nessa possibilidade, minha querida. — Paulo deu a volta pela cama e foi ao encontro de Soraia. Beijou-a nos lábios. — O seu pedido é uma ordem.

— Ele vai estragar essa mulher — queixou-se Jamil. — Soraia vai ficar impossível.

— Tenho culpa se Paulo realiza todos os meus desejos?

— Você tirou a sorte grande — complementou Sílvia. — Uma relação não se sustenta sem amor.

Ela falou e, sem perceber, olhou para Ivan. Ele baixou os olhos, envergonhado. Jamil notou a situação um tanto embaraçosa e convidou Soraia, Paulo e Herculano para se retirarem.

— Está na nossa hora. Melhor irmos. Assim que eu e Soraia chegarmos ao mercado, o pai e dona Eustáquia virão para cá visitá-la. Estão loucos para ver o neto.

Despediram-se e, quando fecharam a porta, Ivan sentou-se na beirada da cama. Tomou a mão de Sílvia com carinho e disse:

— Vivemos como bons amigos. Mas saiba que eu tenho uma afeição muito grande por você. Gosto de nossas conversas, de seu sorriso, de suas reclamações, enfim, gosto muito de sua companhia. Se fosse outra circunstância, creio que eu teria me apaixonado tranquilamente por você.

— Digo o mesmo, Ivan. Se eu não tivesse passado o que passei por conta da decepção amorosa que Olavo me causou, juro que você seria o homem ideal para mim. Confesso que, se ele não tivesse passado por minha vida, eu entregaria meu coração de bandeja para você. Sabemos que fomos feridos, ainda estamos em processo de cicatrização.

— E quanto tempo será que vai levar para curarmos nossa ferida? Uma vida toda?

— Não sei. Agora que temos Fernando, talvez muito de nosso amor seja direcionado a ele.

— Só fico apreensivo de ele crescer vendo os pais dormindo em camas separadas. Não acha isso estranho?

— Estive pensando sobre o assunto. Assim que receber alta e voltar para casa, poderíamos dormir em uma mesma cama. Não vejo problema nisso. Podemos comprar uma cama de casal bem espaçosa.

— Eu me alegro que pense dessa forma. E prometo que vou respeitá-la.

Ivan beijou a mão de Sílvia e logo uma enfermeira entrou no quarto chamando-o para uma emergência. Assim que ele saiu, Sílvia ficou pensativa, revivendo os últimos meses.

A vida com Ivan estava muito boa. Ele era ótimo companheiro, leal, amoroso, simpático, divertido, compreensivo. Conversavam bastante, tinham muitos gostos em comum. Era um homem de extrema sensibilidade; apresentara a ela os livros de Clarice Lispector, sua escritora predileta.

Ela e Ivan passaram a se dedicar ao conhecimento espiritual depois do episódio com Soraia na festa de casamento deles. Compraram alguns livros indicados por Jamil, foram por ele apresentados a Leocádia e, vez ou outra, reuniam-se todos para discutir e tirar dúvidas. Alguns meses depois, um tanto cético, Ivan deixou os estudos. Era-lhe difícil entender e aceitar os conceitos espiritualistas.

Conforme a barriga crescia, no entanto, Ivan a cobria de mimos e cuidados. Não fosse o coração partido, ela teria se apaixonado por ele. Todavia, no sexto mês de gravidez, agora rememorando o episódio na cama do hospital, Sílvia se lembrou de que, numa tarde, quando fora se levantar da cama e sentira tontura, Ivan tinha ido correndo acudi-la e a segurara pelos braços.

A maneira como ele a pegara e a proximidade dos rostos, fazendo com que Sílvia sentisse o hálito doce e quente dele, haviam mexido com seus hormônios. Ela sentira um frêmito de prazer. Não soubera identificar ao certo, mas, naquele momento, tivera vontade de beijá-lo. Tinha se segurado e virado o rosto. Ivan nada percebera.

Matutando sobre esse dia, ela agora se perguntava:

— Será que estou começando a gostar de verdade de Ivan? Será?

Ivan foi atender uma paciente que chegou com fortes dores. Estava no sexto mês de gravidez. Depois de medicá-la, fazer alguns exames e encaminhá-la para observação, percebeu que o bebê passava bem e a mãe também.

Ele foi até a salinha dos médicos e serviu-se de café. Sentou-se num sofá e logo esticou as pernas. Deitou um pouco, estava cansado, tenso ainda por ter realizado o parto do próprio filho. Para ele, Fernando era seu filho. Não tinha mais dúvidas quanto a isso. Talvez, quem sabe, um dia pudesse tocar no assunto com Olavo, revelar ao amigo toda a verdade, enfim, mas deixaria isso para depois.

Agora estava ali, pensando na proposta de Sílvia de dormirem na mesma cama. Aquilo o encheu de esperança. Estava, havia alguns meses, sentindo mais do que um simples sentimento de amizade por ela.

Desde que se casaram e mudaram para a casa, começando a vida a dois, apesar do acordo de manterem as aparências,

Ivan começou, no dia a dia, a notar outros aspectos de Sílvia. O sorriso, o jeito de falar, a maneira de ajeitar a casa, de sorrir, de também solucionar os problemas, enfim, havia muita afinidade entre eles.

Ivan começou a olhar para ela como mulher, não mais como amiga. Afinal de contas, Sílvia era uma moça bonita, atraente. Depois de se ver livre das influências de Ivete, pareceu-lhe não haver mais obstáculos para se abrir às possibilidades de um novo amor.

Ora, se o seu coração estava se cicatrizando de maneira tão rápida, por que procurar fora se dentro de casa havia alguém que lhe despertava grande interesse? Lembrou-se de uma vez em que fora segurar Sílvia, tomara-a nos braços, seus rostos tinham ficado muito próximos e ele, por um triz, quase a beijara. Havia feito uma força hercúlea para não beijá-la nos lábios.

Enquanto bebericava seu café, Ivan perguntou para si:

— Será que estou começando a gostar de verdade de Sílvia? Será?

CAPÍTULO 15

A gravidez de Dorothy não foi surpresa para a família. Esperavam que ela engravidasse durante a lua de mel. O pai e duas tias estavam radiantes.

Olavo, a princípio, não se mostrou muito entusiasmado. Depois, com o passar dos meses, conforme a barriga de Dorothy crescia, e ela ficava cada vez mais insuportável, reclamando do corpo, do calor, do inchaço, dos enjoos, mais ele foi gostando.

Era como se, por meio da gravidez, ele estivesse se vingando da esposa.

— Não faz o que eu quero? No entanto, é obrigada a carregar esse bebê por nove meses.

— Insensível! Ainda tem coragem de tripudiar sobre o meu estado? Queria ver se fosse você que estivesse grávido! Não tem posição para dormir, não tem sossego, a barriga mexe a todo momento. E os enjoos não param nunca.

— Bem feito! Para você aprender que existem coisas na vida que você é obrigada a engolir.

Dorothy apanhou uma almofada que estava próxima e atirou-a contra Olavo.

— Saia daqui antes que eu exploda de ódio. Está fazendo mal a mim e ao bebê.

— Tomara que nasça um menino. Vai aporrinhar você até dizer chega.

— Eu torço, com todas as minhas forças, para que nasça uma menina, assim eu terei uma companheira. Será minha aliada.

— Vire essa boca para lá. Duas Dorothys? Eu não dou conta.

Todavia, Olavo teve de dar conta, pois Dorothy deu à luz uma linda ruivinha, Debora. A cara da mãe.

❋

Quando Fernando completou três meses de vida, durante um almoço de família, Sílvia fez o anúncio inesperado:

— Eu e Ivan pensamos bem no assunto. A princípio, não iríamos batizar nosso filho, pois gostaríamos que Fernando crescesse livre para ter a liberdade de professar a sua fé. No entanto, conversando com minha sogra, cheguei à conclusão de que o batizado será importante para o bebê, visto que ele vai estudar em escola de padres.

— Fico feliz com sua iniciativa — ajuntou Eustáquia. — O batizado torna a criança cristã. Para mim, é como se, a partir do batismo, estivesse sempre protegida por Jesus.

— Penso da mesma forma, embora possam achar que somos crentes ou paranoicas — complementou Soraia. — Eu não me importo. Fico também contente que meu sobrinho seja batizado.

— Além do mais — Ivan tomou a palavra —, o batismo exige que a criança ganhe uma madrinha e um padrinho, que, de certo modo, são figuras importantes na vida da criança. São como segundos pais.

— Isso é fato — concordou Eustáquia. — Pensou em alguém, desde que não sejamos eu e Faruk?

— Por quê? O que há de errado com vocês? — quis saber Paulo.

— Já temos idade, estamos ficando velhos. Não teremos como acompanhar o crescimento de Fernando.

— Não diga isso, mamãe — tornou Sílvia, em tom de censura.

— É a pura verdade. Eu e Faruk estamos com idade. Fernando precisa de padrinhos mais jovens.

— Já pensou nos padrinhos? — perguntou Jamil.

— Sim — respondeu Ivan. — Depois de uma rápida conversa, eu e Sílvia tivemos a mesma ideia. — Ivan fez sinal com a cabeça e Sílvia informou:

— Nós gostaríamos que os padrinhos de Fernando fossem Soraia e Jamil.

Houve um rápido silêncio e, na sequência, Soraia correu até a irmã e, antes de beijá-la, pegou o pequeno Fernando nos braços. Beijou-o e acarinhou-o de maneira que comoveu a todos:

— Eu serei a tia-madrinha mais maravilhosa do mundo. Sempre poderá contar comigo. Toda vez que sua mãe pegar no seu pé ou brigar com você, ligue para mim ou corra para minha casa. Eu sempre vou amá-lo, não importa o que aconteça.

Todos ficaram emocionados. Jamil aproximou-se e beijou o bebê.

— Também serei um tio e padrinho maravilhoso. Darei o melhor de mim para que você seja um homem de bem.

Em seguida, ele se dirigiu a Sílvia e Ivan, e os abraçou com carinho:

— Muito obrigado pela consideração. Não sabem como me fizeram feliz.

— Temos certeza de que sua presença fará muito bem ao nosso filho.

— Eu vou trabalhar muito, estarei muitas horas ausente — emendou Ivan. — Talvez ele passe horas com o padrinho no mercado e tome gosto pelos negócios. Nunca se sabe!

Após novos abraços e mais cumprimentos, Faruk propôs um brinde àquele momento tão especial.

Paulo aproximou-se de Soraia e confessou:

— Vendo-a embalar Fernando nos braços, juro que me deu uma vontade imensa de lhe dar um filho.

— Então, por que não pede logo a minha mão em casamento? Já tem casa, quer dizer, um apartamento, mas é seu, é próprio.

— Só se for comigo ao baile de formatura.

— Está falando sério?

— Sim. A turma que se forma este ano quer me prestar uma homenagem. Adoraria levar minha namorada. Ou noiva.

Soraia riu e provocou:

— Aceito, desde que já aproveite o momento para oficializar nossa união. E sem Herculano. Ele precisa estar conosco toda vez que saímos?

— Não vou prometer. Muito pelo contrário. Herculano tem carro próprio, vai nos levar.

— Ah, essa não! Ainda terei de ir no carro daquele doidivanas inconsequente?

— Não sei o porquê de pegar tanto no pé dele.

— É muito compreensível. Demais.

— Herculano teve vida difícil. Sou o irmão que ele nunca teve.

— Está bem. — Soraia fez um muxoxo: — Não vou mais tocar no assunto. O amigo é seu. E, de mais a mais, hoje é um dia especial. Quero transmitir somente boas sensações a este bebezinho lindo — finalizou, beijando Fernando várias vezes no rosto.

Paulo pigarreou e, assim que brindaram à saúde do pequeno Fernando, ele pediu a atenção e encarou o patriarca:

— Seu Faruk, eu gostaria de pedir, formalmente, a mão de sua filha Soraia em casamento.

Mais vivas e brindes. Foi um dia de muita felicidade para todos.

CAPÍTULO 16

Promessa é promessa. Soraia, depois de ganhar o anel de noivado, topou ir ao baile de formatura com Paulo, mesmo com a presença de Herculano. Era um baile de gala em um clube tradicional da cidade.

O carro de Herculano estava na oficina, para reparos. Ele sempre se metia em confusão, rachas e afins. Não tinha mês que seu carro não passasse uns dias dentro de uma oficina, para consertos os mais variados. Por esse motivo, Soraia pediu o carro emprestado a Jamil, desde que Paulo o dirigisse.

Ela estava elegante, bem bonita e, com seu corpo cheio de curvas e cabelos negros penteados ao estilo Ava Gardner, chamava atenção por onde passava, deixando Paulo cheio de orgulho.

No caminho, ela e Herculano, para variar, trocaram farpas.

— Eu podia dirigir. E os dois ficariam no banco de trás, namorando — comentou Herculano.

— O carro é do meu irmão. Jamais deixaria um irresponsável como você botar as mãos na direção. Paulo está dirigindo muito bem — disse e piscou para o noivo, ao lado.

— Nossa, como você é insuportável! Deus me livre e guarde! Tenho pena de Paulo.

— Ora...

E a discussão seguia. Paulo ria com a situação.

— No fundo, vocês se adoram.

Quase foi linchado. Por Soraia e Herculano.

A festa foi animada, com música ao vivo, alguns comes e muitos bebes. A bebida, de fato, rolou solta. Paulo, para surpresa de Soraia, meteu os dois pés no uísque, na cachaça, na cerveja... talvez pelo fato de ter sido homenageado e estar desfilando ao lado de uma mulher tão bonita e cobiçada. Ele, um tanto reservado, exagerou na bebida a fim de se soltar e ficar um pouco mais sociável.

Acontece que, ao final da festa, Paulo estava completamente bêbado. Não respondia por si.

— Está na hora de ir embora? Já? — indagou Herculano, voz pastosa, deitado com a cabeça sobre o ombro de Paulo, completamente bêbado também.

— Engraçadinho! — Ela bateu com a bolsinha sobre o peito dele. — Vocês dois são péssimos exemplos. Não sabem se controlar?

Herculano olhou para Paulo e riu:

— Vai ver ele bebeu para esquecer você.

— Sem graça. Ele me ama.

— Sei disso. — Herculano levantou-se com dificuldade, passou o braço pela cintura do amigo e foi carregando Paulo na direção do estacionamento.

Soraia ainda estava tomando aulas de direção e não tinha tirado carta de motorista. Por isso, alertou, voz grave:

— Eu deveria conduzir o carro. Jamil confiou em mim. E olhe o seu estado! Está sem condições de dirigir.

— Estou muito bem. Pare de falar como uma matraca e me ajude a colocar seu noivinho no banco de trás. Pelo estado em que se encontra, acho que precisa chamar um guincho — ele brincou. — Para rebocar o Paulo, não o carro.

Soraia estava possessa.

— Beber, tudo bem. Eu até bebi um pouco de ponche. Você, nem vou dizer. Sempre foi um irresponsável, doidivanas. Mas Paulo, que não é muito de beber, exagerou. Olhe o estado dele. Que coisa feia! Foi homenageado pelos alunos. Não fica bem.

Herculano deitou o amigo no banco de trás e, na sequência, comentou:

— Sou obrigado, mesmo a contragosto, a concordar com você. Tem razão. Meu amigo passou dos limites.

— Você não está em condições de dirigir. O melhor seria tomar um táxi e, amanhã, pegarmos o carro.

— Nada disso — Herculano protestou. — Sei dirigir, não vou deixar que o carro de seu irmão durma no sereno.

Depois de muito bate-boca, Soraia concordou. Herculano finalizou:

— Levamos você até sua casa e deixamos o carro. Depois eu tomo um táxi e vou com Paulo até a casa dele. Ele não tem condições de dormir sozinho, ao menos esta noite.

— Sempre arruma um jeito de ficar perto do amiguinho.

— Ciúmes à parte, acha que ele tem condições de ficar sozinho?

— Sou obrigada, mais uma vez, a concordar com você. Se fosse possível, eu ficaria com ele. Sinceramente, estou decepcionada.

— Não seja tão rígida. Hoje é dia de festa. Dê um desconto ao seu noivo.

— Está bem. Só hoje. Mas amanhã eu e ele vamos ter uma conversa bem séria. Muito séria.

— Ainda bem que não tenho namorada. Vocês, mulheres, são mandonas.

Soraia ia retrucar, contudo, Paulo balbuciou alguma coisa. Herculano tornou:

— Vamos. Quanto mais cedo chegarmos em casa, melhor.

E assim fizeram. Herculano pegou as chaves da mão dela e tomou a direção. Soraia sentou-se no banco da frente ao lado dele. Paulo, no banco de trás, apagou. Ressonava e mastigava a saliva. Herculano deu partida. Seguiram calados. Herculano, um tanto alterado pela bebida, acelerava além do convencional. Soraia não estava gostando muito daquilo. Às vezes, ele fazia uma curva muito fechada, o carro parecia quase perder o controle.

— Herculano, vá mais devagar.

— Calma. Este carro é seguro, dos bons. Eu dirijo bem.

— Dirija sem olhar para mim. Dirija olhando para a frente.

— É que você é muito bonita. Paulo soube escolher.

— Vai me dar cantada agora? Dar em cima da noiva do seu amigo?

— Não — ele sorriu de forma maliciosa. — Estou bêbado, mas não perdi a noção do que é belo. Que você é bonita, ah, isso é! Não podemos negar e...

Herculano falava olhando para Soraia, sem prestar atenção a sinal, cruzamento, nada. De repente, veio o grito apavorado de Soraia, a freada brusca, o baque seco contra o veículo e, logo na sequência, outro baque sobre o asfalto.

— O que foi? — Herculano voltou a si, depois de frear.

Soraia olhou para trás. Havia um corpo estirado no asfalto e que se mexia, lentamente.

— Você atropelou alguém. Foi isso! Pelo amor de Deus! Vamos acudir.

Ela saiu do carro e correu. Era um rapaz, mesma idade que ela, talvez. O rosto ralado, com alguns ferimentos e sangue. Ele esticou o braço para ela:

— Não sinto as pernas. Por favor, me ajude.

Soraia tocou na mão do rapaz. Herculano puxou-a com força para trás.

— Venha, vamos embora.

— Não! — ela gritou. — Não podemos. Ele precisa de ajuda.

— Se chamarmos a polícia, seremos todos presos. Eu estou bêbado. O carro é de seu irmão. Quer arrumar encrenca para Jamil?

— Não, mas...

Herculano não a deixou terminar de falar. Arrastou Soraia para dentro do carro.

— Nada. Vamos embora. Quando chegarmos a sua casa, você liga para a polícia. Anota o nome das ruas do cruzamento.

— O rapaz precisa de ajuda...

Herculano não quis saber. Deu partida e acelerou. Soraia, lágrimas nos olhos, não sabia o que fazer. Chacoalhava Paulo, mas ele não acordava, nem com toda essa confusão.

Meu Deus, o que posso fazer para ajudar esse rapaz?, pensou, aflita. *Não quero deixá-lo na mão.*

Mas o deixou. Porque, mesmo depois que chegou a sua casa, ela ligou para Ivan, contando o ocorrido. Ivan acionou um amigo da polícia e resgataram o rapaz. Levado para a Santa Casa, constatou-se que a batida provocara em seu corpo a ruptura de algumas vértebras, o que o deixaria definitivamente paraplégico.

No entanto, como houve demora no atendimento, Raul — esse era o nome do rapaz de apenas dezoito anos — perdeu muito sangue, teve hemorragia e não resistiu aos ferimentos. Morreu dali a dois dias.

Ao receber a notícia, Soraia teve um ataque, tipo chilique mesmo. Paulo, por sua vez, sentiu-se o mais impotente e idiota dos homens. Impotente por não poder ter feito nada para ajudar.

Nem poderia. Naquela noite, ele havia apagado por completo e não registrara o acidente. Idiota porque, se não tivesse bebido tanto assim, talvez nada disso tivesse acontecido.

— Nunca vou me perdoar.

— Você não tem culpa — ela disse, chorosa.

— Como não? Se eu tivesse me mantido sóbrio, essa tragédia jamais teria caído sobre nossas cabeças. E uma vida teria sido poupada.

— Estava desmaiado. Eu fui a culpada. Toquei na mão dele, deveria ficar ali até chegar a ambulância. Se tivesse feito isso, talvez o rapaz sobrevivesse.

— Sobreviveria, mas ficaria inválido — interveio Herculano. — Creio que foi melhor assim.

Soraia teve vontade de esganá-lo:

— Como se atreve a falar assim? Quem pensa que é? Deus?

— Não. Mas não acredito que um rapaz saudável, na flor da idade, gostaria de viver preso a uma cadeira de rodas.

— Você pensa dessa forma. Como pode se colocar no lugar dos outros e achar o que pensam? — O tom de Soraia era de raiva.

— Sou prático.

— Frio, só pensa em você. Só olha para o próprio umbigo. Por que tinha de estar na festa e por que pegou o carro? Por quê?

— Porque seu noivinho se afundou na cachaça. Porque seu noivinho não tem tolerância para bebida. Só isso.

Paulo levantou-se e meteu o dedo em riste:

— Chega, Herculano! Você passou dos limites. Sou da paz, não quero briga. Melhor você parar por aqui e ir para casa refletir.

— Sou seu amigo.

— Melhor ir embora — Paulo repetiu, olhando para baixo.

— Está bem. Agora querem que eu suma da vida de vocês. Eu sou o pária, o excluído.

— Suma de nossa vida! — Soraia gritou. — Desapareça! Eu odeio você.

Herculano teve imensa vontade de abraçar Paulo, porém conteve-se. Encarou Soraia e fulminou-a com os olhos. Saiu pisando firme e bateu a porta com força. Ela abraçou Paulo, e os dois choraram muito. De dor, de remorso, de culpa...

Algum tempo depois, Soraia, aflita, ligou e pediu para conversar com Leocádia. Ao abrir a porta de casa, Soraia abraçou-a de maneira desesperada. As lágrimas desciam sem cessar. Leocádia solicitou:

— Calma, minha pequena.

— Eu me sinto tão infeliz.

— Venha, vamos entrar.

Leocádia fechou a porta e conduziu Soraia até a sala de estar. Sentaram-se no sofá. Leocádia tocou uma sineta. A empregada apareceu e ela pediu um copo de água com açúcar.

Depois que Soraia bebeu, ela indagou:

— Sente-se melhor?

— Humm, humm. Sim.

— Ótimo.

— Preciso acabar com esta culpa que me consome. Não deixo de pensar no rapaz, no acidente. Tenho pesadelos. Será que ele virá atrás de mim como a Ivete, ex-noiva de Ivan?

— Não. Sinto que esse moço está bem e entende que você queria ajudá-lo.

— Eu peço perdão a ele todos os dias.

— Ele sabe disso.

— Sabe?

— Está ao seu lado.

Soraia só não deu um pulo no sofá porque estava abalada, destruída emocionalmente e consumida pela culpa. Os últimos meses tinham sido muito estafantes para ela.

Antes, uma moça voluntariosa, de temperamento forte, personalidade idem. Brigava com as pessoas, não era afeita a carregar um sorriso nos lábios. Estava e andava sempre na defensiva; acreditava que as pessoas tinham segundas intenções.

Soraia era o tipo de pessoa que tem em mente que nenhum ser humano age movido pela bondade, pois sempre vai querer uma vantagem, tirar algum proveito, fazer cobrança, ganhar alguma coisa. Havia mudado um pouco com o tratamento de passes no centro, logo depois que Ivete se aproximara dela.

No entanto, depois que o tratamento havia terminado, Soraia deixara a leitura espiritual de lado, não quisera mais saber de rever posturas e atitudes que a irritavam, não estava mais tratando de sua reforma íntima como deveria.

Mesmo assim, ela, que nunca acreditara na generosidade do próximo, na noite do acidente, de forma espontânea, quisera ajudar um estranho. Tinha agido pelo coração, não pela razão.

Era por esse motivo que o espírito de Raul estava ali, agradecendo-lhe.

— Ele está aqui?

— Sim. Agradece suas orações. Aliás, foram suas orações sinceras, cheias de amor, que o ajudaram a fazer uma passagem tranquila para a outra dimensão. Além do mais, o perispírito dele não sofreu lesões.

— Como assim?

— O corpo físico de Raul foi afetado, lesado. O corpo astral, não. Ele está de pé, ao seu lado.

Soraia emocionou-se.

— Fico contente que esteja bem.

— Veio agradecer e dizer-lhe que não deve carregar mais a culpa sobre seus ombros.

— Fui omissa. Se eu o tivesse ajudado, ele poderia estar vivo.

— Mas ele continua vivo. De outra forma.

— E tem Herculano. A maneira fria como ele tratou o caso, o jeito como até agora ele vê o acidente. Parece que não tem coração.

— Cada um é um. Você não pode julgar o que os outros pensam, por mais estapafúrdios que sejam os pensamentos ou ideias deles. Abençoe Herculano. Deixe-o seguir seu caminho.

— Não sei. Talvez aceitar o que ele fez seja mais difícil que arrancar a culpa que sinto. Além do mais...

Leocádia interrompeu-a com carinho:

— Raul afirma que tudo acontece no momento certo. Nada acontece por acaso. As pessoas são unidas pela vida. Se estão juntas, é porque precisam trocar experiências, aprender umas com as outras.

— Por que a vida nos juntou? Não vejo um motivo plausível.

— Raul está sorrindo, e um dia, se estiver madura, você irá saber. Mas, agora, o importante é ter em mente que a culpa só faz mal. Dedicar-se a ela é como ingerir drogas que, aos poucos, vão minando nossas possibilidades de paz e felicidade.

— Creio que começo a entender, Leocádia. Sinto bem-estar.

— Ele está ao seu lado enviando energias de calma e paz. E, antes de partir, está lhe dizendo que, sempre que possível, virá visitá-la. Também sugere que uma boa maneira de arrancar de vez essa culpa é pensar que você fez só o que sabia e acreditava ser o seu melhor na noite do acidente. Ninguém erra porque quer.

Soraia balançou a cabeça de forma positiva.

— É verdade. Obrigada, Raul — falou olhando para o vazio ao lado. Em seguida, esticou as mãos e tocou as de Leocádia: — Obrigada.

— Você é uma mulher de personalidade exuberante.

— Preciso ser mais reservada.

— Não. Continue sendo exuberante. Só precisa entender que as pessoas são diferentes, cada um tem um jeito próprio de ser, de pensar e de agir. Se você viver pensando dessa forma, vai se tornar uma pessoa menos briguenta, mais compreensiva, alegre, querida, de bem com a vida.

— Isso é o que eu quero.

— Você vai conseguir. Eu acredito em você, Soraia. É uma boa mulher.

Soraia abraçou-a demoradamente. Ficaram assim por um bom tempo, enquanto das mãos de Raul uma luz suave atingia as duas, proporcionando-lhes bem-estar e harmonia ao ambiente.

Um mês depois desse encontro na casa de Leocádia, Soraia e Paulo foram surpreendidos com uma triste notícia. Um avião que partia de Congonhas, cujo voo tinha como destino o Rio de Janeiro, não conseguira ganhar altura suficiente após a decolagem e caíra sobre uma área residencial do bairro do Jabaquara. A bordo havia quatro tripulantes e dezesseis passageiros, dentre eles, Herculano. Todos morreram.

CAPÍTULO 17

A união entre Soraia e Paulo, diferentemente da de Sílvia, foi celebrada na casa de Faruk, com um jantar para a família dos noivos, no início de dezembro de 1958, coincidindo com as férias de Paulo na faculdade.

Em seguida, partiram para o Uruguai, destino escolhido por nove entre dez casais, à época, para oficializarem um segundo casamento. Como Paulo era desquitado, no Brasil não seria possível celebrar nova união. Quem fosse separado somente poderia casar-se outra vez depois da aprovação da Lei do Divórcio, em 1977.

Na viagem, que também serviu como pano de fundo para a lua de mel, Soraia exigiu:

— Sei que vamos viver juntos por toda a vida. Por isso, gostaria de lhe fazer um pedido.

— Pois faça — pediu Paulo.

— Ao completarmos bodas de prata, gostaria de ter a festa à qual não tive direito.

Paulo a abraçou com ternura e prometeu:

— Fique tranquila, pois vamos comemorar vinte e cinco anos de casados, como também cinquenta. E você terá uma festa à altura, porque tenho certeza de que até lá a nossa situação matrimonial será reconhecida.

Feliz, Soraia o encheu de beijos e abraços. Passaram dias maravilhosos em Montevidéu.

Os meses foram passando e, no dia em que Fernando completou dois anos e meio, Soraia deu à luz um menino, Maurício. Gordinho e muito saudável, transformou positiva e radicalmente a vida de Paulo.

Depois da experiência ruim pela qual passara com o atropelamento, Paulo se transformou em outra pessoa. Nunca mais colocou uma gota de bebida na boca. Largou o cigarro, entrou no time de natação do clube, procurava manter hábitos saudáveis e, juntamente com Soraia, frequentava as reuniões na casa de Leocádia para entender e conhecer mais sobre o universo da espiritualidade e também desvendar os mistérios da mente.

Depois do acidente, Soraia voltara a se interessar pelos estudos espirituais. Agora, era uma mulher diferente, porque tentava viver a espiritualidade no cotidiano. Procurava ser alegre, bem-humorada. Continuava, obviamente, com seu temperamento forte e exuberante, mas tornara-se uma mulher mais sensível.

Leocádia lhes dava e indicava livros, às vezes os convidava para irem às palestras abertas ao público no Círculo Esotérico da Comunhão do Pensamento. Soraia frequentava um centro perto da casa dela e ia de vez em quando para receber tratamento espiritual. Contudo, a bem da verdade, alimentava a esperança de receber uma mensagem de Raul, visto que o centro fazia esse tipo de trabalho, e Leocádia nunca mais tivera contato com o jovem espírito.

A convivência entre pai e filho era tocante. Paulo preocupava-se até demais da conta, pois agora se via desesperado com qualquer choro ou espirro do bebê. Passava madrugadas em claro observando o filho, para ver se dormia bem, se não iria sufocar, se não iria cair da cama...

Soraia, de certa maneira, até gostava, pois, enquanto ele se desdobrava em atenções com o bebê, tinha tempo para tocar a casa e, coisa incrível, dedicar também o máximo de tempo às brincadeiras com Fernando. Era apaixonada pelo sobrinho-afilhado. Vivia agarrada a ele, levava-o para passear quase todos os dias.

De certo modo, desde a amamentação, despertara em Soraia uma ojeriza pelo filho, fosse porque os seios doíam, fosse porque ela estava cansada, fosse porque Maurício chorava demais.

Assim, com o tempo, ela foi se distanciando do bebê, deixando-o mais aos cuidados de Paulo e, naturalmente, dedicando maior parte do tempo a Fernando.

Sílvia já havia percebido esse grude, mas acreditava que, com o nascimento de Maurício, essa ligação fosse se tornar mais branda. Não ficou. Soraia dava mais atenção ao sobrinho do que ao filho. E isso, com os anos, iria causar desarmonia na família. Mas veremos o desenrolar mais à frente...

Fernando também começava a desenvolver uma atração especial pela tia. Chorava quando ela o deixava em casa, abria o berreiro quando Soraia se despedia dele, preferia estar com a tia a ficar com a mãe.

Paulo não notava esse apego excessivo entre a esposa e o sobrinho, de tão paranoico que estava com os cuidados excessivos e absurdos com Maurício. Até a relação íntima entre o casal, por um momento, esfriou.

— Não estou gostando muito desse vínculo tão forte entre Soraia e Fernando. Já viu como ele fica quando ela o deixa em casa? Duas horas de choro. É muito dengo — observou Sílvia.

— Deixe o menino. Eles se adoram — devolveu Ivan.

— Não é você quem tem que fazê-lo aquietar-se. Não vê o trabalho que dá. Além do mais, esta casa é grande demais, estou cansada.

Ivan a olhou por cima dos óculos. Nunca vira Sílvia lhe falar de maneira tão ríspida.

— O que está acontecendo?

— Nada — ela bufou. — Não está acontecendo nada.

— Como não? Você está uma pilha de nervos.

— Não. Eu só me casei porque não queria ser achincalhada pela sociedade, você caridosamente aceitou casar-se comigo. Viemos morar numa casa boa, mas grande, em um bairro ao qual ainda não me adaptei. Meu filho, que seria meu alento, está mais apaixonado pela tia do que por mim. Isso quer dizer que não nasci para ser amada. Estou farta, Ivan. Estou cansada...

Ela se deixou cair sobre uma cadeira e começou a chorar. As lágrimas corriam sem cessar. Ivan não sabia ao certo o que fazer. Num primeiro momento a olhou de maneira perplexa, pois nunca vira Sílvia perder o controle.

Em seguida, sensibilizou-se. Ele também estava sentindo um grande vazio. Viviam como um casal, tinham um filho adorável, mas faltavam amor, carinho e sexo. Eles estavam naquela casa representando o papel de marido e esposa, porém, no dia a dia, viviam como dois amiguinhos, irmãos. Ele também não sabia o que fazer, como proceder.

Ivan até tinha ido, algumas vezes nesses quase três anos de casados, a casas de prostituição para saciar seu desejo sexual. Deitar-se ao lado de Sílvia era um martírio. Não poder tocá-la era algo terrível para ele.

De certa maneira, compreendia o que se passava com ela. Foi até a cadeira, abaixou-se e tocou nos braços dela.

— Entendo como se sente. Fizemos o que achávamos o melhor para o momento, no entanto, percebo que não estamos felizes.

— Não, não estamos.

— O que sugere? O desquite?

Ela o olhou de forma surpresa:

— Desquite? Gostaria que nos separássemos?

— Não é isso. Apenas percebo que está infeliz. Talvez, se eu a deixasse livre, quem sabe encontraria alguém que pudesse amar de verdade...

Ela o interrompeu:

— Com um filho a tiracolo? Neste país? Está louco, Ivan? Uma mulher desquitada com filho não serve para nada. Eu só serei abordada por outros homens casados à procura de aventura. As minhas amigas deixarão de me visitar, com medo de que seus maridos possam se interessar por mim. Infelizmente, eu não tenho forças para enfrentar a sociedade. Não sou como outras mulheres à frente do nosso tempo. Queria ser mais forte, mas não sou.

— Então, o que posso fazer?

Ela o encarou e nada disse. Mas pensou: *Você poderia deixar de me olhar como amiga e me ver como mulher. Será que não lhe desperto o interesse?*

Ivan percebeu um brilho diferente nos olhos dela. Teve vontade de beijá-la, de levá-la para o quarto, de amá-la. Entretanto, veio-lhe a imagem de Olavo. Era seu melhor amigo e não tivera conhecimento de que tinham se casado. Ele se sentia na obrigação de conversar com Olavo, de colocar tudo às claras. Quem sabe, depois de uma conversa...

Ivan refletiu, levantou-se e pigarreou:

— Bom, faremos o seguinte: eu vou viajar. Duas semanas.

— Para onde?

— Fui convidado para participar de um seminário sobre novos caminhos da obstetrícia em Nova York. O hospital vai cobrir todas as despesas.

— Por que não me falou antes?

— Soube ontem — ele mentiu, porque, na verdade, Ivan havia recusado o convite. E, surpreso, revelou: — Agora, pensando melhor, creio ser ótima oportunidade para estender a viagem e encontrar-me com Olavo, conversar com ele cara a cara e resolver a questão.

Ela estremeceu.

— Conversar com Olavo? Contar sobre nós?

— Claro. Ele precisa saber que nos casamos.

— E vai lhe falar de Fernando?

— Depende do rumo da conversa. Sabe que não gosto de mentiras.

— Omitir não é mentir.

— Tem razão. Não quero pensar nisso. Contudo, preciso conversar com ele.

— E posso ir junto? Gostaria de encará-lo.

Ivan sentiu uma ponta de ciúme que não deixou transparecer. Fez de tudo para ocultá-la.

— Por quê? Qual é a necessidade? Vai perguntar por que ele a trocou?

— Ivan!

— É. Vai querer se humilhar na frente dele? Perguntar por que ele preferiu outra? Por que preferiu a fortuna e abdicou do amor? Ora, Sílvia, faça-me o favor!

— Desculpe-me. Não pensei nisso. Não queria irritá-lo.

Ivan percebeu que havia subido o tom.

— Perdoe-me. Sei que é um assunto entre você e ele. Entretanto, de certa forma, somos casados. Sei que, entre nós dois, vivemos uma farsa, mas para o mundo sou seu marido. Não gostaria de vê-la sofrer.

Ela se sensibilizou.

Ao menos ele leva em consideração o que sinto, pensou, emocionada. E indagou:

— Mesmo que eu não me encontrasse com Olavo, aproveitaria a viagem. Não é todo dia que se tem a oportunidade de viajar ao exterior. Vai com quem?

— Eu e mais três colegas do hospital.

— As esposas vão acompanhá-los?

— Não. Somente nós, os médicos. Além do mais, se me fosse permitido levar a família, demoraria para tirar os documentos de Fernando. A viagem é longa.

— Por mais que não queira me recordar, mas já recordando, Olavo levou mais de vinte e cinco horas para chegar aos Estados Unidos.

— Muita coisa mudou em três anos, Sílvia. A Varig está com um Boeing 707 operando voo sem escalas entre Rio e Nova York. Agora são nove horas de viagem.

— Que bom! E vai partir quando?

— Dentro de quatro dias. — Ivan a olhou e disse, sincero: — Espero que reflita sobre sua vida nesses quinze dias.

— Eu vou. Preciso.

— Quando eu voltar, vamos ter uma conversa definitiva. Não quero que sejamos duas pessoas infelizes. De mais a mais, Fernando não merece dois pais amargos e tristes, amuados dentro de casa, insatisfeitos, carrancudos, sem saber amar ou, pior, quem amar.

Ele saiu da cozinha. Sílvia quedou reflexiva.

— Ivan tem razão. Preciso repensar a minha vida, a de meu filho. Gostaria de conversar com Jamil, mas ele talvez não me entenda. Vou ligar para dona Leocádia. Sinto-me à vontade para conversar com ela. Esperarei Ivan viajar e, assim que partir, vou ligar e marcar uma visita.

CAPÍTULO 18

Ivan partiu em uma quinta-feira. Era um grupo de três médicos mais ele. De São Paulo, o grupo tomou a ponte aérea para o Rio. Ali, já havia um carro os esperando para levá-los até o Galeão, de onde partiria o voo da Varig, logo mais à noite.

Durante o voo, não deixou de pensar na conversa que tivera com Sílvia, no que desejava conversar com Olavo e o que seria de sua vida dali para a frente. Ivan sentia um friozinho na barriga. Estava apreensivo.

Chegou a Nova York, hospedou-se com os amigos em um agradável hotel, próximo da Times Square, e tiraram o dia para passear. No outro dia iniciaram a participação no seminário, que durou exaustivos oito dias.

Os médicos retornaram ao Brasil. Ivan tomou um trem para Boston. Havia avisado Olavo de sua ida e ficara surpreso em saber que tinha uma filha. Olavo, por sua vez, animado, comentara com Dorothy sobre a vinda do amigo brasileiro e providenciaram um jantar para recepcioná-lo.

Ivan foi para a estação de trem, apanhou um táxi até o hotel, tomou um banho, arrumou-se, comprou flores e chocolates para Dorothy, uma boneca para a pequena Debora e uma garrafa de vinho para Olavo.

Chegou pontualmente às oito da noite e foi recebido com um caloroso abraço pelo amigo. Olavo estava mais gordo, um pouco mais calvo. Atrás dele, Dorothy vinha arrastando-se, carregando uma barriga imensa. Foi simpática e o cumprimentou em bom português:

— Como vai, Ivan? Prazer em conhecê-lo.

— O prazer é meu. Não tenho como estender a mão. Estou carregado de lembrancinhas para vocês.

— Mas que cavalheiro. Entre, por favor. Sinta-se à vontade.

Ele entregou os presentes para Olavo. Em seguida, tirou o chapéu e o casaco.

Olavo o mirou de cima a baixo:

— Você está muito bem. Não mudou nada. Aliás, mudou. Está mais jovial. Bonito. O que foi, casou?

Ivan deu uma risadinha.

— Casei. — Mostrou a aliança no anelar esquerdo.

Dorothy o encarou e foi puxando-o até a sala de estar.

— Você é um tipo interessante. Eu me casaria com você.

— Dorothy! — protestou Olavo. — Isso são modos? Mal conhece meu amigo.

— Você anda tão rabugento — e, virando-se para Ivan, afiançou: — Eu não queria outro filho, juro. Ele insistiu que desejava um casal. Confesso que, embora sob protestos, vou ter este filho, mas estou fechando a porteira. Fim. Este é o último. Ou última — concluiu em inglês.

Ivan riu.

— Você é divertida. Minha esposa iria adorar você.

— Não conversamos mais desde que vim para cá — ajuntou Olavo.

— Você veio estudar, casou-se em seguida. Nunca mais tive notícias suas nem de sua tia. Fui procurá-la e me informaram que a casa havia sido vendida.

Olavo baixou a cabeça, fingindo tristeza.

— Tia Emma morreu há dois anos. Coração fraco.

— Sinto muito. Não fiquei sabendo.

— Morreu aqui nos Estados Unidos. Como tinha dupla nacionalidade, nós decidimos enterrá-la em Boston. Por meio de procuração com um advogado da família, vendi a casa dela em São Paulo. Aluguei os outros imóveis.

— Poderia ter entrado em contato comigo para ajudá-lo com a burocracia. Afinal, eu continuo morando em São Paulo.

— Preferi não entrar em contato. Sabe que deixei o Brasil e quis cortar todos os laços — falou de maneira que Ivan entendesse estar se referindo a Sílvia.

Dorothy havia se levantado para ir à cozinha buscar taças para tomarem o vinho.

— Pois deveria. Fomos amigos por toda uma vida. Não sei por que não escreveu, não ligou. Por que essa distância toda, Olavo?

— Não consigo deixar de pensar em Sílvia. — Ele não estava mentindo, pois nos poucos anos de casado percebera que não amava Dorothy.

Ivan tentou controlar o ciúme. E retrucou:

— Se não consegue, por que não escreveu para ela se desculpando, ou melhor, explicando os motivos pelos quais se casou com outra?

— Tive medo. Fiquei inseguro.

— Olavo, você destruiu o coração de Sílvia. Ela ficou sem chão.

Ao ouvir aquelas palavras, Olavo sentiu agradável sensação de bem-estar. Era como se a tristeza de Sílvia lhe fizesse bem. Então ela o amava! Isso significava que ela jamais se envolveria com outro homem. Pensando dessa forma, numa possível separação de Dorothy, o caminho estaria livre, e Sílvia, esperando por ele. Tudo melhor do que o imaginado.

— Tudo passa. As mulheres são muito dramáticas. Tenho certeza de que Sílvia chorou um pouquinho e, casta como é, nunca mais vai se envolver com homem nenhum. Ela só teve a mim. Garanto que nunca mais vai ter prazer com outro. Eu tenho o dom de enfeitiçar as mulheres. Fazer o quê?

Ivan teve vontade de avançar sobre o amigo e lhe dar uma bofetada. Ou uma surra. Para ele, Olavo não estava nem aí com os sentimentos de Sílvia. Tratava-a como se fosse um objeto de sua afeição, de seu prazer, como se ela fosse uma coisa, não uma pessoa.

— Você não está respeitando os sentimentos dela. Não imagina o que ela passou.

— Mulheres, mulheres. São todas iguais. Chiliques, choros, gritinhos. Garanto a você que, se eu aparecer lá e sussurrar duas palavras em seu ouvido, ela abre as pernas para mim, de novo.

Ivan ficou rubro e levantou-se com o punho cerrado para socar Olavo. Dorothy entrou na sala com as taças.

— Vamos beber e comemorar. Você é muito bem-vindo em nossa casa.

— Obrigado.

Ivan pegou sua taça, bebericou seu vinho e então vislumbrou a grande chance de se vingar de Olavo. Com classe, sem precisar partir para a agressão.

Dorothy quis saber:

— Você tem filhos?

— Sim. Um menino de dois anos.

— Que coincidência! Nossa filha também tem dois aninhos.

Ivan tirou a carteira do bolso do paletó e dela sacou uma foto, mostrando-a a Dorothy.

— Que lindo! Como se chama?

— Fernando.

Dorothy repetiu, sem sotaque, e prosseguiu:

— Bonito nome. É de origem germânica. Vem de *Ferdinand*. Algo como “aquele que ousa viajar”. Há um escritor e poeta português muito famoso com este nome, Fernando Pessoa.

— Você sabe muita coisa sobre nosso idioma.

— Tive de aprender. Olavo me *escambulhou* — ela trocou as letras de forma graciosa — e eu, como adoro desafios, aprendi na marra. Quero que Debora e, quem sabe, este — deu um tapinha na barriga — aprendam o português. Eu já o ensino a Debora. O pai vai ensinar este aqui.

— Acho ótimo o filho falar dois idiomas.

— Eu tenho um ateliê de costura em sociedade com uma amiga. Logo vamos expandir nosso negócio. Quem sabe eu não chegue com minha grife ao Brasil?

— Ela sonha alto — interveio Olavo.

— E por que não? Eu tenho dinheiro, não tenho medo de arregaçar as mangas e trabalhar. Aprendi desde cedo a valorizar o trabalho, diferente de certas pessoas.

Olavo a fulminou com os olhos.

— Eu também gosto de trabalhar.

— De trabalhar uma maneira de gastar nosso dinheiro, isso sim. Esse aí — baixou o tom de voz para Ivan — só quer saber de farra. Um dia eu me canso dele, dou um pé e quero ver o que sobra. Ele acha que meia dúzia de casinhas da tia e um punhadinho de joias podem sustentar os excessos dele. Está perdido. Só se dá bem quem tem mérito. Olavo está bem longe disso.

Ivan mexeu a cabeça para cima e para baixo. Teve uma ótima impressão de Dorothy. Era voluntariosa, mas era uma mulher que sabia o que queria e tinha os pés no chão. Percebeu isso quando Debora entrou na sala choramingando:

— Quero ficar com vocês.

— Não, filhinha. Mamãe já explicou para você. Lugar de criança, a esta hora, é no quarto.

— Mas eu quero.

— Não tem querer. Tem de obedecer. Depois subo para lhe contar uma historinha para dormir. Pode ser?

— Pode.

Chamou a babá.

— Mary, Debora não deveria estar aqui. Leve-a já para os aposentos. Mais tarde eu subo para lhe contar uma história de ninar.

— Desculpe, senhora.

— Venha, dê um beijo no papai e no tio Ivan. Hora de dormir.

A menina fez sim com a cabecinha, beijou o rosto de Olavo, depois, graciosamente, beijou o rosto de Ivan e subiu abraçada à babá.

— Você pode tudo, a sua filha não pode nada.

— Ela pode, mas dentro das regras. Tudo dentro dos limites.

— Você e seus limites.

— Porque eu sou a dona desta casa — enfatizou. — Eu mando aqui. Quem não estiver contente que se mude. Inclusive Debora. Quando estiver maiorzinha e não estiver satisfeita com as regras da casa, eu a deixo ir para um internato.

— Tem o coração duro — protestou Olavo.

— Não. Tenho rédeas curtas. Eu amo minha filha, mas aqui ela vai seguir as minhas regras. Não vou deixar ela fazer o que fiz com meu pai. Nem morta!

Ivan sorriu e, quando já estavam sentados para jantar, enquanto Dorothy lhe servia o prato, ela perguntou:

— Qual é o nome de sua esposa?

Ivan sorriu de forma maliciosa e encarou Olavo:

— Sílvia. Minha esposa se chama Sílvia. Olavo a conhece.

Olavo tossiu com a bebida. Ficou rubro. Dorothy virou para o marido enquanto terminava de servir a comida no prato:

— Você era amigo dela, meu bem?

Olavo limitou-se a ciciar um sim. E teve uma vontade imensa de avançar sobre Ivan.

Durante o jantar, animado por Dorothy, Ivan percebia Olavo gesticular "maldito", "desgraçado", "você me paga" e outras palavras mais pesadas.

Ao se despedirem, Olavo fez questão de levar a esposa até o quarto, pois Dorothy estava, de fato, muito cansada pelo estado avançado de gravidez.

— Deixe-me no quarto de Debora. Eu prometi a ela contar-lhe uma historinha antes de dormir.

Depois de deixar a esposa no quarto da filha, Olavo desceu as escadas feito um tufão. Saiu e bateu a porta. Chegou ao jardim e deu um empurrão em Ivan.

— Que história é essa de casamento com a Sílvia? Diga que falou só pra me provocar, diga...

— Não. Eu me casei com ela. Você a deixou, ela ficou arrasada. Eu a consolei, nos aproximamos, casamos. Temos um filho. Somos muito felizes. Ela me ama.

O soco veio de forma inesperada. Ivan sentiu o corpo ser arremessado para trás e os óculos se perderem por entre o gramado. Caiu no chão e sentiu na boca o gosto amargo de sangue.

Olavo estava possesso.

— Desgraçado! Maldito! Você me traiu pelas costas.

— Eu?! Você foi o canalha da história.

— Fiz o que tinha de fazer, ora.

— Está certo. Sempre arrumando justificativas toscas para aliviar sua consciência. Sempre. Faz isso desde garoto. Aliás, continua agindo como um moleque. Trocou Sílvia por um punhado de dólares. Não foi capaz, ao menos, de lhe enviar uma carta, revelar o porquê do rompimento. O que você fez com ela não tem perdão.

Olavo fez menção de partir para cima, mas Ivan foi rápido e lhe acertou um chute no meio das pernas. Olavo uivou de dor e caiu de joelhos. Com a visão meio embaçada, Ivan conseguiu lhe acertar um murro no meio do rosto.

— Isso é para você nunca mais se referir a Sílvia da maneira como fez há pouco. Aliás, nunca mais quero que pronuncie o nome dela. Se voltar a falar, eu quebro seus dentes, acabo com sua raça, entendeu? Espero que nunca mais a gente se veja. Nossa amizade termina aqui. Adeus.

Enquanto Olavo se recuperava da dor e Ivan tateava o gramado à procura dos óculos, Dorothy olhava tudo pela fresta da cortina do quarto da filha, com a janela aberta. Ouvira tudo e compreendera o suficiente para entender que Olavo se casara com ela por dinheiro. Só por causa do dinheiro.

— Você vai ver, Olavo. Eu estava arrependida por ter cometido um deslize. Agora, sinto-me vingada. Você não vale nada.

Só não me divorcio por causa da Debora e dessa criança que você me obrigou a ter. Mas o nosso casamento termina aqui.

Esperou-o subir para o quarto. Demorou. Olavo entrou em casa, esperou passar a dor, colocou um saco de gelo no nariz, bebeu um copo de uísque para aplacar sua ira. Subiu e, ao entrar no quarto, Dorothy estava na cama, com as costas amparadas por travesseiros e almofadas.

— Que cara é essa? Não vejo a hora de a criança nascer. Mulher grávida me irrita. Fica muito sensível.

Ela o encarou com desdém:

— Assim que isso nascer — apontou para a barriga e fez uma careta —, eu vou me separar de você.

— Se o seu pai deixar.

— Meu pai não manda em mim, Olavo. Ninguém manda em mim.

— O dinheiro manda — ele riu nervoso.

— O dinheiro manda em você, seu patético. Eu já sou rica. Além do mais, eu trabalho. Não quero acumular fortunas.

— Se separar-se de mim, vai perder muito.

Ela soltou um palavrão bem típico do lugar e retrucou:

— Não estou nem aí. Nunca tive medo de trabalhar. Toda nossa fortuna foi feita sobre o suor de muito trabalho.

— Filhinha de papai.

— Não. Sou teimosa, quero as coisas do meu jeito. Luto pelo que quero. Não confunda as coisas. Você tem medo de ficar pobre, agarra-se aos bens que sua tia deixou como se eles fossem imprescindíveis para seu bem-viver. Nunca juntou dinheiro. Sempre viveu à custa dos outros. Sanguessuga!

— Só não bato em você porque está com esse barrigão.

— Se encostar um dedo em mim, eu mato você, Olavo. As leis daqui são diferentes. Cuidado comigo.

Ele sentiu medo diante do olhar e da maneira com que Dorothy lhe dirigiu aquelas palavras. Afastou-se, decidiu sair do quarto e desceu para o escritório; encheu outro copo de uísque e afundou-se em uma poltrona, triste e amargurado.

CAPÍTULO 19

Era quase meio-dia quando o táxi parou na porta de casa. Ivan saiu do carro e Fernando brincava no jardim sobre um cavalinho de madeira. Ele abriu o portãozinho e abraçou o filho com amor:

— Eu o amo, meu filho. Papai o ama mais que tudo.

O menino retribuiu o abraço.

— Saudade do papai.

— Eu também senti muito a sua falta. Agora nada mais vai nos separar. Nunca mais.

Soraia apareceu na pequena sacada e acenou:

— Que bom que chegou, Ivan! Estávamos morrendo de saudades.

Ele se desfez do abraço e Fernando voltou a brincar com o cavalinho de madeira. Enquanto olhava o filho com olhos marejados, quis saber:

— Sílvia está em casa?

— Sim. Acabou de tomar banho. Está se arrumando. Íamos dar uma volta até a praça.

Ivan aproximou-se e a cumprimentou. Abraçou-a de uma maneira que Soraia nunca sentira antes. Ela percebeu que ele estava muito emocionado.

— Aconteceu alguma coisa?

— Muita. Depois vamos conversar. Agora preciso ter uma longa conversa com Sílvia.

— Pelo jeito, o encontro com seu amigo — ela fez questão de enfatizar — não foi dos melhores.

— Não. Tivemos um grande desentendimento. Mas foi bom. Aliás, foi ótimo, porque depois de encontrá-lo cara a cara eu descobri o que quero de minha vida daqui para a frente e, mais importante, o que quero com sua irmã e Fernando.

— E o que é?

— Quero cuidar da minha família.

— Gostei de ver. Homem de atitude. Isso mesmo. Cuide do que é seu.

Ivan sorriu e pediu:

— Pode me fazer um favor?

— Claro.

— Você poderia levar Fernando para passar o resto do dia na sua casa?

— Levo sim. Só que eu e Sílvia estamos quase prontas para sair e...

Ele a interrompeu:

— Não. Desculpe estragar o passeio de vocês. Seria pedir muito para ficar com ele até amanhã?

— Não, claro que não. Sabe que ele tem caminha lá em casa, roupas, brinquedos... mas por quê?

— Preciso de um tempo a sós com Sílvia. Eu tenho muito o que conversar com ela. Chegou o momento de colocarmos nosso casamento nos trilhos. Preciso que ela não tenha preocupações com filho, nada. Quero que tenha atenção somente para o que vou dizer a ela. Entende?

— Sim. Acho que estou entendendo o que quer.

— Por favor.

Soraia captou a mensagem e sorriu maliciosa:

— Claro, cunhado. Se fossem outros tempos, eu estaria morta de ciúmes, mas agora, feliz ao lado de Paulo e louca de paixão pelo seu filho e pelo meu, acho que chegou o momento de você e Sílvia passarem do estágio de amiguinhos para marido e mulher. De fato consumado.

Ele a abraçou e a beijou no rosto com carinho.

— Obrigado, Soraia. E sei que é tarde para lhe dizer isso, mas eu nunca lhe dei motivos para gostar de mim, tampouco insinuei algo. Nunca alimentei esperanças afetivas e...

Ela o silenciou com os dedos nos lábios.

— Hoje, mais do que nunca, sei disso. Era insegura, achava-o interessante, o amigo de meu irmão que estava sempre em casa. Era um referencial, um tipo interessante para eu poder exercitar o sonho de paixão, a possibilidade de um namoro, uma troca de beijos, esses anseios típicos de adolescente. Projetei em você um modelo de homem que pudesse se interessar por mim. Apenas isso.

— E minei suas expectativas.

— Eu criei um monte de ilusões. A sorte foi Paulo ter aparecido. Claro que, depois do acidente, tornei-me uma pessoa mais centrada, que valoriza mais a vida.

— Ainda se arrepende de não ter prestado socorro ao rapaz que foi atropelado, não?

— Confesso que, às vezes, tenho pesadelos com aquela noite. Eu não devia ter aceitado a ideia de Herculano. Ele estava agitado, nervoso. Paulo estava bêbado, não tinha condições de opinar ou concatenar os pensamentos. Eu estava em choque.

— Como médico, consegui saber que o rapaz fora encaminhado para a Santa Casa, sofrera ruptura de algumas vértebras. Se sobrevivesse, ficaria paraplégico, ou tetraplégico.

— Mas se fosse socorrido, Ivan, ele teria a chance de estar vivo, não importa como. É isso que me corrói.

— Passou.

— Não. — Uma lágrima escapou pelo canto do olho de Soraia. — Não passou e nunca vai passar. É por essa razão que eu mudei meu jeito de encarar a mim e a vida; tenho um profundo amor pelo seu filho e, claro, também pelo meu — disse mais para não ficar estranho ela afirmar que amava mais o sobrinho do que o filho .

— Não me convenceu. Ama mais meu filho que o seu.

— Não me envergonho. Gosto do meu filho. Não sei explicar, mas às vezes não consigo ficar perto dele. Já falei com Leocádia. Ela, aliás, tem me ajudado muito.

— Não só a lidar com os sentimentos em relação a Maurício como a lidar com a culpa em relação ao acidente, com a maneira de enxergar a vida depois da morte...

— Sem dúvida. Além de me ajudar a não me sentir culpada, afinal, eu não estava na direção, Leocádia me mostrou que a certeza de que permanecemos vivos depois da morte, mantendo a individualidade juntamente com o somatório de tudo quanto aprendemos nesta e nas vidas passadas, conforta e nos estimula a buscar conhecimento todos os dias da nossa vida.

— Ainda resisto — ele sorriu.

— Mesmo depois do que aconteceu comigo no dia de seu casamento? Mesmo depois de Ivete aparecer...

— Não quero falar sobre esse assunto.

— Está certo. Você agora precisa tratar de outro assunto — Soraia sorriu.

Ela saiu e pegou Fernando no colo com carinho.

— Vamos sair com a titia?

— Oba! E o cavalinho?

— Vai junto. — Ela apanhou o brinquedo. — Vou comprar sorvete e depois vamos lá para casa. Quer dormir comigo hoje?

— *Quelo*!

— Ótimo. Então vamos nos despedir do papai.

Ela se aproximou e Ivan beijou o menino no rosto.

— Vá com Deus, meu filho — e, virando-se para Soraia: — Obrigado.

— Não há de quê. Torço por vocês.

Entraram no carro, ela acomodou o sobrinho, deu partida e logo Soraia sumia na primeira esquina.

Ivan entrou com a mala e a deixou na sala, fechou e trancou a porta de casa. Subiu as escadas e encontrou Sílvia sentada na banqueta em frente à penteadeira, penteando os cabelos ainda molhados.

Ela abriu largo sorriso ao vê-lo. Levantou-se feliz:

— Bem que escutei vozes lá embaixo e deduzi ser você. Que bom que voltou!

Abraçaram-se e, quando Ivan a beijou nos cabelos e no rosto, Sílvia sentiu algo diferente.

Ivan a encarou, emocionado:

— Esta viagem me fez descobrir algo incrível.

— Sério? O quê?

Ele respirou fundo e declarou, encarando-a:

— Eu a amo.

Sílvia engoliu em seco e sentiu as pernas bambas. Ivan a tomou nos braços e, antes de ela articular som, ele a beijou com ardor. Sílvia, por sua vez, entregou-se àquele beijo sem pestanejar.

Naqueles dias, ela havia refletido muito sobre sua vida, seu namoro com Olavo, sobre o rompimento inesperado, a dor da separação, a mágoa, a falta de uma conversa definitiva entre eles, depois a surpresa da gravidez, a proposta e vida a dois com Ivan e os novos sentimentos que ele, Ivan, vinha despertando nela.

Estava a ponto de ter uma conversa séria e abrir seu coração assim que ele voltasse de viagem. E agora estava ali, ouvindo a declaração que tanto ansiava escutar.

Depois do beijo, ela se afastou e, ainda nos braços dele, asseverou:

— Eu também o amo. Creio que sempre o amei, desde o dia em que nos casamos.

Ivan nada disse. Abraçou-a com força e a beijou várias vezes nos cabelos, no rosto, nos lábios. Em seguida, pegou em sua mão e a conduziu gentilmente até a cama; despiram-se e tiveram momentos inesquecíveis de amor.

CAPÍTULO 20

Leocádia ligou para Jamil e lhe fez o convite:

— Sei que trabalha muito. Sem você, este mercado não funciona — ela riu. — Mas é por uma boa causa.

— Sei, Leocádia.

— Não poderia nos acompanhar?

— Quando será?

— João Carlos chegará na segunda, vai estar cansado, eu sei. Muitas horas de voo. Por isso, pretendo oferecer o jantar na terça-feira, às nove da noite.

— Complicado, Leocádia.

— É por uma boa causa. Faça um esforço. Você mal sai para se divertir. Vai ser bem interessante.

— Está certo. É começo de semana, o movimento é mais fraco. Eu converso com meu pai. Posso também conversar com Soraia. Embora esposa e mãe, quando tem um tempo livre, vem para me ajudar.

— Você vai gostar.

— Está querendo me arrumar compromisso, isso sim.

— Pode ser. Minha intuição diz que você precisa conhecer João Carlos antes que ele saia por aí, leve e solto.

— Eu vou. Terça que vem, às nove da noite. Levo alguma coisa?

— Sua linda presença. Está de bom tamanho.

Jamil desligou o telefone com um largo sorriso. Eustáquia o cutucou e indagou:

— O que foi? Viu passarinho verde?

— Não, por quê?

— Está com uma fisionomia diferente. Conheço essa cara.

— Não entendo.

— Apaixonado. Cara de apaixonado.

— Imagine, dona Eustáquia.

— Conheceu alguém?

— Não.

— Mentiroso — disse ela, e logo foi atender uma freguesa antiga da casa, de quem gostava muito.

Jamil balançou a cabeça para os lados.

— Cara de apaixonado, eu? Não conheci ninguém. Quer dizer, Paulo me levou ao apartamento de seu amigo Eduardo, na São Luís, o tal que reúne um monte de gente para jantar. Não gostei muito e não me senti bem. São divertidos, concordo, mas gostam de criticar os outros, falar mal desse ou daquele, criam separações entre ricos e pobres. Não, eu não pertenço a esse universo. Queria tanto encontrar alguém comum, um homem igual a mim, mesmo tendo ainda dificuldade de me aceitar como sou...

Ele ficou ali matutando, quando Ivan entrou no mercado, cumprimentando a todos, e em seguida aproximou-se dele.

— Seu afilhado está com saudades.

— Sei, estou em falta com ele. O mercado está tomando muito de mim. Queria trazer Fernando aqui, mas Soraia não deixa. Ela está com ele todos os dias.

— Agarrou-se ao sobrinho de forma que Sílvia também anda enciumada. Só está mais calma por conta da gravidez.

— E como está ela? Muito enjoada?

— Não. Vai bem. Está calma, tranquila. Nossa menina vai ser calma e tranquila, um anjo. Pode apostar.

— Ah, vai me dizer que, mal Sílvia engatou o segundo mês de gravidez, você sabe que vai ser pai de uma menina?

— Intuição. Aprendi com meu avô. Quando sua irmã estava grávida de Fernando, eu sabia que ela iria ter um menino.

— Se aposta em sua intuição, por que tem resistência em se abrir ao entendimento espiritual?

— Não quero. Não gosto. — O semblante de Ivan mudou.

— Sei. Tem medo de entrar em contato com o mundo dos mortos. É isso?

Ivan sentiu um arrepio pelo corpo.

— Não gosto de tocar neste assunto.

— Porque logo pensa em Ivete.

— Pois é. Desde aquela cena inusitada na festa de meu casamento — ele divagou, enquanto mirava um ponto distante, depois voltou a si —, confesso que fiquei muito abalado. Frequentei algumas reuniões na casa de Leocádia, mas não me sentia à vontade. Não é um assunto que me faça bem.

— Porque lhe revela a verdade? O que o assustou tanto a ponto de ficar tão na defensiva?

— Nada.

— Como nada, Ivan? Eu sou seu amigo. Eu o conheço. Sei que houve alguma coisa que o assustou.

Ivan mordiscou o lábio. Olhou para os lados e puxou Jamil até o canto do balcão.

— Promete que guarda segredo?

— Sim.

— Recorda-se da noite da minha festa de casamento, de quando Soraia estava tomada pelo espírito de Ivete?

— Claro que me recordo.

— Sua irmã afirmou, quer dizer, Ivete falou por meio de sua irmã que eu a tinha enterrado com o anel. Ninguém sabe dessa história.

— Que história?

— Assim que o padre terminou de rezar e os familiares iniciaram os preparativos para fecharem o caixão, eu, num ato de desespero, arranquei a aliança de noivado de minha mão e a coloquei entre as de Ivete. Ninguém percebeu. Acreditaram que eu havia me aproximado porque queria dar o último adeus.

— Isso prova que Soraia estava mesmo com Ivete ao seu lado.

— Tenho medo de ela voltar, de querer que eu cumpra a promessa. Agora que eu e sua irmã estamos vivendo nosso amor em toda sua plenitude, não gostaria de ter dissabores.

— Ivete jamais poderia atrapalhar vocês, mesmo que quisesse. O amor de vocês é maior que tudo. Quando duas pessoas estão ligadas nesta sintonia, muito dificilmente a influência que vem de fora as afeta. O bem é sempre poderoso. O mal é ilusão, uma bobagem. Não tem força.

— Às vezes sinto um pouco de medo. Essa é a verdade.

— Sabe, com minhas inseguranças a respeito de mim mesmo, do que sinto, tenho percebido que o medo faz com que nos liguemos a uma faixa de negatividade. Quando estamos no negativo, abrimos campo para que o negativo dos outros, do mundo, também possa nos tocar, invadir nosso espaço. Quanto menos importância dermos à negatividade que nos cerca, mais fortes nos tornamos e menos vulneráveis ficamos a esse tipo de assédio, seja de pessoas ou de espíritos. No fim das contas, é tudo a mesma coisa.

— É só eu ficar com a cabeça boa, manter bons pensamentos e nada de ruim vai me atingir?

— Depende do que você classifica como bom ou ruim, Ivan. É relativo. Mas, se mantiver bons pensamentos, estiver sempre com uma mente voltada para boas atitudes, bom humor, alegria, e procurar viver sempre cultivando os valores nobres do espírito, compostos de um conjunto de sentimentos e qualidades, como bondade, generosidade, honestidade, caráter, amizade, auxílio a quem precisa...

— Procuro manter esses valores em mim e transmiti-los ao meu filho.

— Você já pratica a espiritualidade, Ivan.

— Sério?

— Sim. A verdadeira espiritualidade é viver no bem, com disposição, alegria, bom humor, e encarar tudo na vida de forma leve, até divertida. Quem vive dessa forma é uma pessoa espiritualizada, porque está vivendo com o espírito, ligada na alma. São pessoas que enxergam sempre algo de bom, de belo no outro; nunca apontam um dedo acusador ou julgador para quem quer que seja; aceitam e respeitam as diferenças e procuram conviver em paz com seus semelhantes. Juro que estou me dedicando a ser assim.

— Então — ele levou o dedo ao queixo — eu sou um espiritualista!

— Por certo. Não precisa frequentar um lugar específico para se tornar um. Um espiritualista se revela por meio de atitudes, não importa o lugar que frequente.

— Você tem o dom de me clarear as ideias. Sou grato por tanta coisa. — Ivan deu a volta no balcão e abraçou-se a Jamil. — Obrigado por tudo. Você é um grande amigo.

Jamil emocionou-se. Fora tomado de surpresa. Ivan prosseguiu:

— Amigo e cunhado. E também compadre. Não se esqueça de que Fernando é seu afilhado. Desejo que ele se espelhe nos valores do padrinho.

Jamil enrubesceu. Ivan prosseguiu:

— Não fique assim. Eu o conheço e sei o que vai em seu coração. Não se preocupe. Não o condeno e jamais vou julgá-lo por ser o que é. Muito pelo contrário. Vou educar meu filho a ser um homem sem preconceitos. Fernando vai amá-lo como você é e vai encarar todas as formas de amor de maneira natural, porque vamos mostrar a ele que toda forma de amor vale a pena, que a maldade está na cabeça de quem vê, não na cabeça de quem pratica.

Jamil o abraçou com força.

— Obrigado, Ivan. Você é como um irmão para mim. Não tem ideia de como seu apoio e o de Paulo são importantes para mim, da mesma forma como Sílvia sempre foi uma grande amiga. Soraia também me entende e me aceita, embora nunca tenhamos conversado abertamente sobre meu jeito de ser. Só tenho um pouco de receio em relação a eles — apontou o queixo na direção dos pais, do outro lado do balcão.

Ivan olhou para trás e sorriu.

— Dona Eustáquia é mulher vivida, à frente de seu tempo, jamais o condenaria.

— Mas meu pai...

— É, seu Faruk não receberia bem a notícia de que você não lhe dará netos. Mas conversando com jeito, sem imposições...

— Como assim?

— Jamil, seu pai tem idade, é um homem com convicções formadas. Sei que é muito importante que as pessoas o aceitem como você é, mas também precisa se colocar no lugar do seu pai. Ele vem de uma geração diferente, criada de maneira muito rígida. Não pode esperar dele uma compreensão daquilo que ele não teve condições de poder entender. Para que enfrentá-lo e fazer com que engula você do jeito que é? Devemos também respeitar os outros.

— Não quero viver uma mentira. Se eu conhecer alguém, gostaria de ter uma vida a dois sem esconder essa relação de minha família.

— Concordo. Você está preparado para enfrentar o mundo?

Jamil titubeou e admitiu, sem jeito:

— Ainda não.

— Tem muita coisa para você processar e, quando estiver firme em seus propósitos, poderá tratar do assunto de uma maneira mais lúdica com seu pai. Se amanhã aparecer alguém que valha a pena, apresente como amigo, um grande amigo. Deixe seu pai tirar suas próprias conclusões. Faça tudo de maneira natural, sem provocações. E assim a vida estará trabalhando para que o melhor aconteça.

— Para quem?

— Ora, para você, para seu pai, para o relacionamento de vocês dois, para o bem e a harmonia da família. Se você mesmo diz que devemos estar de bem com a gente... Agora é hora de praticar o que declara.

— Tem razão, Ivan. Não adianta dar conselhos e falar sobre espiritualidade sem pôr em prática. Algo me diz que semana que vem eu vou começar a praticar...

CAPÍTULO 21

A pequena Rachel sugava o peito da mãe com sofreguidão. Dorothy ajeitava o corpinho do bebê para que ficasse mais à vontade para mamar. Esther estava abismada:

— Ela não para de mamar! Vai sugá-la todinha!

— Estranhíssimo. É o meu bebê, todavia, há momentos em que não suporto ficar ao lado dela. Há algo entre nós, não sei explicar. É muito esquisito.

— Esquisito como?

Dorothy deu de ombros.

— Às vezes, não sei explicar o que sinto. É chocante escutar, mas, se pudesse voltar atrás, não a teria tido.

— Não teria engravidado, quer dizer.

— Teria abortado.

Esther, embora mulher à frente de seu tempo, chocou-se. Não saberia explicar, naquele momento, se o choque fora com o que ouvira ou por conta da naturalidade com que Dorothy pronunciara tais palavras.

— Parece não gostar da sua filha.

— Não é isso. A minha relação com Debora tem se fortalecido a cada dia que passa. Sabe, se tivesse de escolher entre ela e este bebê — apontou para Rachel, ainda sugando seu peito —, nem hesitaria. Ficaria com Debora.

— Creio que não esteja no seu juízo perfeito. Acabou de dar à luz.

— Sei o que estou dizendo, Esther. É minha amiga, sabe tudo sobre mim. Por que mentiria para você? Não posso sentir por Rachel o que sinto por Debora.

Enquanto falava isso, uma lágrima escorria pelo canto do olho de Dorothy. Ela falava da pequena Debora com tanto amor, que Esther, mais pragmática, sentiu uma ponta de emoção.

— Imagino como deve ser difícil ter ideia clara sobre esse sentimento em relação aos filhos. Não sei se agiria como você.

— Nunca quis ter filhos?

— Eu tentei engravidar com meu ex-marido. Tentamos durante mais de três anos, sem sucesso. Oliver era estéril. Quis adotar. Eu não tive vontade, acho mesmo que não nasci para ser mãe.

— Não sente vontade quando me vê amamentando?

— Não. Gosto de crianças. Longe de mim. — Ela riu alto.

— Mas vive grudada com Debora. Pede sempre para eu levá-la comigo ao ateliê.

— Debora é um caso à parte. Aos três anos já sabe a diferença entre náilon e algodão. Ela tem tino para moda. Será a herdeira natural nos negócios.

— Ainda é criança. Depois cresce, conhece alguém e muda a maneira de ser.

— Não. Debora é diferente. Ela tem um pouco da sua teimosia, só um pouco. É delicada, elegante. Puxou isso do refinamento francês, veio do pai...

Dorothy a interrompeu:

— Não faça mais esse tipo de comparação, tampouco esse comentário!

— É uma brincadeira.

— Eu a censuro. Nem brincadeira. É sério. Ninguém sabe e nunca saberá sobre esse deslize que cometi.

— Ela pode muito bem ser filha do Olavo.

— Não é. Eu sei, eu sinto. Não há como provar, por ora, mas eu me lembro da marca de nascença que o tal gerente tinha em uma das nádegas. Debora nasceu com a mesma marca na nádega. É prova incontestável.

— É. Debora tem alguns traços seus e nada de Olavo.

— Se conhecesse — ela baixou o tom de voz — o rapaz com quem me deitei em Paris, saberia que os olhos e o nariz de Debora são iguaizinhos aos dele.

— Só você, Dorothy. Só você!

— Eu nada. Não quero que esse segredo jamais seja revelado. Você é a única pessoa da face da Terra que sabe da verdade. Olavo vai morrer sem saber que foi traído na lua de mel.

— Que disparate!

— Ele me provocou. Levou a pior. Paciência. Mas olha o que dei a ele de presente. — Olhou para a pequena Rachel.

— Não é a coisa mais linda do mundo? — emendou Esther.

Dorothy nada disse. Ficou quieta, mirando um ponto indefinido do quarto. Esther preferiu ficar calada e, assim que a bebezinha terminou de mamar, pegou-a no colo.

Rachel era uma bebezinha linda. Gordinha, cabelos castanhos, bem parecida com Olavo, ou com os traços da família dele. O dado interessante é que, ao nascer, fez Olavo sentir-se o pai mais feliz do mundo. Ele demonstrava verdadeira paixão por Rachel e tratava Debora com mais secura. Era como se, no escaninho da alma, algo dissesse a Olavo que a primogênita, a bem da verdade, não era sua filha legítima; que causava-lhe estranheza...

Em Paris, na lua de mel, na noite em que brigara com Olavo, Dorothy deitara-se com o gerente do hotel. Ela tinha certeza de que engravidara dele naquela noite, porque tinha acabado de entrar no período fértil e, depois desse encontro, foi ter intimidades com Olavo um mês depois, já em Boston.

Ele até gostava da menina. Tinha carinho pela filha, mas, quando Rachel veio ao mundo, seus olhos voltaram-se, tão somente, para a pequena. Debora fora completamente ignorada pelo pai.

A sorte da primogênita era Dorothy ser uma mãe presente e Esther estar sempre por perto. A menina vivia mais na casa de Esther do que na sua.

Cresceria uma menina delicada, inteligente, sensível, que sabia e entendia ter sido preterida pelo pai, mas, mesmo assim, jamais revelara alguma demonstração de mágoa ou irritação por conta da diferença de tratamento.

Debora era um espírito lúcido, que passara por muitos perrengues ao longo de muitas vidas e agora estava colhendo os frutos de seu amadurecimento. Era mérito dela. Só dela.

Ela entrou no quarto e, ao ver Rachel no colo de Esther, aproximou-se e Rachel começou a chorar. Não havia peito, abraço, afago, nada que a fizesse parar de chorar. Esther tentou ajudar, ninando-a, mas não obteve sucesso.

Até que Debora encostou na mãe e disse, do nada:

— Ela não gosta da gente.

— Imagine! — tornou Esther.

— Ela não gosta de mim nem de mamãe. Nunca vai gostar.

Esther achou o comentário estranho, mas, desesperada com o choro que não parava, não articulou ideia e entregou Rachel de volta para a mãe.

Debora aproximou-se e passou a mão pelos cabelos de Rachel:

— A irmãzinha está nervosa porque não queria voltar.

— O que foi que falou? — quis saber Esther.

— Estou com sede. Quero água.

Dorothy meneou a cabeça para os lados e, enquanto segurava Rachel, pediu:

— Leve-a para baixo e lhe dê água. Vou ficar mais um tempo com Rachel e colocá-la no berço.

Esther assentiu e saiu com Debora. Ao se ver sozinha com a filha, Dorothy perguntou:

— Por que esse sentimento estranho em relação a você?

Ela não saberia explicar, contudo, havia uma série de questões inacabadas entre ela e Rachel. Em última vida, Dorothy e Rachel tinham sido irmãs. Até que se davam relativamente bem. Depois de passarem pelos horrores de uma guerra e perderem os pais, Rachel, com medo de ficar solteira e sem dinheiro, casou-se com o noivo de Dorothy, deixando a irmã arrasada.

No astral, depois de um bom tempo, sensibilizada com o estado precário em que encontrara a irmã, Dorothy ofereceu-se para ajudá-la de alguma forma. Rachel precisaria ficar mais um tempo entre amigos espirituais e, depois de estar em melhores condições emocionais, poderia regressar como filha de Dorothy.

Foi o que aconteceu. Rachel, meio a contragosto, retornou e causou, no espírito de Dorothy, sentimentos contraditórios, adormecidos por conta da reencarnação. E, logo mais, elas seriam separadas. Cada uma precisaria viver longe por um tempo e, mais à frente, voltariam a se reencontrar.

As duas não tinham ideia de que a vida funciona como se fosse um computador, tendo as leis divinas como programa. As nossas atitudes colocam as variáveis e o programa determina em que condições teremos de viver para alcançar os objetivos da evolução.

As impressões do passado ficam armazenadas no inconsciente, como se estivessem em um arquivo; contudo, não significa que elas se repetirão.

Nossos pontos fracos refletem o que ainda ignoramos. Dorothy e Rachel precisariam de paciência e entendimento para viverem bem uma com a outra. Será que conseguiriam? Só o tempo seria capaz de mostrar...

Às nove horas em ponto, Jamil tocou a campainha do belo casarão na avenida Angélica. Uma simpática empregada veio atendê-lo.

Ele entrou, entregou o chapéu e o sobretudo. Em seguida, foi levado até uma saleta onde algumas pessoas conversavam, animadas. Leocádia, linda, trajando um vestido azul-noite, veio recepcioná-lo. Jamil lhe entregou um belo arranjo floral:

— Espero que goste.

Ela aspirou o delicado perfume das rosas e agradeceu:

— Adoro rosas. Acertou em cheio. Venha, deixe-me apresentá-lo aos nossos amigos.

Leocádia o apresentou a algumas pessoas conhecidas do cenário artístico, amigos, uma condessa que estava de passagem pelo país e, mais ao canto da saleta, bebericando uma taça de champanhe, estava João Carlos.

O rapaz estava de costas e, quando ela o cutucou e o filho voltou o rosto para cumprimentar Jamil, houve ali um certo estremecimento, um reconhecimento de almas. O tempo parou por milionésimos de segundos. Ambos se encararam e mantiveram os olhares, fixos, sem piscar.

Jamil estendeu a mão e João Carlos a segurou com força. Disse com voz rouca, grave:

— João Carlos.

— Prazer. Jamil.

— Minha mãe me falou muito a seu respeito.

— Bem ou mal?

Leocádia interveio:

— Vou deixá-los à vontade até a hora de servir o jantar.

Ela saiu sem cerimônia e João Carlos ofereceu uma taça de bebida para Jamil.

Era um homem alto, da mesma altura que Jamil, cabelos alourados, bigode, óculos quadrados que o deixavam com ar sério, embora fosse alguns anos mais jovem que Jamil. Os dentes eram perfeitamente enfileirados e o sorriso, encantador. Era um homem bem bonito.

— Obrigado — Jamil agradeceu ao pegar sua taça de champanhe. Bebericou e tornou: — Fazia tempo que não bebia.

— Fuma?

— Não. E você?

— De vez em quando. Tem alguma objeção?

— De modo algum — respondeu Jamil.

João Carlos sacou do bolso da camisa o maço de cigarros e acendeu um. Tragou e soltou uma baforada para o alto. Continuaram encarando-se de forma a sustentarem o olhar, sem o desviar. Jamil perguntou:

— Quanto tempo pretende ficar aqui no Brasil?

— Antes de chegar, pensava em ficar por um tempo, mas agora não sei, pode ser que queira ficar mais, talvez em definitivo...

Jamil sentiu o rosto ficar vermelho e sorriu. Bebericou um pouco mais de champanhe e logo entabularam agradável conversa.

Ao final do jantar, quando os convidados se retiraram, Leocádia entrou no carro da condessa. Jamil foi o único a ficar na escadaria do casarão.

— Para onde vai sua mãe?

— Ela vai dormir na casa da condessa. Vão trocar figurinhas. A condessa volta para a Itália daqui a dois dias e mamãe vai lhe fazer uma lista de compras!

Os dois riram.

— Ela nem se despediu direito de mim — resmungou Jamil. — Só fiquei eu aqui na casa. Acho que está na hora de eu ir também. Amanhã é dia de trabalho, acordo cedo.

— Não quer esticar, ficar até mais tarde?

— Adoraria, mas hoje não dá.

— E se dormir aqui e acordar na hora de ir trabalhar?

— Dormir? Aqui?

— Sim. Minha mãe saiu e não voltará. Os empregados vão se recolher e dormem na edícula, fora da casa. Você é meu convidado e pode subir.

— Bom, não sei...

João Carlos foi direto. Pegou na mão de Jamil e quis saber:

— Quer dormir comigo esta noite?

Jamil não pensou duas vezes.

— Quero. Claro que quero!

João Carlos o puxou pela mão e subiram as escadas em silêncio, os corações batendo descompassados. Aquela noite de lua cheia e céu estrelado foi inesquecível para os dois.

CAPÍTULO 22

Fernando terminava de ler a última linha:

— ... e foram fe-felizes para sempre.

— Isso mesmo, meu lindo. Felizes para sempre — ajuntou Soraia.

— Eu leio. Sei ler.

— Claro que sim. Lê. Escreve seu nome. Já sabe o alfabeto, tabuada. Vai entrar no primeiro ano antes do permitido por lei.

— Nem pode — objetou Sílvia. — Ele tem apenas cinco anos. Só vai para o primeiro ano aos sete.

— De jeito algum. Vou conversar com o padre Sanchez. Ele adora o Fernando. Ele me disse que é um dos alunos mais inteligentes do prezinho.

Sílvia sentiu uma leve ponta de indignação e ciúme:

— Como assim? Falou com padre Sanchez sobre a educação do *meu* filho? — ressaltou.

— Sim. Depois que deixei o mercado para me dedicar à família, você decidiu trabalhar com Jamil. Foi escolha sua, ninguém a forçou. E não teve mais tempo para cuidar do seu filho como se deve. E da sua filha, diga-se de passagem.

— Como se atreve, Soraia? Eu cuido muito bem dos meus filhos!

— Só afirmo que passo mais tempo com Fernando e, ultimamente, também com Clarice.

De fato, desde que Soraia decidira tornar-se esposa e mãe, vinte e quatro horas por dia, Sílvia resolvera trabalhar no mercado e ajudar a mãe e Jamil. A princípio dedicava meio período ao trabalho, depois ia para casa cuidar do lar e das crianças. Clarice mal tinha acabado de completar um aninho e necessitava de cuidados.

Ivan, um tanto contrariado, por fim acatou a decisão da esposa e concordou que ela fosse trabalhar com a família. Afinal de contas, embora Sílvia sonhasse em se casar, ter filhos, constituir família e tal, não estava em seu sangue ser dona de casa, diferentemente do desejo de Soraia. Ela gostava do trabalho, de sentir-se útil, independente, de ganhar o próprio dinheiro.

Contratara uma empregada para cuidar da casa e também uma babá. Clarice, embora saudável e delicada, não se dera bem com a babá. Chorava bastante. Só se acalmava ou nos braços do pai, ou nos braços da tia.

A solução foi deixá-la mais tempo com Soraia, que adorava as crianças e cuidava delas com mais enlevo que do próprio filho.

Ela já era apegadíssima ao sobrinho-afilhado e agora tratava Clarice como se fosse a filha que não tivera. Também se dedicava ao seu filho, contudo, Maurício, com quase três anos, já notava a diferença de tratamento que a mãe dispensava a ele e ao primo.

De certo modo, inconscientemente ou não, Maurício desenvolvia uma antipatia natural por Fernando. Era uma mordida aqui, um puxão de cabelos ali, um pontapé sem motivo... Ninguém percebia, mas nascia ali um processo de "odinho" que só cresceria ao longo dos anos.

Sabemos que a afinidade é um processo de troca. Na medida em que você dá, também recebe. Maurício não recebia a devida atenção da mãe. Às vezes, corria aos braços da tia. Sílvia o cobria de beijos, carinhos, mas não estava presente, não lhe dava atenção a todo momento, porque trabalhava muito.

Ao longo do tempo, para não se sufocar nesse vácuo de falta de amor, nessa carência afetiva, Maurício passou a devotar extremo carinho à pequena Clarice. E também, ao longo dos anos, desenvolveria pela prima uma ligação de afeto muito forte, colocando-a num pedestal. Se alguém a destratasse, acabava por conhecer o lado mais sombrio de Maurício, pois ele se transfigurava, tornava-se a pessoa mais irascível do mundo, somente para proteger a prima contra tudo o que julgava ser ruim para ela.

Depois de ter consciência de tudo isso, Sílvia levou o dedo ao queixo:

— Tem razão. Eu me sinto insegura, mas você está certa. É mais mãe do que eu.

Soraia pegou Fernando no colo e pediu para que ele se despedisse da mãe. Assim que ele beijou Sílvia no rosto, ela o colocou para dormir. Em seguida, puxou-a pelo braço e, delicadamente, saíram do quarto.

Já na sala, Soraia asseverou:

— Não há necessidade de se sentir insegura. Você está realizando o que sua alma almeja. Queria casar, ter filhos, mas também estudar, trabalhar.

— Meus filhos são muito pequenos. Não poderia deixá-los.

— E quem disse que os deixou? Creio que está sendo um tanto dramática.

— Clarice mal completou um ano.

— Contudo, ela não gosta muito dos braços da mãe...

Sílvia ia falar um palavrão, mas Soraia foi rápida:

— Desculpe-me, mas é a verdade. Clarice sempre chora quando está muito tempo em seus braços. Já notou? É questão de afinidade.

— Não. É porque estou longe dela. É porque meu leite secou. Quanto ao leite não há o que eu possa fazer, no entanto, se eu ficar mais tempo ao lado dela, quem sabe se acalmará?

— Não. É característica do espírito. Ela vai bem com o Ivan. Deve ser algum parente do passado dele.

— Depois que passou a se interessar pela espiritualidade, tudo para você gira em torno de espírito e energia. Não acredito que nossa vida seja pautada por esse universo.

— Pautada, não. Todavia, não podemos negar que são elementos que fazem parte do nosso cotidiano, nos influenciando vinte e quatro horas. Se não estudarmos esses fenômenos, não os entendermos, ficará difícil manter equilíbrio emocional e seguir uma vida com bem-estar.

— Diz tantas coisas, mudou tanto depois que passou a frequentar as reuniões na casa de dona Leocádia e também algumas reuniões do Círculo Esotérico, mas tem dificuldade em se relacionar com Maurício.

Soraia a encarou de maneira séria:

— Eu sei disso. Conversei com Leocádia a respeito.

— Então admite que tem dificuldade em relacionar-se com seu filho! Sabia!

— Nunca neguei. Desde a concepção. Tive uma gravidez difícil, com muito enjoo, sonhos pavorosos. Depois, quando ele nasceu, havia alguma coisa estranha entre nós.

— Estranha como?

— Não sei explicar. Talvez um dia eu entenda, ou não. Mas, se ele veio ao mundo como meu filho, é porque eu o aceitei e devo amá-lo. Estou tentando, à minha maneira. Não posso e não vou seguir regras e obrigar-me a amá-lo.

— Você faz diferença no tratamento com Fernando. Pode magoá-lo.

— O que fazer? Vou esconder o que sinto pelo meu sobrinho? Não posso, Sílvia. É mais forte que eu. É como se Fernando fosse meu filho... — Uma lágrima escapou pelo canto do olho. Soraia limpou o rosto com as costas da mão e continuou: — Eu o amo muito. Não sei dizer. É um amor puro. Por isso não entendo como uma mãe afirma amar igualmente seus filhos. Não é possível. Sempre haverá um com quem ela terá mais afinidades e outro com quem o santo não vai bater.

— O amor é o mesmo.

— Não é — objetou Soraia. — Posso lhe garantir que não é. E, de mais a mais, um filho não é propriedade nossa. Veio para o mundo em um processo único de evolução. Veja eu e você.

— O que tem?

— Não nos dávamos nada bem. Quando nos vimos pela primeira vez, quase nos digladiamos.

Sílvia riu.

— É verdade. Não fomos muito uma com a cara da outra.

— Pois é. Com o tempo, cada uma foi entendendo melhor a outra, percebendo e aceitando as diferenças, respeitando o jeito de ser. Hoje somos amigas. Amo seus filhos como se fossem meus. Você ama o meu como se fosse seu filho. E isso é o que basta. O resto não importa.

— Acredita que meus filhos vão crescer sem cobrar de mim uma presença maior porque trabalho?

— Ao contrário. Terão orgulho porque você batalha, trabalha, ajuda nas despesas, vai dar-lhes um bom exemplo de vida digna.

— Falando assim, você me acalma. Sinto que mamãe, seu Faruk e Jamil precisam muito de mim no mercado. Você poderia...

Soraia a interrompeu:

— Não! Definitivamente, não. Eu não nasci para trabalhar fora. Fui e sou talhada para ser dona de casa, adoro cuidar do lar, cozinhar, fazer compra no mercado, ficar no pé da empregada, levar as crianças na escola. Sabe que, se pudesse, teria mais três filhos, embora tenha sempre afirmado que bastaria ter um apenas. O nascimento de Fernando me fez mudar de opinião. E, infelizmente, depois que Maurício nasceu, não pude mais gerar filhos.

— Houve o problema com os ovários. Uma pena.

— Tudo é para nosso crescimento. Eu me forçava a ser uma pessoa que não era, exigindo de mim uma maneira de viver que não era a melhor para mim. Depois que decidi seguir os anseios de minha alma, tudo mudou. Então, vá trabalhar, realize-se à sua maneira, e eu me realizo ao meu modo. Seus filhos serão bem cuidados e seremos felizes.

As duas abraçaram-se com amor e não notaram uma energia que as envolvia, cheia de carinho e ternura, abençoando e fortalecendo o elo afetivo entre Sílvia e Soraia.

CAPÍTULO 23

Dorothy estava radiante. Sua coleção de vestidos e saias fora aceita para participar de um desfile de uma conhecidíssima loja de departamentos em Nova York. O evento ocorreria dali a seis meses e havia muito ainda o que fazer: contratar manequins, importar tecidos, pensar nos acessórios e, se o desfile fosse sucesso — e seria —, ela e Esther seriam contratadas para vender com exclusividade para essa cadeia de lojas.

— É tudo o que mais quero — exultou ela, excitadíssima, enquanto acendia o cigarro e soltava baforadas para o alto.

— Eu também, eu também — concordava Esther. — Se nos tornarmos exclusivas dessa loja, nosso nome será projetado internacionalmente. Ficaremos famosas. E poderemos cruzar o Atlântico, invadir as maisons de Paris!

— *C'est une grosse opportunité et on va déchirer!*

Dorothy falou em francês algo como: É uma grande oportunidade e vamos arrasar, o que deixou Esther de queixo caído.

— Continua com seu francês impecável! Anda praticando?

— Um pouco. Tenho comprado exemplares de revistas de moda. Eu as leio amiúde. É a maneira que encontro para não explodir quando estou em casa.

— Mal fica na sua casa. Tem passado mais tempo aqui em casa, quer dizer, no ateliê.

— Nos raros momentos em que preciso voltar, perco a paciência.

— Como está a pequena Rachel?

Dorothy fez uma careta.

— Insuportável. É intragável.

— Você era intragável quando pequena. Certa vez me revelou que...

Dorothy a interrompeu:

— Não. É bem diferente. Eu fui uma criança de gênio forte, porém obediente. Debora é obediente, nunca me deu um pingo de trabalho. Nós nos damos muito bem. Mas Rachel parece que veio ao mundo para me tirar do sério.

— Como pode afirmar isso? Ela mal completou um aninho!

— Sei. Um aninho e já noto seu temperamento explosivo. Não posso chegar perto e começa a choradeira. Só sossega no colo do pai. E Olavo é muito mole. Ele vai estragar essa menina. Já estou vendo o futuro. Ela não vai ter limites, fará o que vier à telha.

— Como você.

— É diferente, Esther. E há algo que preciso lhe confidenciar.

— Conte.

— Rachel não pode chegar perto de Mary, minha empregada, que abre um berreiro. Fecha o semblante e encolhe os bracinhos. Recusa-se a ficar com Mary.

— Ela é tão boa, tão amável. Debora a adora!

— Pois é. Não sei... Algo me diz que Rachel não gosta de Mary por causa da cor da pele. Mary é negra.

— Que absurdo! Como pode afirmar uma sandice dessas? Rachel é uma menininha. De onde tirou essa ideia?

— Não sei — Dorothy mordiscou o lábio, reflexiva —, mas algo dentro de mim diz que o fato de Mary ser negra faz Rachel odiá-la. Sinto isso.

— Você e suas ideias estapafúrdias.

— Espero que sejam. Não gostaria de ter uma filha racista. Vivemos uma época em que a segregação racial está sendo posta em xeque. Muitos de nós não querem mais viver essa separação. Nunca tive preconceito. Para mim, não importa a cor da pele, somos todos semelhantes e devemos nos respeitar.

— Também penso assim — concordou Esther. — Mas pensar que sua filhinha não queira estar na presença de Mary por conta da cor da pele, isso é demais da conta.

— Espero estar errada, sabe? É a primeira vez que luto com meus sentimentos para sentir de outra forma. Só que algo aqui dentro — apontou para o próprio peito — afirma que não estou enganada.

— Um motivo para tê-la ao seu lado e educá-la a não ter preconceito.

— Não sou ligada em assuntos místicos, mas acho que esse sentimento já vem do espírito. Só a própria pessoa pode mudar seu jeito de ser. Eu sempre fiz o que quis, mas de maneira consciente; fiz o que quis de bom para mim, mas sem machucar ninguém. Nunca fiz nada que prejudicasse o outro.

— Sem contar a maneira como engravidou de Debora. — Esther era direta, não tinha papas na língua e acabou dando outro rumo à conversa.

— Isso não é maldade. Não fiz de maneira deliberada. Estava irritada, possessa, mal. Acabei me deitando com o gerente do hotel. Jamais iria desconfiar de que aqueles poucos minutos de sexo poderiam resultar em gravidez. Não creio ter feito mal a ninguém. Muito pelo contrário. Fui digna. Tive minha filha, mantive a honra de meu casamento e, o mais importante, a honra de meu marido. Nunca ninguém saberá nada.

— Olhando por esse lado, tem razão.

— Além do mais, Olavo agora vive jogando na minha cara que se casou comigo por conta do meu dinheiro. Isso, sim, é maldade. Ele não foi um homem digno. Não respeitou meus sentimentos.

— Você o amou?

Dorothy foi franca:

— Sim. Num primeiro momento, eu o amei. Acreditei piamente que poderíamos ter uma boa vida juntos. Senti que este latino poderia ser *caliente*, quente, diferente da frieza norte-americana. Quis crer que haveria amor, compreensão, amizade, uma vida diferente ao lado de um homem também diferente, vindo de outra cultura, com outros valores. Ele se mostrou mesquinho, pobre de espírito. Como já lhe disse, eu me senti vingada por ter feito o que fiz. Não sinto um pingo de remorso por ter engravidado de outro.

— Não sente vontade de contar a ele sobre Debora? De esfregar na cara dele que ela não é filha legítima?

— Não. Por mais raiva que eu sinta dele, eu amo minha filha. Não vou e não quero prejudicá-la.

Esther a abraçou e afirmou:

— Você tem caráter. É uma pimenta, um furacão. Nunca vi mulher mais determinada na vida, mas é digna. Eu me sinto privilegiada por ser sua amiga.

Dorothy sentiu uma lágrima escapar pelo canto do olho.

— Você também é a única amiga que tenho de verdade. É como uma irmã para mim.

— Por que não se separa dele? Não acha que agora está mais do que na hora?

— Não queria magoar meu pai. Ele é muito tradicional, republicano. Na família de mister James Chandler nunca houve uma mulher divorciada.

— Você é infeliz.

— Estou infeliz. É um estado de espírito. Logo passará, e, de mais a mais, papai está doente.

— Sério? — Esther perguntou com surpresa e tristeza na voz.

— Sim. Ele pensa que me engana, contudo, Molly, nossa governanta, que está cuidando da casa desde antes de eu nascer, me confidenciou que ele não estava dormindo bem, acordava tossindo, chegou a pegar lenços com sangue no banheiro. Fui visitar o médico dele e descobri. Papai está com câncer no pulmão. Não tem mais de três meses de vida.

Esther levou a mão à boca:

— Meus Deus! Ele não vai ver o desfile?

Emocionada, Dorothy asseverou:

— Não. Tenho certeza de que não vai. E uma coisa lhe garanto: se ele morrer antes do desfile, eu vou pedir o divórcio.

— E as crianças?

— Já decidi tudo aqui — Dorothy levou a mão à cabeça. — Vou pegar Debora e vamos nos mudar para Nova York.

— E Rachel? Ela é pequenininha e...

Dorothy a cortou com amabilidade e deu de ombros:

— Confesso que não a amo o suficiente. Ela tem afinidades com o pai. Ele que a crie. Eu fico com uma filha, Olavo fica com a outra. E assim a vida segue.

Três semanas depois daquela conversa, o estado de saúde de James agravou-se, ele foi internado e, passados alguns dias, faleceu. Depois de realizado o funeral e acertada a partilha dos bens — ele deixara quase tudo para a filha e reservara um bom dinheiro para as netas, depositado em um fundo fiduciário —, Dorothy foi para casa, pegou algumas roupas, depois entrou no quarto de Debora e também fez o mesmo, separando algumas peças de roupa da menina. Ajeitou tudo em três malas.

— Para onde vamos, mamãe?

— Para bem longe, uma cidade linda, onde tem muita gente, muito movimento.

— Vai ter neve?

— Sim.

— O Papai Noel mora lá?

Dorothy sorriu.

— Não, meu bem. Ele não mora lá, mas você poderá lhe escrever cartinhas pedindo os presentes de Natal. O polo Norte, onde o Papai Noel mora, fica mais perto daquela cidade do que desta onde estamos.

— Então vamos mudar já.

— Claro.

— Papai vem junto?

— Não. Papai vai tomar conta dos negócios que o vovô deixou. E também vai tomar conta da Rachel. Vamos eu e você. Só nós duas. — Ela se abaixou e abraçou Debora, sussurrando em seu ouvido: — A mamãe ama você.

Desceram as escadas e deram de cara com Olavo na porta principal, segurando Rachel nos braços. A menina dormia em seus braços, com o rostinho deitado em seu ombro.

Ele quis saber, num tom de voz baixo para não acordar a pequena:

— O que é isso?

— Eu e Debora vamos embora.

— Você não pode.

— Claro que posso.

— Você pode se divorciar de mim, mas não pode levar minha filha assim, do nada. Vou contratar o melhor advogado de família. Você vai ver a briga que...

Dorothy levou a mão até os lábios dele. Chamou Mary e pediu que ela levasse Debora até o carro. Assim que a menina saiu com a empregada, que também iria com elas, Dorothy aproximou-se dele e, encarando-o, assegurou, voz baixa:

— Não vai fazer nada.

— Eu gritaria, daria um tapa em você! Mas estou com a nossa filhinha. Aliás, não pensa nela? Como pode separar duas irmãs? Desmantelar uma família?

— Não me importo. Não quero criar Rachel. Eu nunca a desejei. Foi você quem a quis. Você me forçou. Eu jamais teria outro filho.

— Por que não abortou?

— Por remorso. Ou porque quis que você tivesse um filho de verdade.

Olavo fez um ar de interrogação.

— Não estou entendendo.

Dorothy chegou mais perto, tão perto que ele podia sentir o hálito doce e quente dela.

— Eu lhe dei Rachel porque ela é a única filha que tem.

— Como?

— Debora não é sua filha — respondeu ela, em tom glacial.

Na sequência, Dorothy rodou nos calcanhares e saiu, fechando a porta atrás de si, sem fazer barulho. Olavo tremia e só não caiu porque segurava a pequena Rachel nos braços. Conseguiu, a custo, arrastar-se até o sofá da sala e sentar-se. Deitou a filhinha ao seu lado e levou as mãos à testa.

— Não pode ser. Ela falou isso para me irritar, para me tirar do sério. Não pode ser!

Essa dúvida atormentou Olavo por tempos, até o dia em que Debora, muitos anos depois, já na faculdade, ligou para ele a fim de fazer uma pesquisa e perguntar ao pai o tipo sanguíneo dele.

— Não pode ser, papai.

— Por quê?

— Eu sou tipo B. Se mamãe é O e você é A, eu deveria ter o tipo A ou O, jamais B.

Olavo desculpou-se, mentiu afirmando que se enganara e, depois de desligar o telefone, chorou muito. E a vida seguiu. Dura, mas seguiu.

1983

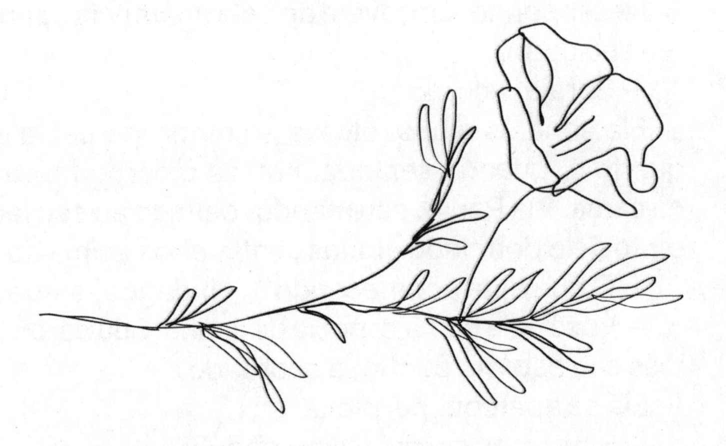

CAPÍTULO 24

Soraia acordou naquela manhã de segunda-feira com uma sensação agradável no peito. Não vinha dormindo bem desde a noite de sexta. Mas nesta última, porém, tivera um sonho maravilhoso.

Nesse sonho, um jovem de bela aparência aparecia e tocava em seu corpo:

— Soraia, acorde.

Ela abria os olhos, olhava ao redor, percebia estar em seu quarto e, quando sentada, notava o corpo físico adormecido na cama. Via Paulo, seu marido, deitado ao seu lado e o perispírito dele dormindo alguns centímetros acima do corpo físico.

— O que está acontecendo? — indagou, ainda sonolenta.

— Você está numa espécie de sonho. Seu corpo físico dorme, mas seu espírito continua acordado.

Ela se apalpou, perplexa.

— Sinto meu corpo. Como pode?

— O que está sentindo é seu corpo espiritual. Como se fosse um segundo corpo, ou uma segunda pele que protege o espírito ou alma.

Meio desconfiada, ainda sentada na cama, Soraia mirou o rapaz de cima a baixo.

— Quem é você? Eu o conheço?

— Somos amigos. Você já me sentiu por perto algumas vezes. Não se recorda?

— Difícil me lembrar de algo que não vejo, apenas sinto. Posso confundir com pensamentos, com minha própria mente.

O rapaz sorriu.

— Tem razão. Mas tem estudado tanto sobre os assuntos espirituais nos últimos anos! Acreditei que este encontro pudesse lhe causar menos surpresa.

— Na teoria é uma coisa, já na prática... — Ela se levantou e, aproximando-se, quis saber: — Quem é você, mesmo?

— Raul. Um amigo.

— Seu rosto me é familiar.

— Eu a acompanho faz alguns anos.

— Há muitas vidas?

— Não. Nossos caminhos se cruzaram há pouco tempo. Eu lhe sou muito grato.

— Por ter feito o quê?

Uma lágrima escorreu pelo canto do olho. Emocionado, Raul a abraçou com ternura.

— Por você, só tenho gratidão. Você foi um anjo bom que, infelizmente, chegou tarde em meu caminho. Mesmo assim, sou-lhe eternamente grato pela sua intenção. O que quis fazer por mim foi de uma dignidade ímpar.

— Não estou entendendo.

— Nem precisa.

Soraia também sentiu certa emoção. Sentiu-se muito bem ao lado do rapaz. Era um moço de feições suaves, olhos levemente puxados, amendoados, lábios finos, dentes perfeitos, cabelos vastos e alourados. Vestia uma roupa comum, tipo camiseta e calça jeans, calçava chinelo de dedos. Na garganta usava um colar de contas.

— Você me faz bem.

— Eu sei, querida. Porque só quero o seu bem-estar. Eu prezo muito pelo seu equilíbrio emocional.

— Tenho vivido bem ultimamente. Por que estamos tendo esta conversa, este sonho?

— Porque mudanças estão por vir. Claro que todos têm arbítrio e, por meio dele, podemos mudar nosso destino. Todavia, por meio das probabilidades, temos condições, do lado de cá, de saber mais ou menos como certas situações irão se desenrolar.

— Serei abalada? Fernando está em perigo?

— Você e sua preocupação com Fernando!

— Ele é meu tesouro. Sei que posso ser condenada e malvista pela sociedade, mas o que fazer? Eu o amo mais que meu próprio filho. Não tenho como negar.

— Eu a compreendo. Aqui não julgamos. Cada um é livre para escolher de que gostar, de quem gostar. Não há obrigatoriedades.

— Eu juro que, desde a gravidez, fiz tremendo esforço para amar Maurício. Eu o amo. Claro que o amo. Mas não é o mesmo que sinto por Fernando. Até o sentimento que nutro por Clarice, minha sobrinha, é diferente. Nela, tudo me atrai, faz com que eu queira estar sempre ao seu lado. Infelizmente, há algo em meu filho que faz com que eu o empurre para longe de mim.

— É uma questão de afinidade energética.

— Já estudei sobre o assunto. É quando se diz que o santo da gente não bate com o da outra pessoa, não é?

— Isso mesmo.

— Às vezes, me sinto culpada. Ele é meu filho.

— Cada um dá o que tem. Você sempre foi mãe amorosa.

— Contudo, Maurício cobra de mim que eu dou mais atenção a Fernando. E olha que agora é adulto. Tornou-se um rapaz rebelde, respondão, encrenqueiro, sem limites. Paulo passa a mão na cabeça dele, diz que é coisa da idade, que vai passar. Eu não concordo. Brigo com Maurício, exijo que tenha compostura, que seja adulto e aja como tal, mas sinto que, a cada briga, nos tornamos mais distantes.

— Estou aqui para ajudá-la. Vim para serenar seu coração. Vou inspirar bons pensamentos, ajudar você a não se irritar, a ter condições de relacionar-se de maneira mais harmônica com seu filho.

— Tenho medo de Maurício cometer uma loucura.

— Bom, se ele passar dos limites, há a eternidade para se acertar, não é mesmo? Estamos presos aos ciclos da reencarnação justamente para desenvolver nossas habilidades, aprender a controlar nossos desejos, dominar nossos pensamentos, manter nosso equilíbrio, encontrar a paz.

— Em todos esses anos, na casa de Leocádia, aprendemos que a reencarnação é, de fato, uma dádiva maravilhosa, uma oportunidade única de progresso e de experiências enriquecedoras para o espírito.

— Pois é. Está tudo certo. Agora vamos. Dê-me sua mão.

Soraia estendeu o braço e Raul pegou a mão dela com extrema delicadeza. Logo, os dois deixaram o quarto rumo a um local, no mundo astral, para intensificação das energias do corpo espiritual de encarnados.

Soraia mastigou a saliva e demorou um pouco a concatenar os pensamentos. Apalpou o corpo e percebeu-se deitada na cama. Abriu os olhos e, pela fresta da janela, visualizou alguns raios de sol que penetravam no recinto.

Ela se espreguiçou com vontade. Sorriu ao lembrar-se de que tivera um sonho no qual conversara com um rapaz conhecido, mas não conseguia se fixar no rosto dele.

— Não era o Fernando — disse para si. — Não era ele. Tenho certeza.

Soergueu o corpo na cama e seus olhos fixaram o porta-retratos sobre o criado-mudo. Na foto, tirada no último Natal, estavam ela, Paulo, Maurício, Fernando e Clarice. O filho estava ao lado do pai. Ela estava entre os dois sobrinhos, filhos de Sílvia. Eram seus xodós.

Fernando crescera sendo paparicado por ela. Clarice, um doce de criatura, conseguira equilibrar, ao longo dos anos, esse carinho excessivo da tia sobre ela e dosava sem problemas o amor dispensado à mãe e à tia.

Maurício, por sua vez, crescera à sombra dos primos, catando migalhas do amor da mãe. A animosidade com Fernando só crescera. O primo até que tentava ser mais cordial, mas Maurício o tratava de maneira seca.

Já com Clarice era diferente. Por mais que tentasse odiá-la, não conseguia. Havia algo na prima que o acalmava, que o fazia sentir-se bem. Mesmo que sua mãe dispensasse doses cavalares de carinho e amor à prima, Maurício era todo cheio de dengos com Clarice.

Quando a ditadura engrossou o caldo e os direitos civis foram suspensos, a vida de Paulo virou do avesso. Foi interrogado, afastado da universidade. Perdeu o emprego, salário, e sofreu um arranhão em sua dignidade da noite para o dia.

Um amigo, desses do peito, dono de uma editora sediada no Rio de Janeiro, na época Guanabara, convidou-o para trabalhar como editor de conteúdo, porquanto publicava livros de História.

Paulo aceitou o convite, venderam o apartamento e se mudaram de São Paulo para a Guanabara no início de 1969. Compraram uma casinha no Rio Comprido, próximo algumas quadras da editora. O Túnel Rebouças já havia sido inaugurado dois anos antes, mas, com a construção do elevado Paulo de Frontin em 1971, o bairro foi, aos poucos, perdendo a ótima qualidade de vida que oferecia e muitos moradores saíram de lá.

Paulo não queria ficar muito longe da editora e, tempos depois, vendeu a casa e comprou um apartamento de dois quartos em um prédio charmoso de três andares na Tijuca. Maurício não gostou nem um pouco da decisão. A bem da verdade, odiou. Desejava viver na zona sul, sonhava em morar em Ipanema.

Soraia teve seus chiliques, muito mais por ficar longe dos sobrinhos. Até propôs um plano mirabolante de levar Fernando e Clarice para morar com eles no Rio, projeto devidamente abortado depois que Ivan e Sílvia prometeram, de joelhos, que as crianças iriam visitá-la nas férias de julho e de fim de ano.

Passada a choradeira da despedida e após a adaptação na nova cidade, Maurício acreditou que a ligação com a mãe se estreitaria, afinal, os primos estavam bem longe dali.

Em vão. Soraia passava horas no telefone com Sílvia, Fernando e Clarice, todos os dias. Eram fortunas de interurbano e ela contava, marcando em uma folhinha de calendário presa atrás da porta da cozinha, os dias que faltavam para que Fernando e Clarice chegassem para passar as férias com ela.

A partir da mudança de cidade, durante catorze anos, o ritmo foi esse. Clarice foi espaçando as visitas com o tempo. Passou a aproveitar as férias para se dedicar a cursos e trabalhos voluntários. Queria ser enfermeira, cuidar de gente. Tinha jeito especial para lidar com as pessoas.

Mesmo com faculdade, namoradas e trabalho, Fernando arrumava tempo para visitar os tios. E a animosidade de Maurício começou a se transformar em raiva. Atualmente, estava a ponto de subir para o patamar do ódio.

Naquela segunda-feira em particular, Soraia estava em outra sintonia. Apanhou o controle remoto e ligou a tevê. Foi passando pelos canais até parar num de notícias. A apresentadora, semblante triste, informava:

— A morte de Jardel Filho, ocorrida no último sábado, abalou toda a equipe de *Sol de verão*. A direção da emissora de tevê acredita que ainda é cedo para saber se a novela das oito deve permanecer no ar. O autor Manoel Carlos, no entanto, muito amigo do ator, afirma que a morte do protagonista...

Soraia procurou na memória de quais trabalhos do ator ela se lembrava, pois gostava muito de Jardel Filho, morto tão jovem e tão de repente. Mal começou a pensar, uma batida na porta tirou sua atenção. Logo um moço bonito, nem alto nem baixo, corpo bem-feito, vinte e dois anos, cabelos alourados e longos, estilo surfista, entrou, falando e gesticulando sem cerimônia:

— Mãe, está atrasada!

— Ei! Como entra assim no meu quarto? Que falta de respeito!

Ele nem prestou atenção e foi até próximo da cama:

— Ficou de ir comigo levar os documentos na faculdade para a matrícula.

— Perdi a hora, Maurício. Acontece. Passei o fim de semana com insônia, dor de cabeça. Esta foi a única noite que dormi bem.

— Ficou com insônia por conta do filhinho postiço que foi embora semana passada. Já está morta de saudades.

Ela o mirou com ar estafado:

— Não pegue no meu pé! Meu Deus, às vezes, como você é chato.

Ele a fulminou com os olhos.

— Você não me ama.

— Deixe de ser dramático. Agora saia do quarto que eu preciso me arrumar.

Ele saiu pisando firme e bateu a porta com força. Soraia mexeu a cabeça para os lados e suspirou:

— Até quando vou ter de aguentar esse martírio?

CAPÍTULO 25

No carro, Maurício não parava de falar. Enquanto dirigia de volta para casa, gesticulava e falava num tom elevado de voz:

— Você é irresponsável. Me fez perder a matrícula!

— Eu?! Está me culpando por ter perdido a matrícula? Da sua faculdade? Que você iria cursar? Está de brincadeira comigo?

Ele espumava de ódio.

— Ficou toda derretida dando atenção para o pamonha do Fernando e se esqueceu das obrigações que tinha em relação ao seu único filho!

Soraia desceu a janela, acendeu um cigarro e, após soltar uma longa baforada, encarou Maurício:

— Escute aqui!

— Não posso olhar para você. Estou no trânsito, dirigindo. Se cometo alguma barbeiragem, vou escutar um monte. — Fez um sinal com a mão próximo da orelha. — Vai dizer que sou irresponsável, que Fernando sabe dirigir, é prudente, já está formado e eu ainda não entrei na faculdade.

— Falou e disse — Soraia concordou. — Nem entrou em uma faculdade. Está com vinte e dois anos e não faz nada a não ser querer tirar do Petit o posto de “menino do Rio”.

— Eu...

— Calado. Continue dirigindo porque sou eu que estou falando. Sou sua mãe.

Maurício mordiscou os lábios e continuou olhando para a frente. Vez ou outra, seus olhos fitavam a mãe de esguelha. Soraia mexia a cabeça para os lados:

— Não sei se dou risada, se choro, se esqueço tudo o que me diz porque está no meio de um surto psicótico. Você cresceu rebelde, mimado e irresponsável. Seu pai o protegeu sobremaneira, fazendo todas as suas vontades. Eu tentei colocar um freio em você, mas Paulo sempre foi do tipo que resolve tudo na conversa. Mas com você? Nunca nos ouviu, nunca nos respeitou. Sempre fez o que bem quis. Foi expulso de três escolas, era cruel com os coleguinhas, os mais fracos se borravam de medo porque você os maltratava.

— O mundo é feito de gente esperta. Quem é burro e não sabe se defender, paciência. Que se dane!

— Gente bem esperta, como o senhor. Terminou o colegial aos vinte anos, não conseguiu entrar em uma universidade porque não tem QI suficiente e acha que só porque é bonitinho vai conseguir tudo o que quer.

— Sou bonito mesmo. Tem gente que me acha tão bonito quanto o menino do Rio. Eu já fui confundido com ele. Que fazer se nasci lindo?

— Lindo e burro. Lindo e sem coração. Lindo e sem um pingo de consideração pelo próximo.

— Eu não preciso ser humilhado pela própria mãe, que não gosta tanto assim de mim.

— Quer saber?

Maurício engoliu em seco e não queria saber. Já sabia o que Soraia iria dizer. Ficou quieto. Cruzaram o Túnel Rebouças em completo silêncio. Já estavam no meio do Rio Comprido quando ele fez uma observação, apontando para baixo do elevado:

— Lembra-se de quando íamos àquela padaria, depois da Haddock Lobo? Não foi por ali que o elevado caiu?

— Não mude de assunto. — Soraia apagou o cigarro no porta-cinzeiro, fechou a gavetinha com a guimba e as cinzas. — Você sempre odiou o Rio Comprido. Não suporta a Tijuca.

— Imagina!

— Não se faça de besta comigo. Ser chamado de tijucano, para você, não é elogio, é xingamento. O que mais queria era viver em Ipanema.

— Você não é fácil. Estou tentando ser amável.

— Qual nada! Quem te conhece que te compre. Eu sei quem você é. Eu o gerei.

— Por que me trata dessa forma?

— Não entendo. É homem feito. Eu o trato como acho que devo tratá-lo. Não sei por que exige tanto de mim. Não sei por que tem tanto ciúme de Fernando. E de Clarice!

— Não coloque Clarice nessa história. Minha prima é uma princesa. Não é como aquele imbecil que faz tudo o que os pais pedem. Parece um robô.

— Um robô que se formou, está bem empregado e, daqui a pouco, vai encontrar uma boa moça, casar-se. E quanto a você, vai fazer o que da sua vida?

Maurício não respondeu. Ligou o rádio, sintonizou em uma estação de músicas atuais.

Soraia prosseguiu:

— A beleza vai embora, sabia? A pele enruga e perde o viço, o cabelo fica branco, a força e a potência também se esvaem. É natural envelhecer. Pena daqueles que se prendem à beleza física.

— Vou envelhecer muito bem. Serei um coroa bonitão. Não ficarei como meu pai, ou como você, que está ficando com cara de velha.

Ela riu e deu de ombros.

— Eu não me importo com as mudanças naturais que a vida me impõe. Faz parte do processo. O tempo está passando para mim, para seu pai, seus tios. Vai passar um dia para você também. Os jovens de hoje serão os velhinhos de amanhã.

Maurício fez um gesto com as mãos.

— Bobagem. Eu não estou nessa lista.

— Conversinha à parte, estamos quase em casa. E então?

— Então o quê?

— Pergunto de novo: vai fazer o que da vida? Procurar outra faculdade, outro curso? Porque não vai ficar mais um ano sem fazer nada. Ao menos veja se arruma um trabalho.

— Eu, trabalhar? Está louca?

— Louca você vai ver quando eu chegar a nossa casa. Vou conversar com seu pai. "Ai" dele se continuar dando mesada para você.

— O que pretende fazer? — Maurício a desafiou com uma voz e uma postura que Soraia já conhecia, desde quando ele era criança e fazia birra.

Simplesmente respondeu:

— Se desta vez seu pai não concordar comigo, eu me separo dele e largo vocês dois. E me mudo para São Paulo. Vou viver com seu primo.

Maurício roeu a unha do polegar com tanta força que os dentes arrancaram toda a cutícula do dedo. Logo ele sentiu o gosto amargo de sangue e sentiu medo. Um medo tremendo de ficar sozinho.

CAPÍTULO 26

Dorothy separou-se de Olavo e mudou-se com a pequena Debora e Mary, a empregada, para Nova York. Lá, seu trabalho foi reconhecido, valorizado. A amizade com Jacqueline, na época ainda Kennedy, ajudara-a bastante a colocar seus modelos de vestidos, ousados e modernos, em evidência.

Com a morte de Esther em 1972, Dorothy sentiu a dor da perda de maneira muito forte. Foi como se tivesse perdido uma irmã de sangue. Esther tinha sido seu norte, sua mentora, a mulher que a ajudara a deixar de ser herdeira para se tornar dona de seu próprio negócio e ganhar seu próprio dinheiro. Ela não era muito de namorar, gostava mesmo de trabalhar. Muito.

Aos catorze anos, Debora já demonstrava habilidade natural para o mundo da moda e seria a sucessora natural da mãe, o que enchia Dorothy de orgulho, visto que seu negócio só crescia e prosperava.

Num jantar beneficente para arrecadar fundos para a campanha de George McGovern, candidato do Partido Democrata às eleições daquele ano, Dorothy conheceu Nelson

Wisley Gabeira, filho de mãe norte-americana e pai brasileiro, fazendeiro, dono de grande extensão de terras e gado em Goiás. Nelson tinha quarenta e quatro — oito a mais que Dorothy —, era divorciado e tinha uma filha de vinte e quatro anos, assistente social, que vivia ligada a organismos internacionais de ajuda a países devastados por guerras. Naquele momento, Ana Lúcia, sua filha, estava envolvida com a Guerra do Vietnã e morando em Saigon.

Depois de drinques, jantares e algumas noites em que dormiram juntos, assumiram o romance. Casaram-se e, como havia travado amizade com a estilista Zuzu Angel, Dorothy decidiu mudar-se com Debora para o Brasil. Nelson não queria que ela ficasse em lugar tão distante como o interior de Goiás. Decidiram que iriam morar no Rio de Janeiro. Estabeleceram-se em um apartamento no miolo do Leblon.

Nelson as visitava a cada quinze dias, um mês. Era um relacionamento maravilhoso, em que havia uma boa sintonia entre o casal. Viviam muito bem, a ponto de Debora chamar Nelson de pai, porquanto, depois do incidente com o tipo sanguíneo, Olavo evitava conversar com a filha.

Ao botar o primeiro pé no chão do Galeão, Debora amou o Brasil. Adorou o clima, o ar, o povo, adaptou-se facilmente ao estilo carioca de ser. Como havia aprendido um pouco de português nas conversas que mantinha com o pai por telefone, logo estava falando português sem sotaque.

O tempo a transformou em uma ruiva bonita, com sardas pelo rosto e pelos ombros. A pele era alva, o corpo bem-feito, os olhos como duas pedrinhas de safira verde-água. Tinha estatura mediana e cativava as pessoas com seu sorriso franco.

Dorothy vendera parte dos negócios nos Estados Unidos e abrira uma confecção com cinco lojas: uma em Porto Alegre, uma em Belo Horizonte, uma no Recife, uma estilosa na Augusta, em São Paulo, e, claro, seu cartão-postal: a loja de Ipanema.

Agora, neste começo de 1983, estava à procura de um gerente-geral, visto que o último tentara roubar-lhe, não em espécie, mas em esquemas com o pessoal do porto, com sonegação de impostos. Dorothy tivera muita dor de cabeça para colocar os negócios em ordem.

— Bom que o Carnaval passou, estamos começando o ano!

Debora riu com gosto.

— Você sempre diz a mesma coisa, mamãe, todos os anos. Nunca paramos de trabalhar. E vendemos mais no começo do ano e no Carnaval.

— É verdade. Força de expressão. É que agora parece que tudo começa a andar de fato. Apenas precisamos de um bom profissional.

— Ele vai aparecer.

— Não quero mais saber de gente complicada! — suspirou, enquanto dirigia para casa.

— Mãe, não esquenta. É só você se ligar na corrente universal positiva. É uma questão de crença. Precisa acreditar que vai atrair um bom profissional. Precisa acabar com essa ideia de que todo gerente vai querer levar vantagem sobre seu negócio.

— Nosso! — Dorothy corrigiu. — Nosso negócio. Sabe que um dia você irá comandar a empresa, as lojas. Confio na sua capacidade, no seu talento.

Debora sorriu, agradecida.

— Sei disso. Sempre me incentivou, permitindo que eu pudesse fazer especialização no exterior. Sou bem capacitada.

— Inteligente. É sagaz, tem o sangue da minha família nas veias. Eu a admiro muito — Dorothy falou, e uma ponta de orgulho formou-se em seu semblante.

— Devo ter um pouco do papai também. Ele sempre foi bem esperto nos negócios.

Dorothy gargalhou.

— Seu pai! Sei. — Ela ficou meio desconcertada, mas logo emendou: — Olavo não aproveitou a boa vida que teve nas mãos. Não soube administrar a herança da tia, perdeu tudo.

— Sobrou o dinheiro da separação de vocês.

— Que ele gastava a torto e a direito com a desmiolada da sua irmã. Aquilo não tem conserto.

— Aquilo é usado para coisa, objeto. Rachel é gente.

— Sem fazer trocadilho ao filme, ela não é gente como a gente. Sua irmã é de outro planeta.

— É sua filha.

— E daí? Só porque a coloquei no mundo sou obrigada a aturar todas as suas vontades? Ela é mimada demais, foi estragada pelo seu pai. Viu o que deu nas últimas férias que passou conosco? Maltratou Mary, chamando-a de pretinha burra. Isso é inadmissível!

— É verdade. Ela jamais deveria destratar Mary por causa da cor da pele.

— Sua irmã é terrível. Essa mania de querer ser superior aos outros, de xingar os negros... Um dia ela vai tomar na cabeça.

— Rachel ainda é nova, pode mudar.

— E você acredita? Rachel está prestes a completar vinte e um anos. É adulta, mas se comporta como criança rebelde. Ela se faz de sonsa. É uma cobra.

— Mãe!

— É. Cobra. Serpente. Eu conheço de longe. Tem que tomar muito cuidado com esse tipo de gente. Vacilou, ela vem e dá o bote. Às vezes, uma picada pode ser fatal...

❋

Depois de enfrentarem calor e trânsito, Dorothy estacionou o carro na garagem. Subiram e, logo na entrada, Mary estava aflita:

— Dona Dorô — assim ela chamava a patroa, depois de aprender o idioma português —, liguei para a loja faz mais de uma hora.

— O trânsito. E depois passamos em uma confeitaria, queria trazer uns docinhos para comermos mais tarde. É normal que eu demore, às vezes. Mas o que aconteceu? Nelson?

— Não. Seu Nelson não ligou.

— Ai, que susto! — Ela levou a mão ao peito. — Não me meta medo, Mary. Você e sua mania de exagerar nas coisas. Sei lá, pensei em bobagens.

— É pior.

Dorothy e Debora trocaram um olhar cúmplice.

— O que foi?

— É seu Olavo.

— O que tem? — quis saber Debora.

A porta do corredor bateu com força e uma moça alta, cabelos castanho-claros, olhos amendoados e vestido justo e colado apareceu na sala. Mãe e filha olharam-se sem saber o que dizer. Dorothy, refeita do susto, pediu a Mary:

— Quero um copo com água e muito, muito açúcar.

— Sim, senhora.

Dorothy sentou-se no sofá e Debora foi até a moça, estendendo os braços:

— Querida! Como vai a minha caçula?

Rachel desviou-se da irmã e aproximou-se de Dorothy:

— Olá, *mummy*. Pensei que já tivesse demitido a negrinha.

— Se for insultar Mary, eu a coloco no olho da rua, agora.

— Calma. Foi só um comentário.

— Preconceituoso, por sinal. A negrinha é como nós, é gente. — Ela revirou os olhos nas órbitas e suspirou: — Afinal, o que faz aqui? Não gosto que apareça sem avisar.

— Agora vim de mala e cuia. Adorei essa expressão. Aprendi com o motorista de táxi que me trouxe do aeroporto para cá.

— Como assim?

— Deixei meus pertences no quarto de hóspedes. Claro que, daqui para a frente, vai ser o meu quarto — enfatizou. — Até vou me esforçar para tratar bem a Mary. — Fez um muxoxo.

— Brincadeira de mau gosto — ajuntou Dorothy. — Sabe que é impossível você e eu convivermos sob o mesmo teto. Além do mais, você vive com seu pai.

Rachel fez beicinho e fingiu uma lágrima.

— Sinto lhe dizer, não tenho mais pai.

Dorothy, num primeiro momento, não concatenou as ideias. Debora sentiu um frio na barriga e indagou, perplexa:

— O que está querendo dizer, Rachel?

— O papai morreu. Simples assim.

CAPÍTULO 27

Quando Fernando descortinou a janela e olhou para fora, já havia amanhecido. Ele esfregou os olhos, bocejou e caminhou até o banheiro para fazer a toalete.

Olhou-se no espelho e notou uma espinha próximo do queixo. Apertou e a região ficou avermelhada.

— Pareço adolescente. Espinhas e cravos no rosto, aos vinte e quatro. Como pode?

— Porque você ainda é um bebê. — Sílvia apareceu na soleira da porta. Abraçou o filho por trás, ele era bem mais alto que ela, e beijou-o na nuca. — Bom dia, filho.

— Já acordou, mãe?

— Faz dez dias que não durmo direito. Não sei o que acontece. Sonhos estranhos, não me lembro de muita coisa. Acordo quebrada, moída, parece que um trator passou por cima de mim.

— Não será a menopausa?

— Olha a intimidade, menino! — Ela deu um tapinha nas costas dele. — Não tenho idade para isso. Ainda sou jovem. Estou na casa dos quarenta.

Ele riu bem-humorado.

— Está uma gata. Você e tia Soraia estão gatas. Vão viver até os cem anos.

— Se for com saúde e disposição, que assim seja. Me diga, como está o trabalho?

— Espero uma promoção. Tenho competência para gerenciar o departamento todo. Aliás, para gerenciar a empresa toda. Não me dão chance. Há os queridinhos, estão na frente.

— Podem ser queridos e ter competência.

— Se assim fosse, eu ficaria feliz. Não são capazes. São pessoas que estão ali para ganharem mais, para conseguirem uma maneira de fazer caixa dois, sangrar a empresa. Dizem que, como é estrangeira e muito grande, não há problema em arrancar um pedacinho, tirar uma lasquinha. Eu não gosto desse tipo de comportamento. São pessoas que não estão preocupadas com o crescimento da empresa, com o bem-estar dos funcionários, com a qualidade no trabalho. Querem enriquecer a qualquer custo. Uma pena.

— Não há maneira de conseguir provas e mostrar à diretoria, presidência, que essas pessoas estão agindo de má-fé, estão adoecendo a companhia?

Enquanto barbeava-se, Fernando meneou a cabeça para os lados.

— Infelizmente, muita gente lá do alto escalão está comprometida com essa maneira horrível de se corromper.

— Também sou contra a corrupção.

— Pois é. Acostumaram-se a ganhar um favor, um presente, um extra. Se eu for e abrir o bico, serei sumariamente demitido. Gostaria que as coisas funcionassem de outra maneira.

— Então, procure outro emprego.

— Esta empresa me dá visibilidade, mamãe. Apesar de tudo, é conceituada no mercado. Como administrador, fica bem tê-la como referência em meu currículo. Se a promoção não aparecer, prometo que mais um tempo eu saio e vou em busca de novos desafios.

— Assim é que se fala. Nada de comodismo. Sempre gostei do seu jeito de ir em busca do que quer.

— Se eu não for, quem vai por mim?

Sílvia o beijou no rosto, pegou uma pontinha do creme de barbear e brincou com a espuma no nariz do filho. Desceu as escadas. Clarice estava na cozinha, pondo a mesa do café.

— Não está atrasada? — perguntou-lhe Sílvia.

— Troquei o turno com a Maria Rosa. A mãe dela está bem doente.

— Jura? A cirurgia não resolveu?

— Ajudou, mas o câncer havia se espalhado por boa parte do corpo. Não há mais o que fazer. Apenas esperar.

— Gosto da Maria Rosa.

— Eu também. É uma boa amiga. Mas, se acreditasse na vida após a morte, ficaria melhor.

— Por que diz isso?

Clarice deu de ombros, enquanto terminava de colocar as xícaras e ajeitar delicadamente os guardanapos ao lado dos pires.

— Ela acredita que, com a morte da mãe, tudo vai acabar. Será o fim de tudo. Nunca mais haverá a mínima chance de um reencontro. Maria Rosa não acredita em nada. É difícil aceitar a perda de alguém que se ama quando não acreditamos em nada.

— Tem razão. Quando seu avô morreu, eu não era filha dele de sangue, mas seu Faruk foi como um pai para mim e, por acreditar na continuidade da vida após a morte do corpo físico, parece que meu coração sofreu menos.

— A gente nunca vai deixar de sentir saudades. Não tem como deixar de sentir por alguém que amamos. Contudo, aceitar o que não há como mudar, o que faz parte natural da vida, nos deixa mais confiantes, faz com que pensemos melhor sobre o dia a dia. Muitos se preocupam somente com o amanhã. Não vivem o hoje, o agora, o momento. Perdem a chance maravilhosa de experimentar uma vida rica e prazerosa agora, pensando que amanhã, talvez, possam viver melhor. Pura ilusão.

— Você me enche de orgulho! Entrou na faculdade aos dezessete anos, formou-se aos vinte. Conseguiu excelente estágio e tem uma cabeça tão madura para sua idade!

Clarice sorriu.

— Aproveitei as oportunidades que a vida me deu. Se tive a chance de entrar mais cedo na faculdade, ótimo. Contudo, batalhei muito para entrar na USP. Não foi fácil conseguir uma vaga para o curso de Enfermagem. Foram três anos de muita dedicação. Mas, como amo o que faço, tudo correu bem, sem peso. Eu nasci para o ofício.

— Desde pequena era assim. Não podia ver um avental branco e logo o vestia.

— É verdade. No entanto, recorda-se da moça de branco com a qual eu sonhava? Era o espírito de uma enfermeira. Disse que eu muito a ajudei no passado e, quando morri, em última vida, como agradecimento, fez questão de me resgatar. Ela faz parte da equipe de Florence Nightingale, enfermeira inglesa pioneira no tratamento aos feridos de guerra.

— Quem sabe você não viveu na Inglaterra? E não morreu na Guerra da Crimeia ou na Primeira Guerra? Como nasceu em 1962, pode ser que tenha até morrido na Segunda Guerra Mundial.

Clarice deu de ombros novamente, de forma graciosa.

— Não ligo para o passado porque ficou para trás. O que passou, passou, não volta, não muda. Quer dizer, só muda na cabeça da gente — apontou para a própria testa. — Em todo caso, uma vez, esse espírito me revelou que morri num acidente em que havia água. Vai ver morri no naufrágio do Titanic — riu.

Sílvia sentiu um estremecimento pelo corpo. Mirou a filha de cima a baixo. Depois balançou a cabeça para os lados.

Pensou: *Não. Não tem nada a ver com Ivete. Não pode ser. Amo tanto a minha filha, temos tantas afinidades. Bobagem da minha cabeça.*

Fez um gesto com as mãos e Clarice notou:

— O que foi? Pensando em quê?

— Nada. Estava comentando com seu irmão lá em cima. Faz dez dias que não durmo bem.

Clarice a olhou com profundidade. Sílvia sentiu um arrepio.

— Não gosto quando me olha assim.

— Algo me diz que você está com companhia astral.

— Não entendo. Faz muitos anos que não frequento mais as reuniões de Leocádia. Sabe muito bem que eu e seu pai não temos afinidade com assuntos do Além.

— Muito me admira. Pelo que sei, você e papai começaram a frequentar as reuniões de Leocádia por causa de um espírito.

— Que nada! Quem disse isso?

— Não interessa. Papai teve uma noiva, antes de você, que morreu afogada — Clarice falou e fitou um ponto qualquer da cozinha. Foi como se tivesse sido anestesiada por alguns segundos. Sílvia nada percebeu. Ela meneou a cabeça e voltou em seguida: — Vocês estudaram um bocado do mundo espiritual, não foi?

— Passado. Faz parte do passado. Seu pai tem alma sensível, mas não gosta das coisas ligadas ao Espiritismo. Eu me dou muito bem com ele e prefiro também não me meter nesses assuntos.

— Seja passado ou não, vou ser clara: você está com encosto, mamãe. Entendeu?

Sílvia levou a mão ao peito e sentiu taquicardia. O espírito que estava ao lado dela levou um susto e deu um salto. Por ora, foi para o jardim da casa. Não sabia como havia parado ali. Contudo, descobriria um jeito de voltar a grudar em Sílvia. Era com ela que queria ficar. Para sempre.

CAPÍTULO 28

O jantar na Tijuca teve como prato principal discussão e em seguida, como sobremesa, bate-boca e gritaria. Chegou a um ponto que Paulo, sempre cordato e estilo paz e amor, deu um murro na mesa, fazendo a garrafa de refrigerante entornar, derrubando o líquido sobre a roupa de Soraia.

Ela se levantou de supetão:

— Isso não pode acontecer! Esse moleque está acabando com minha saúde, com nossa vida!

Paulo levantou a garrafa de refrigerante e, sem jeito, tentou contemporizar:

— Desculpe, meu amor. Perdi um pouco a paciência. Mas vocês dois precisam se entender, de uma vez por todas. Ou quem vai perder a saúde sou eu. Estou a ponto de enfartar!

— Qual nada, velho. Você é forte feito um touro! Foi fichado, interrogado e passou dois dias preso no tempo da ditadura. Além do mais, aguenta essa mulher há anos. — Maurício fez um gesto com o queixo, apontando para Soraia. — Não morre tão cedo.

— Você deixa esse infeliz falar assim na nossa frente? Sem respeito a mim ou a você?

— É o jeito jovem de se expressar — acrescentou Paulo. — Maurício nem chegou aos vinte e três anos.

Soraia sentiu uma veia dançar freneticamente no canto da testa. Ficou rubra de raiva:

— Não pode estar falando sério, Paulo. Passa a mão na cabeça desse moleque a todo momento.

— Só quando você exagera.

— Ficou do lado dele até quando o expulsaram do Pedro II. Pode? Ser expulso de um dos colégios mais tradicionais do país? Acho que ninguém foi expulso do Pedro II, para minha vergonha.

— Só pensa na sua vergonha — tornou Maurício. — Eu era massacrado pelos professores. Ninguém me ajudava, implicavam comigo.

— Será porque era o único aluno que não fazia os deveres de casa e só tirava zero, ou era pego colando nas provas? Ou porque quase aleijou um colega de classe?

— Não fui eu. Já disse — falou e virou o rosto, evitando mostrar o sorriso cínico.

— Está bem. Admitindo ou não a culpa, o resultado da sua insensatez foi que o coitado ficou manco.

— Não joguei o galho de árvore na frente da bicicleta dele.

— Isso já foi explicado e é assunto passado — interveio Paulo. — Nosso filho foi inocentado. Por que levantar isso agora, depois de anos?

— Porque ele é um vagabundo, Paulo. Porque não faz nada na vida, a não ser torrar a mesada, fruto do suor de seu trabalho, nas praias de Ipanema.

— Alto lá! Tenho direito a defesa — justificou-se Maurício. — Ano passado não consegui passar no vestibular para universidade pública. Foi neste ano que decidimos que o pai poderia me pagar uma faculdade particular.

Soraia espremeu os olhos e enrugou a testa, pensativa. E deduziu:

— Pois bem. Deixe-me ver. Há dois anos, não prestou vestibular porque tinha acabado de concluir o colegial, estava esgotado, segundo suas palavras, e pediu para o pai lhe pagar cursinho.

— Isso mesmo — concordou Maurício.

— Depois de um ano de cursinho, não passou na primeira fase do vestibular.

— Acontece, mãe. É a lei das probabilidades.

— Sei. Só que dois anos atrás, na mesma época do vestibular, aconteceu o show do Queen em São Paulo. Por uma coincidência — Soraia fez um gesto com os dedos das mãos, imitando aspas —, você foi visitar sua avó naquela semana. Ano passado, por esses dias, creio, também, ocorreu o show da banda The Police. Foi bem na semana do vestibular. E, nova coincidência! Você foi ao show.

— Uma coisa não tem nada a ver com a outra.

— Por acaso tem algum show de banda ou cantor do estrangeiro que vai acontecer por estes dias ou semanas? Será que você não armou toda essa confusão da matrícula só para se esbaldar em mais um show e perambular com seus amigos vagabundos sem eira nem beira?

— Como pode pensar isso de mim? Que mente mais doentia!

— Soraia, creio que está indo longe demais — interveio Paulo.

— Não, querido. É só você ligar os pontos. Eu vou dar uma olhada nos jornais, ficar atenta. Tenho certeza de que vai ter algum show, dos bons. E esse moleque — apontou com desprezo — vai querer ir. Escuta o que estou te falando!

— Pai, não escute. Ela está inventando tudo isso por culpa, porque perdeu a data da minha matrícula.

Paulo parecia um robô. Só escutava o filho:

— Ele me disse que você perdeu a data da matrícula dele na faculdade e...

Soraia o cortou com um grito:

— Não é responsabilidade minha! Ele deveria saber a data-limite para se matricular. Não tem cinco anos de idade. É um homem.

— Ela fala isso porque, antes de o sobrinho-maravilha passar a temporada aqui em casa, prometeu que iria comigo fazer a matrícula, pai. Disse para eu não me preocupar.

— Se você prometeu, Soraia, deveria cumprir. Maurício tem razão. Você sempre fica avoada quando Fernando fica aqui em casa.

Soraia deu novo grito, falou um palavrão e saiu batendo as tamancas até o quarto. Bateu a porta com força.

— Não te disse, pai? A mãe pirou. Desde a última vez que Fernando esteve aqui, ela anda assim, nervosa, me trata dessa forma esquisita. — Ele mostrou o braço com uma ferida para o pai.

Paulo indagou:

— O que é isso?

— A mãe. Voltando da faculdade, ela se irritou comigo e, dentro do Túnel Rebouças, aproveitou que estava meio escuro e apagou o cigarro no meu braço.

Paulo levou a mão à testa, indignado.

— Está falando sério?

— Iria brincar com você? — Maurício forçou uma lágrima. Estava acostumado a fazer esse teatro. Manipulava Paulo como a um fantoche. O pai não percebia e caía direitinho nas artimanhas do filho. O que Maurício dizia era lei. Seu filho tinha sempre razão.

Por exemplo, cheiro de maconha vindo do quarto? Era do vizinho de baixo, que soltava as baforadas na direção da janela do filho. Havia briga na rua envolvendo seu filho? Maurício era sempre a vítima. Havia confusão, arruaça, baderna? Alguém, exceto seu filho, tinha começado a encrenca. Nunca Maurício.

Alguns amigos haviam alertado Paulo de que o filho não era lá esse anjinho que ele acreditava que fosse. Maurício fingia muito bem com seu rosto bonitinho, um ar de bom moço. Muita gente na redondeza já sabia que ele não passava de lobo em pele de cordeiro.

Para falar a verdade, Soraia era bem esperta e tinha sacado o filho. Sabia que Maurício era manipulador e não entrava em seu jogo. Infelizmente, Paulo não enxergava as artimanhas do filho.

Maurício precisou de muito sangue-frio para se controlar quando a mãe falou sobre os shows. O pior é que era verdade. Ele não tinha vontade de estudar, de fazer faculdade. Queria gozar a vida, aproveitar tudo o que podia e, coincidentemente com as datas de vestibulares, aconteciam shows maravilhosos, de bandas estrangeiras que nunca, jamais haviam tocado no país. Ele não podia deixar de assistir a esses shows. E, se estivesse compromissado com vestibular ou matrícula, a mãe faria da vida dele um inferno e não permitiria que ele fosse a um concerto. Eram "pirações" de Soraia, ele deduzia.

E Soraia havia percebido o padrão: dois anos antes, um show; ano passado, outro. Neste ano, na praia, alguém dissera que a banda Van Halen iria tocar em São Paulo, única apresentação. Maurício ficara maluco. Precisava ir. O imbróglio da matrícula era perfeito para conseguir do pai o dinheiro necessário para comprar o ingresso e passar uns dias na cidade.

Depois que Paulo o abraçou por conta da pena que sentira em relação à queimadura de cigarro, que ele próprio fizera, Maurício comentou:

— A situação aqui em casa está bem complicada. Sei que eu também deveria ter atentado à data da matrícula, mas tenho pensado tanto em arrumar um emprego, em ajudar você nas despesas da casa... Já sou adulto, pai. Preciso contribuir.

Paulo chegou a ir às lágrimas.

— Não precisa se preocupar, meu filho. O que ganho é suficiente para nos manter com dignidade. A sua mesada não compromete nosso orçamento. Sua mãe exagera.

— Não. Ela não exagera — mentiu. — Está certa. Tenho vinte e dois anos. Não sou mais criança. Se for comparado ao Fernando, o que ela sempre faz, todo santo dia, não valho nada. Preciso tomar um rumo na vida.

— Não pense dessa forma. Sua mãe não pode ficar a todo momento comparando-o a seu primo. Cada um é único no mundo. Não há duas pessoas iguais. Cada um tem seus potenciais, talentos, habilidades, defeitos também. Tenho certeza de que logo vai encontrar seu talento.

— Mas o clima aqui está pesado. Não posso passar o dia todo aqui. Como vou voltar a estudar, pegar nos livros, me dedicar, se a mãe briga comigo a todo momento? Precisaria sair daqui, ficar fora uns tempos.

— Não diga isso!

— É a pura verdade, pai. Uma amiga da praia me convidou para passar uns dias na casa dela.

— Nem pensar! — Paulo levantou-se do sofá nervoso. — Filho meu não sai de casa por causa de chilique de mãe.

— Por outro lado — era agora que tinha de dar o bote no pai —, tinha pensado em visitar a avó Eustáquia. Tio Jamil disse que ela está bem doentinha. Contudo... — ele fez uma longa pausa, calculada, para gerar um efeito dramático — não temos condições de você me dar grana para viajar e passar uns dias em São Paulo.

— Tem vontade de ver sua avó?

— Tio Jamil me ligou três vezes semana passada. Eu não quis comentar porque fica chato. Ele queria mandar o dinheiro das passagens. Disse até que pagaria a ponte aérea, imagina...

O discurso mentiroso mexeu com o orgulho de Paulo.

— Nada disso. A família acha que passamos fome, que vivemos no aperto?

— Não sei. Vai saber o que o Fernando comenta lá com a família dele, com o tio. Deve dizer que os móveis deste apartamento são velhos, que moramos longe do mar, deve falar coisas horríveis pelas nossas costas.

— Sobrinho ingrato!

Maurício esboçou um sorriso. Pigarreou:

— Deixa o Fernando, pai. Ele é inseguro, tem problemas de autoestima, não tem a beleza que eu tenho. Coitado. Em todo caso, você concordaria com minha viagem para São Paulo?

— Diante do desequilíbrio de sua mãe, esta é a melhor alternativa. Vou ver o preço das passagens e dobrar a mesada deste mês. Não quero filho meu na casa dos outros com ar de mendigo.

— Isso mesmo, pai. Gostei!

CAPÍTULO 29

Depois da discussão, Soraia entrou no quarto sentindo tremenda dor de cabeça. Saiu, foi até o banheiro, escutou ao longe pai e filho conversando, fez uma careta. Abriu a gaveta de remédios, apanhou uma cartela e dela tirou um comprimido. Tomou com um copo de água da torneira e voltou para o quarto.

Atirou-se na cama, apagou a luz e deixou que só a luzinha do abajur ficasse acesa. Olhando para o teto, passou a refletir sobre sua vida nos últimos anos.

Ela amava Paulo, mais que tudo. Era um companheiro maravilhoso, um marido nota dez, dedicado, fiel, cortês, bem-humorado, bom amante. Seria tudo perfeito não fossem os problemas que começaram a surgir desde a infância de Maurício.

Ela admitia, sim, que no começo da maternidade dava bem mais atenção ao sobrinho. Fosse Fernando mais querido, fosse seu afilhado, Soraia não saberia responder, mas havia um elo de afeto muito forte que os unia. Ela o amava como a um filho. Era algo natural, sem forçar a barra.

Num primeiro momento, Sílvia teve seus acessos de ciúmes, mas, com o tempo, percebeu que Fernando também nutria pela tia um sentimento especial, um amor diferente. Era como se fossem mãe e filho. Havia cumplicidade, confidências, afinidades, coisas em comum que transcendiam sangue, filiação. Havia também o amor declarado por Clarice; contudo, como a garota tinha um jeito especial de lidar com as pessoas, conseguia manter equilíbrio na relação de afeto com a tia.

Além do mais, Clarice também nutria um sentimento especial por Maurício. Fosse ele rebelde, manipulador ou consciente de que agia de má-fé, ela o compreendia e o aceitava da maneira que era. Havia nela algo de profundo carinho e proteção, o que, de certo modo, ao longo do tempo, permitiu criar certo distanciamento entre o convívio de Soraia com ela.

Soraia revirou-se na cama, recordando os momentos nos quais tentou ser boa mãe, educar Maurício com firmeza, mostrando a ele limites, modos. Nunca levantara a mão para bater nele. Disse baixinho:

— Fui uma boa mãe. Não o amei com toda a força do universo. Também não deixei de expressar carinho, afeto. Gosto do meu filho, mas Paulo o estragou. Ele me desautoriza na frente de Maurício. Faz que eu perca a autoridade. Não vê que Maurício o manipula a seu bel-prazer. E está fazendo com que briguemos. Nunca briguei ou discuti com Paulo. Será que Maurício vai fazer a cabeça do pai e Paulo vai se separar de mim?

Uma onda de insegurança a invadiu. Soraia sentiu mal-estar. Apagou a luz do abajur, tentou fazer uma prece, esquecer os acontecimentos e, com a ajuda do comprimido para dor de cabeça, em minutos adormeceu.

Acordou com um toque sobre o ombro. Percebeu que estava sonhando.

— Você! — exclamou.

— Como vai, Soraia?

Ela se remexeu na cama e sentou-se, meio sonolenta. A dor de cabeça sumira. Não sentia nada. Até o mal-estar passara.

— Estou bem. Quer dizer, as dores passaram, mas a minha vida está um inferno. Você viu o que aconteceu há pouco, Raul?

— Na noite passada, você quer dizer.

— Como assim? Eu me deitei agora há pouco.

Ele sorriu.

— Descansou bastante. Está quase amanhecendo. Veja — apontou para o lado da cama. — Paulo dorme a sono solto.

Ela olhou para o lado, desalentada.

— O que me preocupa é que não estamos bem. Não o vi se deitar. Quando se deita, sempre me dá um beijo de boa-noite. Esteja eu com comprimido, dormindo, sinto seu beijo e retribuo, mesmo sonolenta. Ele não me beijou.

— Não a beijou. Eu vi.

— Fala desse jeito... com naturalidade na voz.

— Queria que eu fosse dramático? Que gritasse? Chorasse? — Raul sentou-se ao lado dela na cama e passou o braço pelo seu ombro. — Sei que o momento é difícil.

— Terrível, melhor dizer. Maurício está se tornando intratável. Ele mente na cara dura, manipula, distorce os fatos, está jogando Paulo contra mim. Sei que meu casamento está abalado, mas o que será de meu filho?

— Estou aqui para ajudá-la a ajudá-lo.

— Frase de efeito bem interessante. Nessa altura da vida, Maurício aceita conselhos do capeta, menos vindos de mim.

— Pode mudar a maneira de aproximação.

— Eu?! Mudar?

— É.

— Está dizendo que eu tenho de mudar meu jeito de ser?

— Não. Não tem de mudar seu jeito de ser. Precisa mudar a sua maneira de abordar seu filho. Sempre chega em Maurício com duas pedras, duas facas, pronta para o ataque.

— Como quer que eu fale com ele? Sempre me tira do sério!

— Já percebeu que não lhe dá bom-dia, não lhe dirige uma palavra de carinho, uma palavra de afeto? Há quanto tempo não diz ao seu filho "Eu te amo"?

Soraia passou os dentes pelo lábio inferior. Ficou pensativa.

— Não me recordo.

— Porque nunca disse a Maurício que o amava.

— Não há necessidade. Sou a mãe dele. Eu lhe dou carinho, afeto.

— Não basta.

— Ele não tem limites, Raul. Cresceu com Paulo lhe passando a mão na cabeça, deixando de puni-lo pelos erros que cometia. Maurício cresceu acreditando que podia fazer o que quisesse, como quisesse, com quem quisesse. Isso não é bom sinal. Se ele desrespeita a mim, que sou sua mãe, imagino o que possa fazer com qualquer pessoa fora de casa. Tenho medo.

Raul a olhou com profundo carinho.

— Estou aqui para ajudá-la. Já disse.

— Como?

— Primeiro, tentando se manter mais calma. Este lar está com energias perturbadoras. Um lar com energias nesse teor faz com que as pessoas que nele habitam se sintam mal, cansadas, perturbadas, com a mente desfocada. É local ideal para atrair espíritos também perturbados que se alimentam dessas energias ruins.

— Deus me livre! Não quero espírito invasor na minha casa.

— Mude o jeito de ser. Seja mais positiva.

— Com os problemas que Maurício me traz?

— Como se ele fosse o único problema nesta casa.

— E não é?

— Fácil jogar a responsabilidade sobre os outros. Claro que ele também tem sua parcela de responsabilidade por causar certo desequilíbrio no lar. Mas você precisa fazer sua parte, Soraia. Seja forte, imponha sua vontade, seu ânimo, sua força! Se você mudar, ele muda, Paulo também muda.

— Duvido. Paulo é grudado nele. Parece que são amigos de várias vidas. Eu sou a intrusa.

— Não veja sob esse ponto de vista. Se são uma família é porque devem se amar e se respeitar, promover a amizade, estimular o carinho, o afeto entre os três. Não pense se são amigos ou inimigos do passado. Isso é bobeira. Se está na sua vida é porque tem a ver com você, tem afinidade de alguma forma; você atraiu esse filho com sua maneira de pensar, de ser.

— Sempre eu. De novo, eu entro como a grande responsável.

— Não quero que veja a situação como certa ou errada, culpada ou inocente. A vida sempre trabalha para que os envolvidos melhorem. Se estão juntos, é para promover o amor.

— Hummm...

— Vai levar certo tempo, mas precisa fazer sua parte. Comece a mudar sua maneira de ser. Lembre-se da maternidade, dos primeiros meses de vida, de quando ele aprendeu as primeiras palavras, a andar, a mastigar... mesmo que sua ligação com Fernando seja mais forte, não tem como negar que houve momentos muito belos entre você e Maurício.

— Tem razão. Houve. Lá atrás.

— Precisa levar em conta, Soraia, que Maurício cresceu na ilusão, acreditando que a vida é algo bem diferente da realidade. Tornou-se um mimado clássico. Do tipo que acredita que pode ter tudo o que quer.

— Sim. Você disse tudo!

— Pessoas assim crescem sem limites, sem disciplina, sem ouvir "não". Nada pode contrariá-las. Os pais, no seu caso, o pai superprotegeu o filho, contribuindo para se tornar rebelde, agressivo até, preso numa espécie de bolha de plástico, acreditando que as pessoas no mundo devem fazer tudo para ele.

— Está descrevendo meu filho...

— Pois bem. Quando nasce, geralmente o espírito pode trazer essa personalidade, que de certa forma estava bem desenvolvida.

— Quer dizer que já é um padrão? No caso de Maurício, a irresponsabilidade é um traço forte de seu espírito.

— Isso mesmo. Nascendo em um lar onde há proteção em excesso, o que acontece? A superproteção acaba por minar a força da criança, e ela cresce sem estímulo para vencer na vida. Ao perceber que o mundo é diferente da vida que tem dentro de casa, leva um choque de realidade. Muitos se tornam mais rebeldes, outros acabam nos vícios, afundam-se em drogas, bebidas, sexo, arrumam grandes encrencas, metem-se em badernas, acidentes, ou seja, procuram algo forte que possa ajudá-los a encarar a realidade com menos dor e lidar com seus pontos fracos.

— É muito triste.

— Não deixa de ser uma maneira de sair da ilusão e melhorar.

— O que eu faço? Agora?

— Primeiro, mudar seu jeito de pensar. Precisa mudar as energias deste lar. Eu consegui afastar alguns espíritos que queriam entrar no apartamento. Limpei o ambiente. E você bem sabe que, ao acordarem, se voltarem a discutir, toda a energia perturbadora voltará a reinar e eu não terei como evitar as companhias desagradáveis de entrar no recinto.

— Sei.

— Depois, comece a mudar seu jeito de ser, Soraia. Se não conseguir mudar Maurício porque ele continua intratável, mude você. Não dê importância ao que ele diz, não entre em suas provocações.

— Difícil.

— Mas não impossível. Leia frases positivas. Cole pedaços de cartolina na geladeira, na parte interna do guarda-roupa, esteja sempre ligada na espiritualidade maior. Não se esqueça de que está amparada e protegida pelos amigos espirituais. Se sentir aperto, me chame mentalmente.

— E se, com tudo isso, meu filho não mudar?

— Das duas uma: ou ele vai mudar, mesmo que um pouco, ou ele vai sair de casa.

— Não acredito. Paulo não deixaria.

— Nunca sabemos o dia de amanhã.

— Mas...

Raul a interrompeu com amabilidade na voz:

— Agora é hora de voltar a dormir mais um pouquinho. Logo você vai despertar para um novo dia. Cada novo dia no mundo é um recomeço, uma chance de você fazer tudo diferente. Então, faça com alegria, com boa vontade, disposição!

— Está bem. Espero me lembrar de tudo isso.

Raul a beijou na testa e despediram-se. Soraia voltou a deitar e seu perispírito encaixou-se no corpo. Acordou na manhã seguinte sentindo agradável sensação de bem-estar.

CAPÍTULO 30

Nos anos que se passaram desde que se conheceram, Jamil e João Carlos estabeleceram uma parceria sólida, um relacionamento pautado em valores como amizade, afeto, admiração e sobretudo respeito.

Viviam em casas separadas. João Carlos, nos últimos tempos, insistia em que o melhor era viverem sob o mesmo teto, pois estavam envelhecendo e, com as viagens ao exterior diminuindo, ele ficaria mais no país e seria bom ter o companheiro ao seu lado.

Jamil, por sua vez, relutava bastante em aceitar dar esse passo. Embora a relação dos dois fosse sólida e cheia de afeto, Jamil ainda tinha medo dos dedos acusadores da sociedade. Acreditava que viver com outro homem na mesma casa chamava muito a atenção, poderia suscitar comentários maledicentes etc.

João Carlos ficava furioso com esse tipo de comportamento do parceiro. Se não fosse pelo amor que sentia, já teria terminado o relacionamento com Jamil havia muito tempo. Mas resistia. Não sabia até quando...

Jamil também usava, como desculpa para não viverem juntos, a doença de Eustáquia, que, para ele, era como se fosse sua mãe. Depois da morte de Faruk, em 1975, ela não fora mais a mesma. Perdera a vontade de trabalhar, o gosto pela vida. Fechada em seu mundo, os sinais de demência começaram a surgir no comecinho da década de 1980.

Naquela época não havia ainda o conceito de casas de saúde para idosos. Soraia alegou que morava em outro estado e seu apartamento era muito pequeno para acomodar a mãe postiça. Sílvia argumentou que sua casa era um sobrado e não teria como fazer adaptações para acolher a mãe.

Era — e infelizmente ainda é — um grande problema em várias famílias: o pai ou a mãe com idade avançada, doente, torna-se um estorvo para os filhos.

Jamil, notando que o jogo do empurra-empurra entre as irmãs não teria fim, tomou uma atitude digna. Contratou duas enfermeiras aposentadas que se revezavam nos cuidados com a velha senhora. Quando tinha tempo livre no mercado, passava as horas com Eustáquia. João Carlos chegava de viagem para ficarem juntos, contudo Jamil se sentia constrangido e limitava as visitas do companheiro. João Carlos tinha uma paciência de Jó.

Clarice, durante a faculdade e depois que se formou, passava todo fim de semana ao lado da avó. Era com grande carinho que se revezava com as enfermeiras e cuidava de Eustáquia.

Embora fosse padrinho de Fernando, Jamil desenvolvera adoração por Clarice. Viviam grudados, o que havia gerado ciúme em Soraia. Para contemporizar, Clarice argumentava que o tio vivia em São Paulo e, por esse motivo, estavam mais próximos.

Jamil, por medo de assumir sua orientação sexual, continuou vivendo na casa da família. Era um belo casarão na Bela Vista, em uma área ainda não dominada por prédios. Ele adaptou a parte inferior da residência para acomodar Eustáquia. Transformou a sala de estar e o lavabo em uma suíte bem espaçosa.

João Carlos, por sua vez, colocado meio de escanteio, vivia em um amplo apartamento na São Luís. Mantinha no imóvel seu ateliê. Com o passar dos anos, seu trabalho no mercado internacional valorizou-se e ele se tornou artista plástico de renome. Estava sempre participando de exposições pelo mundo. Aliás, viajava mais do que necessitava para não brigar com Jamil.

Depois de mais de vinte anos de relacionamento, João Carlos começava a se questionar se estava valendo a pena continuar ao lado de alguém que valorizava mais o que os outros pensavam do que os próprios sentimentos. Fez uma parceria com galerias em algumas cidades europeias e ficaria um bom tempo fora do país. Estava na hora de repensar a relação. Quando voltasse, teria uma conversa definitiva com Jamil.

Nessa noite, Jamil havia chegado do mercado e verificado com a enfermeira o estado de Eustáquia. Na mesma. Eustáquia havia brigado com a mulher e exigido que a levasse para trabalhar, porque Faruk a estava esperando.

— Não mudou muito — tornou ele, entristecido.

— Eu vou dar a canja para ela. Sobrou um pouco. O senhor quer?

— Não. Mais tarde como alguma coisa. Obrigado.

Ele beijou Eustáquia na testa. Ela sorriu e nada disse. O telefone tocou e ele atendeu. Era Leocádia.

— Estou sentindo sua falta! — tornou, sentida.

— Muito trabalho, como sempre. E, quando sobra tempo, eu o divido com Eustáquia e João Carlos.

— Mas ele está em Londres, expondo suas obras.

— Sei. Só faz eu trabalhar, cuidar de Eustáquia e morrer de saudades.

Os dois riram. Ela tornou:

— Queria visitá-lo.

— Pois venha.

— É algo sério.

— Não gosto quando fala nesse tom.

— Gostaria que viesse até minha casa, mas, no estado em que Eustáquia se encontra, prefiro ir até aí. Importa-se de eu ir agora? É muito tarde para você?

— Não. Eu durmo tarde. Sabe disso. Além do mais, me fará companhia. Venha. Será um prazer.

— Meia hora. Beijos.

Jamil desligou o telefone.

— Ao menos dá tempo de um banho — disse para si.

Foi ao banheiro, tirou a roupa e olhou para sua imagem refletida no espelho. Ficou um tanto decepcionado ao vê-la. Já não tinha mais o corpo atlético de outrora. Deixara a barriga crescer e andava um tanto desleixado. Sentiu insegurança:

— Agora que virei os cinquenta, se João Carlos não me quiser mais, nunca mais vou ter ninguém. Com esse corpo — apontou para a imagem refletida no espelho — não pego mais nada.

Fez uma cara triste. Entrou no boxe, abriu a torneira, tomou uma ducha. Depois do banho, vestiu uma calça de moletom, camiseta e chinelo de dedos. Jamil continuava um homem bonito, os cabelos, agora prateados, até lhe conferiam certo charme. Entretanto, faltava-lhe viço. Estava apagado, apático. A autoestima estava lá embaixo, no fundo do poço. Era um homem que adorava fazer discursos sobre pensamentos positivos, mas não se valorizava.

Desceu as escadas. A campainha tocou. Abriu largo sorriso ao ver Leocádia.

— Você não envelhece, Leocádia!

Ela o abraçou e lhe deu um tapinha nas costas.

— Fala assim e eu acredito.

— Pura verdade. Como pode?

— Creme no rosto e — baixou a voz, fingindo tom de segredo — João Carlos me traz do exterior as fitas de ginástica da Jane Fonda. Eu faço todos os exercícios. É fantástico.

— Ah, vá!

— Sério. Passei dos sessenta e consigo me alongar como menina. Quer que eu lhe mostre?

— Não é necessário. Tenho certeza de que você é capaz. Está radiante.

— Não posso dizer o mesmo de você. Que cara é essa?

— A que Deus me deu — respondeu ele, de bico.

— Jamil, eu o conheço. Não está bem. O que foi?

— João Carlos não me liga faz semanas. Isso nunca aconteceu.

Ela deu de ombros.

— Isso um dia iria acontecer. Não valoriza o que tem, uma hora não vai ter mais.

— Ora! — ele se indignou. — Eu sempre tratei bem seu filho. Sou fiel, um companheiro que o respeita e admira.

— Mas falta paixão. Você não se entrega, não é você mesmo. Fica com medo dos outros. Se sua família o apoia, por que tem tanto medo de viver com João Carlos como um casal?

— Porque... porque...

— Nem você sabe ao certo o porquê. Está perdido nas convenções sociais, nos medos, no julgamento. Justamente você, uma pessoa que sempre afirmou que todos são responsáveis por suas escolhas e que não há vítimas no mundo. Quer saber? Você só fala da boca para fora. É uma fraude.

— Leocádia!

— Isso mesmo. Você não é o que diz. Fala, prega uma coisa e vive outra. É um homem que está perdendo a beleza, está se deixando levar pelas ideias maledicentes do mundo e, por esse motivo, vai perder a pessoa que o ama. E, se continuar agindo dessa forma, ou seja, se não modificar seu jeito de ser, se não tiver modéstia, aprender a ser seu amigo, ficar do seu lado para o que der e vier, vai terminar a vida sozinho, triste e infeliz.

Jamil sentiu um nó na garganta. Por mais duro que fosse, Leocádia lhe dizia a verdade.

De repente, o semblante dele se entristeceu.

— Você está certa. Preciso mudar, tanto o jeito de ser como cuidar mais de mim. Estou ficando gordo. Nunca tive uma barriga como esta — apontou para o ventre.

— Posso lhe emprestar as fitas da Jane Fonda. É um bom começo.

Ele sorriu sem graça e a fitou de cima a baixo.

— O que foi, querido? — Leocádia perguntou, enquanto entravam e iam até o quarto onde estava Eustáquia.

— Fiquei aqui pensando com meus botões. Você tem praticamente a mesma idade de dona Eustáquia. Se bobear, você é mais velha que ela.

— Sou um ano mais velha.

— Então, como pode? Você vai vê-la. Ao seu lado, parece uma mulher de oitenta anos. É praticamente sua mãe.

— Não exagere.

— Verdade, Leocádia. Ela está um trapo. Tudo bem, sempre foi mais acabadinha, nunca cuidou do corpo. Dedicou a vida toda ao trabalho. Mas terminar assim, nesse estado? — A voz dele estava embargada.

Leocádia desprendeu-se dele e entrou na sala transformada em quarto. Encontrou Eustáquia terminando de tomar a canja. A enfermeira os olhou e disse:

— Faz uma hora que tento lhe dar a canja. Ela diz que a estou envenenando para ficar com o marido dela.

— Não ligue para o que ela diz. Eustáquia resolveu viver em outro mundo — Leocádia explicou e aproximou-se. Abaixou-se e seus olhos encontraram os de Eustáquia. Ela tomou suas mãos com delicadeza e perguntou: — Como vai você?

— Vou bem. Queria meu marido. Está me esperando no mercado.

— Sei. Mas, antes de ir ao mercado encontrá-lo, vamos bater um papo?

— Tenho pressa.

— Eu pedi para a empregada passar um vestido lindo.

— Para quê? — Eustáquia fez uma cara de maus amigos.

— Para você agradar Faruk. Não pode chegar desse jeito ao mercado, concorda? Tem de estar bem-vestida, perfumada, cabelos penteados. Vamos, quero deixar você bonita.

Os olhos de Eustáquia brilharam emocionados.

— Eu quero. Você me ajuda?

— Claro. — Leocádia virou-se para Jamil e pediu: — Pode me arrumar uma escova de cabelos?

Ele assentiu e foi ao banheiro ao lado. Voltou com a escova. Leocádia a pegou e, com carinho, começou a passá-la pelos cabelos brancos de Eustáquia.

— Vamos deixar esses cabelos bem-arrumados. Depois, vamos colocar uma presilha. E, na sequência, vamos passar uma colônia. Faruk gosta de perfume?

— Adora! Ele me comprou um na semana passada.

— Onde está?

Eustáquia ficou pensativa. Leocádia foi rápida:

— Sei. O perfume que está na bancada da penteadeira, certo?

— Esse mesmo!

— Jamil, por favor, vá buscar para nós.

Ele fez cara de interrogação. Leocádia sorriu, levantou-se e disse baixinho:

— Ela tem algum perfume?

— Acho que tem alguma coisa lá em cima.

— Pois traga. Se não encontrar, traga um perfume seu.

— Mas...

— Nada de "mas". Confie em mim. Vamos. Depressa.

Jamil concordou e foi para o andar de cima. Cinco minutos depois, voltou com um frasco de colônia.

— Acho que está vencido.

— Não tem problema. O importante não é o cheiro, mas a intenção.

Leocádia tomou o frasco das mãos dele. Passou um pouco no pulso e aspirou.

— Hum, que delícia! Nossa, que bom gosto seu marido tem! Parabéns.

— Obrigada.

Leocádia passou o perfume no pulso de Eustáquia e, em seguida, ela baixou a cabeça. Dormiu. A enfermeira veio rápido:

— Enquanto tomava a canja, dei os remédios que o doutor Seabra receitou. Tinha o calmante da noite. Acho que agora ela vai dormir.

— Vai descansar — tornou Leocádia. — Vai ter uma boa noite de sono. Meus amigos do astral vão levá-la para um passeio. Espero que ela volte de lá um pouco diferente, melhor.

— Acredita que ela possa reverter a demência? — quis saber Jamil, esperançoso.

— Tudo é possível. No caso de Eustáquia, porém, o cérebro está bem comprometido. Mesmo que apresente melhora, nunca mais será a mesma. Seu espírito perdeu o gosto pela vida. No dia em que ele decretou essa perda, todo seu sistema de integridade imunológica começou a se deteriorar. Isso não começou ontem.

— Mês passado fez oito anos que papai morreu — revelou Jamil.

— Oito anos não são oito dias. Imagine trezentos e sessenta e cinco dias vezes oito. Depois multiplique o resultado por vinte e quatro. Faça as contas. É a quantidade de horas que sua mãe amada ficou amargurando a vida.

— Pensando assim, ela causou um grande estrago a si mesma.

— É. Talvez não consiga mais reverter o quadro nesta vida, somente no mundo astral.

— Mas você a deixou bem, a fez sorrir.

— É o jeito de tratar.

— Eu a trato com amor — protestou Jamil.

— Trata-a com amor, sei disso. Contudo, precisa usar a alegria, o humor. Não pode encarar essa doença com dramaticidade. Por que o drama, a dor, o sofrimento? Não vai fazer festa, claro. Mas precisa tratar o doente de forma menos aflitiva. Com o tempo, aprendemos.

— Sabe, pensando melhor, minha sobrinha Clarice tem um jeito parecido ao seu para lidar com dona Eustáquia.

— Óbvio. Sua sobrinha tem carisma nato. Além do mais, há um grupo de enfermeiras do mundo espiritual que a acompanham. Clarice veio para realizar grandes feitos.

— Mesmo?

— Há muita doença, muita dor, muito sofrimento que está por vir. Clarice será uma luz na vida de muita gente.

— Está se referindo a esta nova doença, aids?

— Também.

— Não sabemos quase nada a respeito. Apenas que ataca homossexuais masculinos.

— Você não viu nada. Muita coisa está por acontecer. Não é uma doença ligada somente a um grupo restrito de indivíduos. O problema será bem maior, afetará homens e mulheres no mundo todo, sem distinção de etnia, cor, condição social ou orientação sexual.

— O que minha sobrinha tem a ver com isso?

— Clarice tem jeito especial para lidar com as pessoas. Não vai ter preconceito para tratar de pacientes que apresentem essa doença. Muitos profissionais vão se recusar a atender os doentes.

— Não pode. Seria antiético!

— Você não tem ideia do medo que a aids vai causar e da transformação de costumes que vai ocorrer em toda a sociedade. Mas isso agora não vem ao caso. Vim aqui para tratar de outro assunto.

Depois de acomodarem Eustáquia, foram para uma saleta contígua. Jamil fechou as portas atrás de si e ofereceu um licor para Leocádia, que aceitou com gosto.

Após bebericar seu licor, ela disse:

— Precisamos marcar uma sessão especial em minha casa.

— Sessão? Sessão espírita?

— Sim.

— Nossa, faz tanto tempo que não participo de uma, que não fazemos nada parecido. Por qual motivo?

— Sílvia precisa de ajuda.

— Minha irmã querida? O que houve?

— Há um espírito ao lado dela. Não quer sair de perto.

— Eu o conheço?

— Claro. É Olavo.

Jamil quase engasgou-se com sua taça de licor.

CAPÍTULO 31

Depois de beber dois copos de água com açúcar, Dorothy suspirou e encarou a filha:

— Como diz uma coisa dessas para nós, assim?

— Assim como? Eu vim morar com vocês. Não é uma maravilha? — informou Rachel.

— Não é isso que estou dizendo. Claro que percebi. Infelizmente, você virá passar uns tempos aqui.

— Uns tempos, não, *mummy*. Um bom tempo. Sei que não temos muita afinidade — ela baixou a voz —, que não gosto da Mary, entretanto, preciso me adaptar à cidade. Depois você me aluga um apartamento.

— Use o dinheiro do seu fundo e...

— O que estão fazendo? — gritou Debora. — Discutindo moradia?

— Queria que eu estivesse trajando um vestido preto, com um chapéu também preto, óculos escuros, chorando muito? Ora, mamãe, tenha paciência. Fui prática — e, virando-se para Debora, finalizou: — Fiz o que tinha de fazer, maninha.

— Ele era meu pai também. Era sua obrigação, ao menos, me ligar e me informar. E se eu quisesse ir ao funeral? — A voz de Debora saiu um tanto embargada.

— Não me venha com sentimentalismos — foi logo dizendo Rachel. — Fazia anos que não *hablava con papito*. Ele até estava ressentido com você. Reclamava que fora abandonado pela primogênita — mentiu, só para ver o rosto contraído da irmã. Também tinha o péssimo hábito, como sua mãe, muitos anos atrás, de confundir o português com o espanhol.

Deu resultado. Debora levou as mãos ao rosto, tentando estancar o choro. Caiu no sofá. Dorothy, enquanto passava o braço pelo seu ombro, tentando confortá-la, fulminava Rachel com os olhos injetados de raiva.

— Não ligue, filha. Rachel a está provocando. Bem sabe que foi seu pai quem cortou relações com você. Por culpa dessa aí — apontou para Rachel.

— Eu?! Imagine.

— Não venha bancar a santinha para cima de mim. Eu não te compro.

A discussão ia começar, contudo, Debora levantou-se e encarou a irmã, nariz escorrendo, olhos inchados:

— Diga. De que ele morreu? Como? O que aconteceu?

— Bom. A nossa situação financeira estava de mal a pior. Sorte que eu tenho meu fundo, administrado por aqueles mortos de fome que me deixam retirar quase nada.

— Sei — desdenhou Dorothy. — Você ganha uma mesada bem gorda. É uma riquinha mimada, isso sim. Ainda bem que seu pai não podia tocar no seu dinheiro, caso contrário, você estaria à míngua.

— Prossiga — pediu Debora.

— Papai e seus negócios megalomaníacos. Perdeu outro investimento. Com o pouco que tinha, foi a Las Vegas. Acreditou que, apostando os últimos dólares nas máquinas de um cassino qualquer, ficaria rico. Qual nada! Perdeu tudo. Ficou tão fulo, chutou máquinas, foi expulso do cassino. Irritado, teve um ataque e, quando os paramédicos chegaram, já era tarde.

— E você? Onde estava? — Dorothy a mirava com olhar perscrutador.

— Eu estava na casa de praia de uma amiga, em Malibu — mentiu.

Se passassem um detector de mentiras sobre a testa de Rachel, iria apitar e mostrar que ela mentia descaradamente. Quando a polícia conseguiu localizá-la, estava na casa de um ricaço, em Los Angeles, cuja esposa passava as férias com os filhos na Europa.

Rachel não valia o prato que comia. Era da pá virada. Tinha pegado os amigos do pai, os primos, os amigos dos primos, passava o rodo em todo mundo. Até seduziu um dos administradores do fundo que gerenciava seus bens para arrancar um dinheiro extra. Como se tratava de um fundo respeitadíssimo, só ganhou o jantar e a noite de sexo. Mas gostou, só porque o homem tinha a reputação de marido fiel.

Era destruidora de lares. Era tão doidinha que, para ver o circo pegar fogo, se o homem era duro na queda, ela era capaz de seduzir a esposa. Só pelo prazer da sedução, da luxúria. E, depois, com calculada maldade, distribuía o comentário para a pessoa certa, no lugar certo, na hora certa. Quantos divórcios haviam ocorrido graças aos desvarios dessa mocinha de apenas vinte e um anos!

Entretanto, em vez de se passar por mulher fatal, fazia a linha mocinha indefesa, inocente, às vezes, burra. Passava até despercebida porque não chamava tanto a atenção. Esse era seu trunfo.

Além do mais, havia o preconceito racial. Rachel tinha comprado briga com grupos que começavam a se formar em prol da igualdade racial no país. Ela continuava a desrespeitar e maltratar os negros. E sua mãe sabia a boa bisca que ela era. Já ouvira comentários, soubera de histórias, até dos problemas por conta do preconceito. Dorothy sabia da cobra — ou galinha — que trouxera ao mundo.

Debora não percebia esse traço da irmã. E perguntou na sequência:

— E correu de Malibu até Las Vegas...

— Sim. Peguei o primeiro voo disponível de Los Angeles até Las Vegas. Tratei da identificação e liberação do corpo. Contratei a funerária e cremei o corpo.

— Onde estão as cinzas?

— Eu as joguei nas águas de Malibu — mentiu de novo porque, logo após a cremação, Rachel pagou a funerária e foi embora. Nem quis saber de pegar as cinzas. E emendou: — Papai sempre gostou da costa oeste.

Debora abraçou a irmã e começou a chorar. Rachel abraçou-a e levantou a cabeça. Seu olhar cruzou com o da mãe. Ela sorriu para Dorothy. Um sorriso assustador.

*

Bem longe dali, na capital paulista, mais precisamente no jardim da casa de Sílvia e Ivan, um espírito balbuciava palavras desconexas, andando de um lado para o outro. Olavo não entendia bem o que lhe havia acontecido.

A mente lhe pesava, apertava. Ele levou as mãos à cabeça para ver se a dor passava. Cenas do cassino misturadas à sua retirada brusca do recinto, Rachel olhando para seu corpo e ele imobilizado, sem poder se mexer, tentando falar-lhe, o fogo...

Ao se lembrar do fogo consumindo o caixão, apalpou o corpo.

— Não é possível! Não me queimei. Continuo vivo. Que brincadeira de mau gosto é essa?

Estava transtornado. Cansado, sentou-se sobre a grama e afundou a cabeça entre os joelhos. Sentiu alguém tocar seu ombro. Levantou a cabeça e perguntou, sem entusiasmo:

— O que quer?

— Conversar com você.

— Não estou com vontade.

— Mas percebo que não está bem.

Olavo remexeu-se no gramado e olhou para a moça. Era uma negra linda. Olhos esverdeados, cabelos crespos, volumosos, alta, esbelta, os lábios bem desenhados. Aparentava estar na casa dos trinta anos.

— Eu a conheço?

— De um outro tempo, o que não vem ao caso por ora. Eu me chamo Adélia.

— Prazer. — Ele estendeu a mão. — Olavo.

— Sim. Estou aqui por sua causa.

— Por mim? Como me achou?

— Eu sou uma espécie de tutora desta família — apontou para a casa atrás deles.

— Conhece Sílvia?

— Muito mais do que você imagina.

— Ela é o amor da minha vida, sabia? Vim de longe para lhe fazer essa confissão.

— Não acha que demorou tempo demais?

— Sim. Mas a esperança é a última que morre. Não é esse o ditado?

Adélia sorriu.

— É. Só que não se aplica a essa situação. Você teve a chance, pôde escolher e preferiu abdicar do sentimento nobre por dinheiro.

— Está me recriminando?

— De forma alguma. Cada um é livre para fazer o que bem entender. Se você conviveu bem com essa escolha, tudo bem. Aqui nesta dimensão não há julgamento. É o próprio indivíduo quem se martiriza, se condena.

— Eu me culpo pelas escolhas erradas que fiz.

— Não há escolhas erradas. Escolha é escolha. Cada uma vai conduzi-lo a caminhos distintos, fazendo-o descobrir novas sensações, experimentar estados de felicidade ou de dor.

— Tive muitos momentos bons, mas muita infelicidade. Nunca amei ninguém como Sílvia. No entanto... — Ele ficou pensativo por instantes e indagou: — O que quis dizer com "nesta dimensão"?

— A dimensão em que você vive agora.

Olavo olhou para Adélia e dela para a casa. Em seguida, viu algumas pessoas caminharem pela rua e sentiu algo estranho. Passou delicadamente a mão por entre as flores à sua frente e não as sentiu, atravessando as pétalas, como se fosse invisível.

Ele arregalou os olhos:

— O que significa isso? Não vai me dizer que eu estou...

Adélia fez sim com a cabeça.

Uma lágrima rolou pelo canto do olho de Olavo. Em seguida, o pranto correu solto e ele se abraçou a Adélia. Estava inconformado e muito abalado.

CAPÍTULO 32

Fazia uma semana que Soraia tentava tratar o filho e, por tabela, o marido com certa cortesia. Estava difícil, porquanto Maurício fazia de tudo para tirá-la do sério. Todavia, imagens do sonho que tivera com Raul vinham-lhe à mente e, inspirada pelo amigo espiritual, ela conseguia manter certo nível de positividade.

Passava das sete quando Maurício chegou a casa. Fez questão de bater a prancha no chão, derramando areia pelo corredor, e jogou-a de qualquer jeito na área de serviço. Em seguida, sem cumprimentar a mãe, esparramou-se no sofá e ligou a tevê.

Soraia veio do quarto e, enquanto pegava o controle remoto e baixava o volume, pediu:

— Faça o favor de tirar esse calção. Está úmido. Por que não tirou a sunga? Veio assim da praia? De Ipanema até aqui?

— Vim. E daí? — respondeu, esticado no sofá, cruzando as pernas.

— Molhou o banco do carro, com certeza!

— O carro é meu, faço dele o que quiser.

— O carro é nosso. Seu pai o comprou para mim e para você.

— Não, senhora! Ganhei no aniversário de dezoito anos. Aliás, está na hora de trocar. Modelo velho. Nenhum de meus amigos tem um Fiat 147. Agora o barato é ter um Escort XR3.

Soraia riu com desdém.

— Está bem. Seu pai mal consegue cobrir as despesas de casa. Acha que vai comprar um carro esporte? Custa os olhos da cara.

— Ele se vira. Sempre se virou.

— Não é assim que funciona.

— Claro que é. Faz hora extra, rouba livro do estoque para vender no mercado clandestino, faz qualquer coisa. Mas que vai me dar o carro novo, vai.

— Você é um moleque petulante. Um encostado que só mama nas tetas dos pais. Deveria ter vergonha.

Foi a vez de Maurício rir.

— Eu?! Vergonha? Está maluca? Vocês me botaram no mundo. É obrigação dos dois cuidar de mim, não? Cuidar bem, quero dizer.

— A minha responsabilidade acabou quando você completou dezoito anos e tirou a carteira de reservista. É um homem, pode se virar na vida. Eu e seu pai não temos mais obrigações com você.

— Você pensa assim, velha. O pai, não.

Soraia fechou os olhos e respirou fundo. Contou até três. Soltou o ar.

Ele não vai me tirar do sério. Não vai, pensou e remendou:

— Vamos esquecer essa história e pensar no futuro. Semana que vem começarão as aulas do cursinho. Vamos ver se, desta vez, você estuda para valer.

— Sinto muito, mas o pai já cancelou a matrícula. Vou entrar na turma de maio.

— Como assim, turma de maio?

— Agora não vai dar.

— Não estou entendendo.

— Vou visitar a avó Eustáquia em São Paulo. Passar uns dias com ela.

— Você mal dava trela para a sua avó. Que saudade é essa, repentina?

— Ela está doente, vai que a qualquer momento parte desta para melhor. Não quero ter remorso — falou e riu.

Soraia perdeu as estribeiras. Partiu para cima de Maurício e começou a estapeá-lo. Atônito, pego de surpresa, ele tentou se defender:

— O que é isso?

— Falar de minha mãe desse jeito. Falta de respeito. Pensa que não sei que está mentindo?

— Eu?!

— É. Está usando a doença da minha mãe para ir a São Paulo assistir ao show do Van Halen. Pensa que não me informei? Sei que a banda vai se apresentar daqui a algumas semanas. Patife.

E continuou a estapeá-lo. Maurício olhou no relógio sobre a estante e, sabendo que o pai, meticuloso, não se atrasava para chegar a casa, foi protelando a discussão. Espiou pela janela da sala e viu quando Paulo atravessou a rua em direção ao predinho em que moravam. Sorriu de maneira sarcástica. E prosseguiu:

— Por que ficou nervosa? Eustáquia nem é sua mãe de verdade!

Soraia sentiu o sangue subir. Avançou sobre o rapaz com fúria e Maurício não fez força alguma para se defender. Deixou que ela o derrubasse no chão e, aproveitando a queda, passou o braço sobre os objetos da mesinha de centro para causar um maior impacto.

A cena estava montada, ou melhor, o circo estava armado. Naquele exato momento, Paulo girou a maçaneta da porta e entrou. Ao ver a esposa sobre o filho e os objetos esparramados, quase teve uma síncope. Largou a pasta no chão e correu até o meio da sala. Puxou Soraia pelos ombros e os dois caíram para trás, sentados.

Maurício, fingindo uma dor inexistente, começou a gritar:
— Pai! Graças a Deus você chegou! Ela ia me matar.
— O que aconteceu? — Paulo estava sem entender.
Soraia desvencilhou-se dele. Levantou-se, ajeitou a alça do vestido, recompôs-se. Mirou o filho com raiva.
— Maurício desrespeitou minha mãe.
— É verdade isso, meu filho? — quis saber Paulo, enquanto também se levantava e se recompunha, tirando o paletó e afrouxando o nó da gravata.
— Imagina, pai. Acredita que eu iria brincar com a avó Eustáquia, doente? Não conversamos a semana toda sobre o estado de saúde dela? Não liguei para a Clarice todos os dias querendo saber da avó? Você estava ao meu lado durante as ligações. Como poderia brincar?
— É verdade. Difícil acreditar que você faria uma brincadeira tão grosseira assim.
Soraia deixou os braços caírem para baixo, numa atitude impotente. As lágrimas escorriam sem cessar. Ela encarou Maurício, mas falava com o marido:
— Eu juro, Paulo. Não sei mais o que fazer. Maurício o manipula e você entra no jogo dele.
— Eu...
Ela o interrompeu:
— Vou terminar. Não vou mais discutir, brigar, nada. Sei que Maurício vai para São Paulo passar uns dias com a avó. É o que ele diz. Talvez eu tenha um momento de paz. Quando você voltar — encarou o filho bem fundo nos olhos —, vamos ter uma conversa bem séria, de mãe para filho.
Ele deu de ombros.
— Como você quiser. Serei todo ouvidos, desde que não me machuque. Nunca fiz nada que justificasse tamanha agressão.
Ela meneou a cabeça para os lados e foi para o quarto em silêncio. Paulo abraçou-se a Maurício:
— Como você está, filho?
— Mal, né, pai?

— Conte-me o que aconteceu.

Maurício contou a *sua* versão:

— Cheguei da praia e fui dar um oi. Ela não respondeu. Achei estranho. Depois vim para a sala, liguei a tevê. Ela veio em seguida, apanhou o controle remoto, mandou tirar a sunga, avisou que vocês iam ficar meses vivendo no aperto por conta da minha viagem a São Paulo.

— Que absurdo! Está tudo sob controle.

— Pois é. Foi o que eu disse a ela. Você tinha feito as contas, estava tudo em ordem. Daí falei que tinha ligado para Clarice para saber da avó e ela ficou irritada. Foi aí que o couro comeu. Partiu para cima de mim e falou que eu deveria ter pedido permissão para ligar, que eu passei por cima da autoridade dela. Foi horrível, pai. Horrível. — Maurício levou as mãos ao rosto pretextando um sofrimento irreal, nulo.

E Paulo acreditou.

CAPÍTULO 33

Maurício chegou a São Paulo numa manhã de sexta-feira. O dia estava nublado, mas quente. Assim que pegou a mala, tomou um táxi em direção à casa da avó.

Ao chegar ao casarão da Bela Vista, fez uma careta.

— Lugarzinho ruim, hein? Poderiam morar nos Jardins. Tio Jamil fatura um dinheirão naquele mercado e vive mal. Não ajuda minha mãe em nada, dando a desculpa de que a velha, adoentada, custa caro. Também, duas enfermeiras, médicos, remédios, comida especial. Será que uma velha demente merece tudo isso? Quanto gasto por nada!

Ele nem tocou a campainha. Abriu o portãozinho e girou a maçaneta da porta principal. Estava destrancada. Entrou e deu de cara com uma senhora gordinha. A mulher assustou-se a princípio, mas, ao ver aquele príncipe grego, sorriu. É, Maurício era um lixo por dentro, mas por fora deixava as mulheres, de qualquer idade, doidinhas.

— Oi. Eu sou neto da Eustáquia.

— Prazer. Edwiges. Uma das enfermeiras. Pode entrar, por favor.

Ele largou a mala em um canto e estava para sair quando a mulher perguntou:

— Não vai ver sua avó?

— Sim — mentiu.

Ele não tinha vontade alguma de ver Eustáquia. No entanto, para causar boa impressão, fez uma forcinha. Acompanhou a mulher e entrou no quarto adaptado ali ao lado. Viu Eustáquia, aproximou-se, beijou-a na testa e saiu. Tomou um táxi com destino ao shopping Iguatemi.

— Quero ver gente rica, bonita, elegante. Quem sabe não me dou bem nesta cidade?

E se deu. Muito bem. Desceu do táxi, percebeu alguns olhares cravados nele. Sorriu. Almoçou, depois deu uma volta, observou algumas vitrinas e parou em uma confeitaria. Pediu um suco e ficou fazendo pose.

Em poucos minutos, uma mulher, na casa dos quarenta anos de idade, começou a lhe dar bola. Ele fez um pouco de charme, depois se aproximou. Apresentou-se como Jean, carioca, filho de pai francês e mãe brasileira, passando uns dias em São Paulo e, com jeitinho, deixou claro que era um profissional do sexo.

Não era, claro. Contudo, Maurício queria dinheiro. E dinheiro fácil se fazia desse modo. Ele já conseguira um extra fazendo alguns programas no Rio. Sabia que dava resultado. Só apelava para essa prática em casos de extrema necessidade.

Meia dúzia de frases feitas, toques de mão e logo ele saiu de lá para o apartamento da mulher. Depois de passar o restante da tarde com ela, foi embora com um punhado de notas nas mãos. Pegou outro táxi e seguiu para a Mooca. Queria ver a prima Clarice, a única mulher capaz de ajudá-lo a se transformar em uma pessoa melhor, caso a vida permitisse e, obviamente, se o tempo também permitisse.

Tocou a campainha e foi atravessando o jardim. Quando Sílvia abriu a porta, deu de cara com ele. Tomou um susto.

— Você, aqui? — Abraçou-o e perguntou com certa aflição:
— Aconteceu alguma coisa com seus pais?

— Não, tia. A Clarice não te falou?

— O quê?

— Vim para passar uns dias em São Paulo. Respirar um pouco de poluição.

Ela deu um tapa no braço dele.

— Engraçadinho. Reclama de São Paulo, mas, sempre que possível, vem para cá.

— Estou de brincadeira. Gosto muito daqui. Do clima. Pena não ter praia.

— Santos fica a cinquenta minutos daqui de casa.

— Sério?

— Não se lembra de quando íamos para lá, antes de você se mudar para o Rio?

— Não lembrava que fica tão perto.

— Fica. Se quiser, podemos dar um pulo até lá. O apartamento está à nossa espera.

— Pode ser. É que já programei muita coisa para fazer na cidade. Se sobrar tempo, eu vou. Se Clarice puder ir, melhor ainda.

— Você e Clarice! Quanto grude!

— Ela é a minha princesinha. Sempre foi.

Sílvia sorriu.

— Sim. Entre. Venha. Ivan teve um parto de emergência e vai demorar a chegar. Clarice, esta semana, pegou o turno da noite, mas Fernando acabou de chegar do trabalho.

Maurício fez ar de desagrado.

O mala está em casa. Que saco!, pensou, entretanto, disse:

— Que legal! Estou com saudades do primo.

— Saudades, sei. Ele esteve na sua casa faz pouco tempo.

— Ficou grudado na madrinha. Agora que tia Soraia não está por perto, eu poderei ficar junto dele.

— É verdade.

Entraram e Maurício acomodou-se no sofá, como se a casa fosse sua. Folgado, tirou o par de tênis e esticou-se.

— Não trabalha mais no mercado, tia?

— Sim. Mas tem dias da semana em que posso sair mais cedo, quando há pouco movimento. É um trato antigo que tenho com seu tio Jamil, desde quando sua mãe deixou de trabalhar lá por conta da mudança para o Rio.

— Bom trabalhar assim.

— Poderia ir comigo até lá, aprender um pouco.

— Eu? Até curto o mercado, gosto dessa coisa de ser de família. No entanto, meu negócio é praia, surfe, é outra parada.

— E acha que vai surfar até os oitenta anos? Um dia terá de decidir o que fazer da vida.

— Viver de renda. Pode ser?

— Que renda?

— Herança.

— A qual herança você se refere? Seu pai não tem parentes, tampouco bens. Da parte de sua mãe, há o casarão e o apartamento da praia. E para serem divididos por três herdeiros. Não vejo como você vai conseguir viver de renda.

— Mas tem o mercado. Posso conseguir uma gratificação, sei lá. Ele também é meu.

Sílvia passou a mão na testa para afastar a onda de pensamentos negativos que tentavam invadi-la.

— É maluco? Doidinho? Tomou muito sol ou engoliu muita água salgada do mar?

— Por que, tia?

— O mercado é do seu tio. É justo. Ele se dedicou a vida toda àquele negócio. Se aquilo ainda está de pé, é por causa de Jamil.

— Mas quem começou com tudo foram meus avós.

— Não interessa. Eu e sua mãe já assinamos os documentos que transferem nossa parte do negócio para ele.

Ele meneou a cabeça, cruzando e descruzando as pernas.

— Depois eu que sou o maluco. Perderem uma fonte de renda assim, do nada. Bom, eu arrumo um outro jeito de ganhar a vida. Há muitas maneiras.

— Desde que não roube nem prejudique ninguém...

— Não, tia. Eu não sou ladrão. Olhe para esse rosto lindo e esse corpo de deus grego.

— Convencido.

— Uma amiga no Rio disse que eu tenho perfil para ser modelo.

— É uma boa opção. Imagine, você famoso? Eu vou ficar tão orgulhosa!

— Não. Dá muito trabalho. Tem de ter comprometimento, disciplina, acordar cedo... Não gosto disso — e, antes que Sílvia retrucasse, pediu: — Tia, me traz um copo de suco? Estou morrendo de sede.

— Aqui não é sua casa. Se quiser, levante e pegue. A cozinha fica ali — apontou.

Ele fez um muxoxo, respirou fundo. Levantou-se e foi até a cozinha. Pegou o suco na geladeira, serviu-se. Colocou o copo sobre a pia.

Sílvia o recriminou:

— Nã-não. Aqui o que se usa para beber ou comer, se lava em seguida. Todo mundo colabora. Usou, lavou.

— Está bem. — Lavou o copo, colocou-o sobre o escorredor. — Mais alguma coisa?

— Não. É que aqui as coisas são diferentes da sua casa. Só isso.

— Tudo bem, tia. Foi mal. Desculpe.

— Você se acostuma.

E ele se acostumou. Na casa de Sílvia, Maurício colaborava facilmente com os afazeres do dia a dia, participava da rotina da família. Ficou tão à vontade que, no dia imediato, trouxe a mala e se instalou ali, pretextando que, por chegar em horários alternados devido às saídas constantes, poderia atrapalhar a rotina na casa da avó. Pura balela. Maurício não gostava de ficar perto de gente doente.

— Melhor aturar o Fernando do que ficar naquela casa cheirando a mofo e éter — disse entre dentes assim que se instalou no quarto do primo, esparramando-se na cama, sem cerimônia.

No dia em que veio para ficar na casa da tia, Maurício, ao descer as escadas para sair e dar um giro pela cidade — precisava juntar mais dinheiro e já sabia como —, deu um esbarrão em Fernando, que chegou com cara de poucos amigos, muito preocupado.

— Nossa! Nunca o vi desse jeito — confessou Maurício. — O que foi que aconteceu?

— Nada de mais, primo.

— Para cima de mim? O que foi? Pode se abrir comigo. Sou seu único primo. E amigo.

Fernando, um tanto prostrado, colocou a pasta que carregava nos ombros sobre uma das poltronas da sala. Desatou o nó da gravata e, suando muito, sentou-se no sofá.

— Estou com muita dor.

— Onde?

— Aqui embaixo. — Apalpou o lado direito do abdome.

— Não faço ideia. Será prisão de ventre?

Fernando contorceu-se de dor e fez que não.

Por sorte, Clarice chegava naquele momento e, ao ver o irmão naquele estado e constatar que, além daquela dor específica, estava com náuseas e vômitos, não teve dúvidas:

— Apendicite. Quase certeza. Vamos já para a emergência.

— Não é só tomar um comprimido e logo passa? — interveio Maurício.

— Não! Se for isso mesmo, pode evoluir para apendicite supurada, que é o rompimento do apêndice inflamado. Num caso extremo desses, o indivíduo pode até morrer.

Maurício pensou: *Bem que o caso do primo podia evoluir para apendicite supurada. Eu me livraria dele sem esforço,* mas falou:

— Então precisamos correr até um hospital.

— Sim. Nem há tempo de ligar para meus pais.

— Você pode ir com ele no banco de trás — sugeriu Maurício. — Eu dirijo.

— Está bem — concordou Clarice.

Fernando quase não falava, tamanha a dor. Foi se arrastando até o carro. Chegaram ao pronto-socorro de um bom hospital — Fernando tinha um excelente convênio médico coberto pela empresa — e foi constatada apendicite. Em algumas horas, Fernando estava na sala de cirurgia.

Sílvia e Clarice estavam na sala de espera, apreensivas. Maurício tentava confortá-las:

— Vai correr tudo bem. — Procurou ocultar o sorriso sinistro, torcendo, internamente, para que o médico tremesse a mão, errasse no corte, enfim, que alguma coisa desse errado no centro cirúrgico.

Ivan estava na administração, conversando com um dos médicos, amigo seu que coordenava parte do grupo que estava operando seu filho.

— Fique sossegado — tranquilizou o médico. — Fernando está em boas mãos.

— Eu sei. No entanto, quando se trata do nosso filho, tudo muda de figura.

— Sei como é isso. Já passei por situação semelhante. Não se desespere. Vai correr tudo bem.

E correu. A cirurgia durou em torno de uma hora. Sílvia, Ivan, Clarice e Soraia, aflitíssima no Rio de Janeiro, vibraram de alegria. Maurício, a um canto do corredor, afastado dos parentes, rilhava os dentes de raiva.

— Ele conseguiu se safar. Que cara de sorte!

CAPÍTULO 34

O sol estava a pino quando algumas nuvens surgiram no horizonte, formando desenhos e figuras conforme a imaginação de quem os via.

Olavo estava ali, sentado no gramado, prestando atenção a uma grande nuvem que, para ele, mais se parecia a uma grande árvore. Sorriu.

— Queria continuar aqui — disse para si. — Adélia não é dona de mim. Eu posso fazer o que quiser. Não quero ficar naquele lugar. Quero ver Sílvia.

Nesse exato momento, Sílvia vinha do mercado para deixar algumas compras em casa, acertar o almoço com a empregada e, logo em seguida, retornar ao mercado.

Logo que a viu, Olavo abriu imenso sorriso. Levantou-se e aproximou-se:

— Sílvia! Como está linda! O tempo só lhe fez bem.

Tentou abraçá-la e ela passou através dele, como se Olavo fosse um espectro, um aglomerado de fumaça.

Assim que o transpassou, Sílvia sentiu um arrepio, e Olavo lhe veio à mente. Não era algo raro. Naqueles anos todos, secretamente, ela, às vezes, pensava nele.

Não pensava no amor, nos momentos que poderiam viver juntos. Sílvia alimentava o tipo de pensamento que muitas pessoas geralmente mantêm: situações mal resolvidas com alguém. Tentam resolver a situação tão somente na cabeça, imaginando cenários, situações, diálogos, o que poderia ter dito, o que diria hoje, o que não diria; remoem a mesma situação uma, duas, vinte, cem vezes, até durante muitos anos. São frases do tipo: "Se eu encontrasse fulano hoje, diria..."; "Ah, se aquela discussão fosse agora, eu, com a cabeça de hoje, argumentaria...", fazendo com que as pessoas fiquem presas entre si por meio de seus campos energéticos.

Sílvia estava conectada a Olavo dessa forma. Ela o atraía para si não por amor, mas por obsessão. O fato é que ficara muito magoada, desapontada e, anos atrás, quando Ivan regressara da viagem aos Estados Unidos e revelara a ela a conversa com Olavo, da boa impressão que tivera sobre Dorothy, e que estavam para ganhar mais um bebê, ela sentira uma ponta de rejeição. Tivera uma vontade enorme de estar frente a frente com Olavo para jogar-lhe na cara uma série de desaforos.

Por que, afinal de contas, estivera com ela durante três anos, declarara seu amor e, tempos depois, estava casado, com família formada? Por que ela não era a mulher com a qual ele formara esta família?

Por muitos anos, Sílvia matutava sobre essas e outras tantas perguntas. Secretamente, ao longo desse tempo, passara noites maldormidas com os olhos abertos, mirando o teto, remoendo tais pensamentos, imaginando Olavo na sua frente, cobrando dele satisfações, exigindo-lhe as respostas pelas quais ela tanto ansiava, idealizando um dia qualquer, um momento oportuno para que essa conversa pudesse ter a chance de acontecer. Sílvia ainda não tinha ideia de que Olavo havia morrido.

Ela entrou em casa e colocou as sacolas sobre a mesa. Foi até a pia, apanhou um copo, aproximou-se do filtro e encheu-o de água. Bebeu de um gole só. Passou as costas das mãos pela boca, suspirou e percebeu que transpirava.

A empregada percebeu o estado agitado e indagou:

— A senhora está bem?

— Sim. Um pouco de indisposição. Corri muito nesta manhã, muitos afazeres no mercado, e me cansei com a lista do supermercado. Estou só um pouco cansada. Diga-me, Maurício acordou?

— Faz um tempinho. Levantou-se, tomou um banho, fez um bom café da manhã, comeu três pães, e avisou que não tem hora para voltar.

— Ele já assistiu ao show que tanto queria. Não sei o que o prende aqui. Não entendo esse menino. Tão perdido... — Ela divagou um pouco e quis saber: — E Fernando?

— Disse que vai se arrumar para o trabalho. Precisam dele no escritório.

— Ele é louco! O médico lhe deu quinze dias de repouso. Ainda falta algum tempo. Esse menino é o oposto do primo. Que diferença!

— Melhor subir logo. Ele estava decidido a ir.

— Ainda está com os pontos!

Sílvia subiu as escadas, dobrou o corredor e entrou no quarto sem bater. Fernando estava apoiado na porta do guarda-roupa, escolhendo uma camisa.

— O que pensa que está fazendo?

— Oi, mãe. Vou voltar ao trabalho. Coisa rápida.

— De jeito nenhum. Não pode.

— A pele onde estão os pontos está praticamente cicatrizada. Até poderia retirá-los. Eu sou forte.

— Fico feliz com a boa recuperação, mas ainda faltam cinco dias.

— Muito tempo. Há coisas urgentes que trouxe comigo no dia em que fui levado ao hospital. Preciso levar os documentos.

— Se sabem que operou, podem mandar um portador até nossa casa, ora!

— Sim, mãe — Fernando tentava contemporizar. — Norton, meu chefe, prontificou-se a enviar alguém para buscar os documentos. Mas eu lhe dei a minha palavra de que iria levá-los pessoalmente.

— Ligue e diga que não pode fazer isso.

— Não tem como. Já acertei com ele. Não posso mudar de opinião e alterar o andamento da empresa de acordo com o meu humor, ou de acordo com a sua vontade. Eu estou bem, posso ir.

Sílvia sentiu uma dor no peito, leve sensação de desconforto.

— Não vá, Fernando. Sinto que ainda não deve sair. E se alguém esbarra em você? E se os pontos estouram? Não pode. Que custa esperar mais cinco dias? Não sei de onde veio tanta teimosia!

— Do meu avô, talvez. Seu Faruk era determinado, obstinado!

— Mas não era seu avô de sangue.

— De tanto convívio, devo ter herdado o jeitão dele — observou.

Enquanto Sílvia discutia com o filho, Olavo, atraído pela força magnética dela, estava ali presente. Sentado na cadeira próximo da escrivaninha, assistia a tudo e, ao ver Fernando, sentiu tremenda semelhança consigo próprio.

— Ele se parece comigo quando eu era jovem. Tem os meus traços. E é obstinado como eu. Ele bem que poderia ser meu...

Uma avalanche de sensações percorreu seu corpo perispiritual, praticamente anestesiando-o. Olavo espremeu os olhos e franziu o cenho:

— Hum, pensando melhor, esse moço não tem nada a ver com Ivan. Nada.

Nesse momento, Adélia apareceu ao seu lado.

— Ora, ora, encontrei o garoto fujão. Aonde o senhor pensou que iria? Para o céu? Estava atrás de uma nuvem para deitar-se e fugir de mim?

— Não. Não gostei do lugar a que me levou. Querem que eu entre em contato com a minha "essência". Não estou preparado. Não gosto de entrar nesse terreno.

— Compreendo. Sempre foi homem de fugir das emoções. Nunca quis entrar em contato com seus sentimentos. Nunca quis sentir, sempre foi de pensar.

— É. Isso é.

— Agora é o momento de refletir, de sentir, de perceber o que é bom para você. Do que vale a pena gostar e o que não interessa mais em sua vida.

— O que não interessa eu já sei. Não me interesso por Dorothy, por exemplo. Aliás, só tenho gratidão por essa mulher, porque por meio dela aprendi o que não é o amor. Ela foi essencial em minha vida. Por causa dela, aprendi a valorizar o que sinto por Sílvia.

— Que bonito! Isso é um avanço. Valorizar o que sente ajuda a expressar os sensos da alma. É disso que você tanto precisa para poder seguir em frente nessa nova etapa.

— Mas preciso falar com Sílvia.

— Estamos providenciando isso.

Ele se animou.

— Vamos nos encontrar?

— Não da maneira como pensa.

— Queria tanto abraçá-la, beijá-la...

— Quem sabe, um dia.

— Perdi a chance, não?

— Por ora. Há tempo de sobra, se contar a eternidade, para reencontrá-la e poderem conversar. Agora precisamos sair daqui. Não é o lugar ideal para ficarmos.

— Não disse que vou conversar com ela?

— Por isso mesmo que precisamos sair. Venha, vou prepará-lo.

— Está bem. Eu vou. Só porque você é uma mulher linda, cheia de graça e perfumada.

Adélia riu com gosto.

— Obrigada.

— Só mais uma coisa.

— O que é?

— Esse moço que está conversando com Sílvia.

— O que tem?

— É filho dela, não? — quis saber Olavo.

— Sim.

— E do Ivan?

— Por certo.

— Ele se parece tanto comigo.

— Vamos. O tempo urge.

Olavo segurou a mão de Adélia e, ao passar por entre Sílvia e Fernando, encarou o rapaz. Seus olhos brilharam. Olavo teve certeza de que tinha alguma afinidade com aquele rapaz. Ainda iria descobrir qual era.

De volta à conversa no quarto, Sílvia tentava, inutilmente, demover o filho da ideia de sair de casa. Maurício entrou e indagou:

— O que se passa? Acabei de chegar e a empregada me contou que o primo está a fim de meter o paletó e voltar à ativa?

— É. Preciso voltar ao trabalho.

— Ele não pode, Maurício. Ainda necessita de repouso — interveio Sílvia.

— Mamãe não entende que tenho responsabilidades, primo. Eu me comprometi a entregar um relatório para meu chefe que está em minha pasta desde o dia da internação. Vou levá-lo. Sou de cumprir com a palavra. E ele precisa desse relatório para tomar uma decisão importante.

— Deixe-o ir, tia.

— Não. Não pode. Eu levo!

Maurício viu ali uma grande oportunidade de se passar por bom moço.

— Eu faço isso. Eu levo o relatório. Entrego-o nas mãos do seu chefe. E ficamos todos bem.

— Faria isso? — perguntou Sílvia, segurando o braço do sobrinho, olhos emotivos.

— Claro, tia. Estou aqui para quê? Para ser útil, ajudar vocês, retribuir de alguma forma. É só me passar o endereço. Estou de boa, já sei circular bem pela cidade, sei até pegar o metrô!

— É fácil — comentou Fernando. — Pegando o ônibus na esquina de casa, desce na praça da República. O escritório da matriz fica naquela região. Você vai encontrá-lo facilmente e precisa procurar pelo Norton, meu chefe — e, voltando-se para Sílvia, completou: — Está feliz, dona Sílvia? Assim eu a deixo mais calma?

Ela o beijou várias vezes no rosto.

— Você é meu filho amado. Obrigada. Não custa nada esperar mais uns dias. E ainda pode contar com a prestimosa ajuda do seu primo.

— Por essa eu não esperava — tornou, surpreso.

— Que é isso, primo?! Estou aqui para servi-lo — tornou Maurício, forçando um sorriso.

Ao sair de casa e subir no ônibus, Maurício pagou a passagem e sentou-se em um dos bancos. Abriu a janelinha e deixou que o vento soprasse em seu rosto, jogando seus cabelos para trás. Fechou os olhos e sorriu:

— Hoje eu começo a minar seu emprego, priminho.

CAPÍTULO 35

Fazia uma semana que Leocádia conversara com Jamil. E ligou para ele naquela manhã:

— Recebi inspiração para fazer uma sessão no sábado à noite, em casa.

— Eu não conversei com Sílvia.

— A orientação que recebi foi para não avisá-la sobre a morte de Olavo. Querem que ela, Ivan, Clarice, Fernando e você estejam na reunião.

— Eles quem?

— Os amigos espirituais. Já foi oferecida ajuda a Olavo. No entanto, ele se recusa a receber tratamento porque quer conversar com Sílvia.

— Não tem esse direito — irritou-se Jamil. — Deveria ter conversado com ela anos atrás. E por que levar Fernando? Ele ainda se recupera da cirurgia.

— Pelo que sei, até sexta-feira já deu o prazo de recuperação. Ele não vai voltar a trabalhar na segunda?

— Sim.

— Dois dias antes não vão lhe fazer mal algum. É importante que ele esteja lá.

— Tenho medo de que o passado venha à tona.

— Os espíritos são éticos. Não vão permitir que Olavo fale o que não precisa ser dito. Além do mais, seu sobrinho é hipersensível, precisa começar a ter contato com a espiritualidade.

— Não acho justo. — A voz dele estava num tom acima do normal.

— De nada adianta alterar o tom de voz. Lembre-se de que nada acontece por acaso. Cada um atrai para si as situações que precisa para desenvolver seus potenciais. Os desafios sempre surgem para nos fazer crescer. Não foi diferente com sua irmã.

— Ela sofreu bastante.

— Esta é sua maneira dramática de enxergar a situação pela qual ela passou. O seu discurso sempre foi de que não há vítimas.

— É diferente.

— Por quê? — Ele não soube responder e Leocádia continuou: — Eu vejo que Sílvia teve muita sorte.

— Sorte?!

— Sim, Jamil. Sorte. Por causa da inconsequência de Olavo, por assim dizer, ela recebeu o carinho e apoio de Ivan, o que só fortaleceu o elo entre ambos, dando-lhes a chance de cultivar verdadeiros valores e criar uma família muito bonita. Se ela tivesse se casado com Olavo, teria sido tão feliz assim?

— Vendo a situação por esse ângulo...

— Eu sempre procuro enxergar as situações pelos bons ângulos. Por que devo olhar pelo lado ruim? Em que vai me ajudar?

— Vai ajudar a me precaver. Pelo menos, não vou cair em armadilhas, trapaças, pessoas querendo puxar o meu tapete. Eu acredito no bem das pessoas, mas, depois que passei a me relacionar com seu filho, senti e sinto na pele o peso do preconceito. Não é fácil viver sob o dedo acusador das pessoas.

— Você vive acuado porque se deixa intimidar.

— É fácil falar quando não é com você.

— Ora. João Carlos não está nem aí com os outros.

— Ele é diferente. Não trabalha aqui, vive mais no exterior, tem outro tipo de atividade. Eu estou aqui no meio da cidade, lidando com pessoas que não entendem minha forma de amar.

— Engano seu. Respeite-se e será respeitado; ame-se e será amado; fique do seu lado e se apoie, e as pessoas também ficarão do seu lado. Tudo depende de como você irradia suas energias. Se você está cem por cento do seu lado, apoiando-se constantemente, sem se autopunir um instante sequer, não vai sofrer reprimendas e, se elas vierem, você não vai lhes dar importância.

— Sinto vergonha.

— Porque não está do seu lado. Está do lado do mundo, da sociedade, dos valores que um grupo de pessoas estabeleceu como "normal", verdadeiro e que deve ser aceito. Não perguntaram a você o que sente, do que gosta, o que vai em seu coração. Você foi criado para não gostar de você e seguir normas que vão contra suas vontades.

— Isso é. Sempre foi assim. Cresci me sentindo inadequado.

— Você é a perfeição da natureza. Precisa se ver e se aceitar como um indivíduo amado pela vida. Dê o seu melhor para a vida, e a vida vai lhe dar o melhor.

— Eu bem que tento.

— Com essa voz fraca ao telefone? Ainda bem que não estou vendo sua cara!

Eles riram.

— Você tem o dom de me animar, Leocádia, e me deixar bem. Se não fosse a sua amizade e o amor que sinto por seu filho, não sei o que seria da minha vida.

— Você é um bom homem, Jamil. Apenas não está cem por cento do seu lado. Ainda teme a sociedade, o que ela pensa de você, como ela o avalia. O dia que não der mais importância a isso, vai se sentir livre e viver melhor consigo mesmo. Lembre-se de que João Carlos gosta muito de você, mas ele tem seu limite.

— O que quer dizer com isso? — quis saber, preocupado.

— Nada. Cada um sabe de si. João Carlos não é mais um menino, é um homem com mais de quarenta anos. Ele quer viver ao lado de alguém que o valorize, que esteja ao lado dele para o que der e vier.

Jamil não soube o que responder. Mudou de assunto. Leocádia, já o conhecendo bem, não quis forçar a situação.

— Bom, Leocádia, a que horas pretende realizar a reunião?

— Você pode sair do mercado mais cedo? Eu gostaria de começar às oito e meia. Já conversei com Clarice. Ela ficou de confirmar comigo, mas tenho certeza de que tudo vai dar certo.

— Está bem. Eu vou deixar o mercado nas mãos do Estevão, meu funcionário de confiança. Sairei com Sílvia, passarei para ver mamãe, saber com a enfermeira se está tudo em ordem. Tomo um banho, faço um lanche e vou para sua casa.

— Chegue um pouco mais cedo para me ajudar a preparar energeticamente o ambiente.

— Está certo. Conte comigo.

— Um beijo.

Jamil desligou o telefone e ficou pensativo por instantes. Tinha verdadeira paixão pelo conhecimento espiritual, interessava-se por entender os mistérios da vida, da morte, da mente humana, do sistema de crenças do indivíduo e do funcionamento do livre-arbítrio. Ainda lhe era difícil lidar com as tintas escuras do preconceito. E o que Leocádia lhe dissera sobre João Carlos o deixara profundamente inseguro.

Embora não tivesse trejeitos e não despertasse dúvidas em relação à sua masculinidade, sentia-se vulnerável porque era-lhe desconfortável ter de esconder sua homossexualidade. Não gostava quando clientes, principalmente os mais antigos, vinham com perguntas: "Quando vai se casar?", "Cadê a namorada?", "Esse partidão ainda não casou por quê?", e ele respondia com monossílabos ou mentia.

Na verdade, tinha vontade de dizer que já tinha alguém, que amava e era amado, e estava muito feliz. E agora, quando acreditava que começava a ver abertura para se posicionar na sociedade, eis que uma doença terrível, incurável, fazia justamente a sociedade hostilizar, novamente, os gays. Parecia que o preconceito agora vinha com uma dose de crueldade, temperada com cheiro de morte.

Jamil espantou os pensamentos com as mãos e voltou para o balcão. Tinha muito trabalho pela frente. E o trabalho o ajudava a esquecer toda a série de conflitos que flutuavam sobre sua mente.

CAPÍTULO 36

Às oito e meia em ponto, os convidados estavam na casa de Leocádia. Sílvia, Ivan, Clarice, Fernando e Jamil.

Sílvia estava receosa. Fazia tempo que não frequentava as sessões espirituais. No começo, alegara que as crianças ocupavam muito de seu tempo, depois foi a desculpa do trabalho no mercado. E, assim, foi se afastando das visitas, sessões e conversas com Leocádia.

Ivan também não fizera questão de frequentar as sessões. Depois que lera e discutira alguns livros da Doutrina Espírita e outros livros espiritualistas com Leocádia, dera-se por satisfeito. Também alegara que tinha muitos pacientes, a quantidade de partos aumentara sobremaneira e ele mal dava conta; por essa razão, foi-se também se distanciando dos estudos e das visitas.

Clarice, por conta da afinidade que tinha com Soraia e Jamil, descobriu cedo o gosto pelos assuntos de teor espiritual. De forma espontânea, conduzida pelo tio, aos treze anos passou a frequentar as sessões na casa de Leocádia.

Fernando olhava a casa com olhos curiosos. Nunca lhe fora permitido frequentar a casa de Leocádia. Os pais não queriam, visto que Clarice, influenciada pelos tios, já lhes desobedecera. Não queriam que o filho também se "metesse" com coisas do Além.

A princípio, embora não gostasse muito da ideia, Ivan teve de aceitar os argumentos da filha, afinal, Clarice era sua princesinha e conseguia tudo o que queria. Era muito fácil dobrá-lo. Mas, no fundo, ele não queria que seus filhos se ligassem a nenhum tipo de religião.

Ivan acreditava que toda e qualquer religião — na visão dele — era o ópio do povo, uma maneira torpe de pessoas manipuladoras conseguirem tirar proveito em cima do desespero daqueles que não acreditavam na própria força, que necessitavam de um deus que realizasse milagres em suas vidas.

Infelizmente, Ivan tivera uma educação muito rígida, com uma mãe católica fervorosa, devota de santos, cumpridora de promessas a todo instante. Crescera em um ambiente em que tudo era fruto do pecado, da danação, em que a felicidade não era deste mundo.

Ao tornar-se adulto, não quis entender o verdadeiro significado da fé, da religiosidade; enfim, não quis entender o real significado de Deus; que, na verdade, a vida é Deus em ação, tem sabedoria e sempre faz tudo certo.

Leocádia bem que tentou passar a Ivan a ideia de que a fonte do saber, essência da vida, está dentro de nós e que Deus fala por meio dela e nos faz perceber o que precisamos para suprir todas as nossas necessidades. Em vão.

No entanto, ao entrar na casa, ele se recordou de algumas sessões, encontros que tiveram, anos atrás. Sentiu forte emoção. Clarice percebeu o estado do pai, sorriu e ficou calada. Sílvia, ao seu lado, a princípio receosa, também fora tomada por forte emoção. Fernando sentia uma espécie de alegria misturada a angústia.

Jamil, logo atrás, procurou tranquilizá-lo:

— Está tudo bem, querido. Ligue-se em bons pensamentos. Logo, tudo vai passar.

— Está bem, tio.

Sílvia indagou ao filho:

— Fernando, como se sente?

— Estou bem. Recuperado. Não tirei os pontos hoje cedo? Pare de tanta preocupação, por favor!

Ela sorriu.

— Está bem. Desculpe. Zelo excessivo de mãe.

Em seguida, ela apertou a mão de Ivan e murmurou:

— Não sei se é porque faz tempo que não vimos a esta casa, mas fui tomada por uma emoção inexplicável.

Ivan confidenciou:

— Senti o mesmo. Devem ser impressões do ambiente. Não vamos nos deixar levar por elas.

Jamil os conduziu até a sala preparada para a sessão.

Uma luz azul suave iluminava a sala, transmitindo aconchego. Havia uma mesa com uma toalha de renda branca e sobre ela alguns livros, uma bandeja com uma jarra de água e copos. No centro, um vaso com lírios-brancos dava um toque elegante e um aroma agradável.

Leocádia, sentada à cabeceira, fez sinal para que se sentassem. Sílvia e Ivan se sentaram de um lado da mesa retangular. Clarice e Jamil, do lado oposto. Na outra ponta da mesa, sentou-se Fernando.

Jamil tomou a palavra e pediu que todos ali procurassem serenar a mente, deixar os pensamentos do dia, as atribulações pelas quais haviam passado, ensinando-os um exercício de limpeza da mente prático e fácil de fazer, para que o ambiente estivesse propício para o intercâmbio com os espíritos.

Após cinco minutos, Clarice sentiu o corpo estremecer levemente, a respiração oscilar e disse com modulação de voz alterada, um pouco mais grossa:

— Até que enfim!

Leocádia, sentada próximo dela, tocou em sua mão e indagou:

— Até que enfim digo eu, meu amigo. Como vai?

— Não tão bem como gostaria. Não conheço você.

— Não me conhece, mas sabe o porquê de estar aqui. Está entre amigos.

— Não sei bem ao certo. Ele — apontou para Ivan — não é meu amigo.

Ivan levou um susto. Leocádia fez sinal para ele permanecer quieto. Ele assentiu. Clarice, incorporada pelo espírito, prosseguiu:

— Ele me traiu.

— Como? — quis saber Leocádia.

— Ele era meu amigo. Mas me traiu. Roubou de mim o meu amor.

Sílvia sentiu o corpo todo estremecer. Começou a suar frio. Em sua mente veio imediatamente a imagem de Olavo. Em pensamento ela disse: *Não pode ser!*

Leocádia, tranquila, continuou:

— Roubou como?

— Ela era minha. Ele se casou com ela.

— Mas você a abandonou para se casar com outra. Você a traiu. Ela sofreu muito.

Houve um silêncio sepulcral. Clarice se remexeu na cadeira, a respiração oscilou e respondeu, chorosa:

— Na época não pensei. Não tinha maturidade. Estava com a cabeça em outra sintonia. Só alguns anos depois percebi o quanto a amava e o quanto fui burro por ter desprezado esse amor.

— E o que veio fazer aqui hoje?

— Pedir perdão a ela.

Sílvia sentiu a garganta apertar. Antes mesmo de as lágrimas descerem, o espírito disse, por meio de Clarice:

— Perdão, Sílvia. Eu preciso do seu perdão para continuar minha caminhada neste outro lado da vida. Desprezei seu amor e paguei alto preço por isso. Apenas preciso ouvir de você que me perdoa, caso contrário, não poderei seguir em paz.

As lágrimas escorriam e Ivan, sem saber ao certo o que fazer, segurou nas mãos dela, transmitindo-lhe força. Sussurrou-lhe no ouvido:

— Diga a Olavo que o perdoa.

— É difícil — ela disse baixinho. — Fui tomada de surpresa.

Leocádia interveio:

— Só quem tem orgulho fica preso à mágoa e, por conta disso, não consegue perdoar. Liberte-se da mágoa, Sílvia. Ela não lhe faz bem. Há anos que gostaria de estar frente a frente com ele e conversar, dizer um monte de coisas, mas a vida sabe o que faz. Ele agora não vive mais neste mundo e arrependeu-se. Está ciente de que fez o que pôde.

— É muito difícil para mim. Não foi fácil ter de suportar a dor do abandono, da separação, enfim... — Ela não queria se estender a fim de não comentar sobre a gravidez.

Ivan tomou a palavra e encarou Clarice, olhos baixos:

— Eu não o traí. Pelo contrário. Você a deixou sozinha, você a abandonou. O que poderia fazer? Eu a acolhi, eu tomei conta dela, fiz o que você deveria ter feito e não fez.

Clarice, do outro lado, respiração ofegante, tornou:

— Mas era meu amigo! Deveria ter falado comigo!

— Você não imagina o que passamos. Agora o passado está enterrado. Você deve seguir em paz.

Nesse momento, Clarice voltou os olhos para Fernando, que estava de olhos semicerrados, juntamente com Jamil, que se encontrava em prece. Em seguida, ela voltou os olhos para Sílvia e perscrutou seus pensamentos:

— Agora entendo tudo! Sei o porquê de ser tão difícil conseguir seu perdão. Meu Deus, eu fui um crápula!

Foi a vez de Ivan remexer-se na cadeira. Ele notara que Clarice, incorporada, passara os olhos em Fernando e, em seguida, pousara-os em Sílvia. Disse em pensamento: *Ele descobriu que é pai de Fernando!*

Clarice, chorosa, lastimou:

— Agora eu é que devo lhe pedir perdão, Sílvia. Mil vezes, perdão!

Ela arregalou os olhos.

— Não. Não precisa. Creio que, como Ivan disse, o passado está enterrado. O que passou, passou. Você agora tem um novo caminho a seguir. Desejo-lhe o melhor, do fundo de meu coração.

— Eu sei. Sinto isso. Sei que, no fundo, você gosta de mim. — Ivan sentiu uma ponta de ciúme, e Olavo prosseguiu: — Já vivemos juntos antes. Sempre nos machucamos em nome do amor. Nesta vida, tivemos a chance de viver novas experiências, sentir o amor de verdade. Você, ao menos, tem essa chance. Eu não tive. Casei-me com uma mulher que nunca me amou.

— Não se martirize. Está tudo certo agora. Siga seu caminho. Se precisa ouvir, então está bem: eu o perdoo.

— Adélia, minha mentora, diz que preciso partir. Preciso ir. Antes, preciso dar um recado a Ivan.

Sílvia e Ivan estremeceram. Será que a verdade viria à tona? Ivan suou frio. Um pingo escorreu pelo canto da testa. Clarice, voz rouca, disse-lhe:

— A minha colega aqui do astral diz que não vai demorar muito e um acontecimento vai fazer você refletir sobre questões da existência e querer retomar os estudos espirituais — e, voltando-se para Fernando, olhos marejados, reconheceu: — Embora não o tenha conhecido, sinto grande afeição por você. Que sua vida seja repleta de sucesso e paz! Adeus.

Clarice soltou um suspiro e seu corpo pendeu para a frente. Em seguida, ela se espreguiçou, abriu os olhos e considerou:

— Meu Deus! Que homem de personalidade marcante! Eu estava semiconsciente e senti as emoções dele. Estava sinceramente arrependido. Por que necessitava tanto de seu perdão, mamãe?

Leocádia pegou o jarro com água e serviu os copos. Depois que todos beberam a água fluidificada, Sílvia, enxugando a boca com as costas da mão, disse, voz melíflua:

— Um antigo namorado. Brigamos, ele se mudou para o exterior e nunca mais nos vimos. Depois da briga, casei-me com seu pai.

— Vocês dois eram amigos? — quis saber Fernando, dirigindo o olhar ao pai.

Ivan o encarou e admitiu, meio sem jeito:

— Fomos. Mas, depois da discussão, ele foi embora sem avisar e não tivemos mais contato — mentiu, omitindo a viagem que fizera aos Estados Unidos e o encontro com Olavo, muitos anos atrás.

— Por que ele disse que sente grande afeição por mim? E que deseja que minha vida seja de sucesso? Se ele foi embora antes de vocês se casarem, eu nem havia nascido — observou Fernando.

Jamil interveio:

— Eu tenho certeza de que é um espírito amigo de outras vidas.

— Ah, pode ser.

Sílvia fez um sinal mudo de agradecimento a Jamil. Ivan fez o mesmo. Não desejavam, de forma alguma, revelar a verdadeira ligação entre Olavo e Fernando. Para quê?

Leocádia pediu que se dessem as mãos e encerrou a sessão. Ao final, terminou com palavras belíssimas:

— E vamos sentir a presença de Deus, acreditar e crer em seu poder divino, que nos ama e tudo dispõe a nosso favor. Vamos, neste momento, abrir o nosso coração para a luz que os amigos espirituais nos lançam e mentalizar energias de amor, de alegria, de paz e, principalmente, de perdão, que foi o principal assunto da sessão. Que possamos firmar o propósito de manter essa sintonia, fazendo brilhar a luz que carregamos no coração.

Nesta noite, todos os participantes da sessão, encarnados e desencarnados, dormiram muito bem.

CAPÍTULO 37

Voltando ao meio da semana...

Maurício saltou do ônibus na praça da República, atravessou o lago, passou pelo prédio da Escola Caetano de Campos e, do outro lado da praça, encontrou o prédio onde Fernando trabalhava.

— É aqui que o almofadinha trabalha. Vamos ver.

Ele retirou o envelope que prendia sob o braço, abriu-o e, de forma cuidadosa, retirou duas folhas, sem critério.

— Relatório incompleto. Quero ver o que o chefe vai dizer.

Ele passou pela recepção, jogou seu charme para a atendente, subiu com facilidade, chegou ao andar, conversou com a secretária como se fossem amigos de infância. Ao ser atendido pela assistente da chefe, abriu largo sorriso. Com boa lábia, entregou o envelope e disse:

— Fernando informou que está tudo aqui, do jeito que o senhor Norton pediu.

— Nossa! Estão precisando disso para "ontem". Que bom que chegou a tempo! Você é...

— Sou primo dele. Prazer. Maurício.

— Encantada, Sheila.

— Queria saber como faço para chegar à Bela Cintra, sentido Jardins.

— É fácil. Está de carro?

— Não. Estou usando táxi, porque estou de férias, a passeio.

— Pelo sotaque e pela cor da pele, bronzeada, diria ser do Rio.

— Acertou. Gosta?

— Do Rio?

— De carioca.

Ela se encabulou e disse, tímida:

— Adoro. Por quê?

— Se não for fazer nada depois do expediente, bom... — Ele consultou o relógio e fez o convite: — Poderia sair comigo para uma bebida, um papo...

Ela abriu e fechou a boca, extasiada. Pensou: *Meu Deus! Um homem desses me chamar para sair? Tirei a sorte grande.* E respondeu:

— Claro. Se não se importar, pode aguardar naquela salinha — apontou — e não vou demorar para sair. Preciso entregar esse relatório para o meu chefe, estamos terminando a reunião. Já vou sair.

— Está bem, gata. Espero, com o maior prazer.

Maurício sentou-se confortavelmente no sofá, ligou seu walkman e colocou os fones de ouvido. Virou a fita cassete e logo uma música dançante encheu seus ouvidos. Ele fechou os olhos e deixou-se conduzir pela melodia.

Dez minutos depois, Sheila apareceu e tocou em seu ombro:

— Vamos?

Ele tirou os fones e desligou o aparelho.

— Claro. Vamos, sim.

Pegaram o elevador e, na saída, ela fez um sinal:

— Meu carro está no edifício-garagem logo ali.

— Vamos de carro?

— Melhor. Você é turista, não conhece muito bem a cidade, pode se perder — ela falou de maneira provocativa.

Pegaram o carro, foram até um bar nos Jardins, beberam, conversaram e terminaram na casa dela. A transa com a moça não foi lá essas coisas. Ele estava mais interessado em usufruir das coisas boas que ela estava lhe oferecendo — pagando as contas do bar, do restaurante — e estava doido para saber se a retirada dos papéis do relatório tinha surtido algum efeito.

— Nossa, eu não sou de comentar nada do meu trabalho. E você é primo do Fernando. Mas acho que ele está em maus lençóis.

— Por quê?

— Sei que ele teve de fazer uma cirurgia de urgência, ficou uns dias em casa, contudo, estava preparando um relatório para a diretoria fazia tempo. Disse que tinha competência para fazer sozinho.

— E o que aconteceu?

— Enviou pela metade, faltando pedaços, deixou o senhor Norton com cara de tacho na frente dos superiores. Ele quase teve um chilique. Não sei, não, mas você jura que não vai contar nada?

Maurício fez cruz com os polegares, beijou e depois disse:

— Juro. Palavra de honra.

— Tenho certeza de que esse relatório malfeito vai custar o emprego do seu primo. Fernando vai ser demitido.

Maurício sentiu um prazer tão grande que, naquele momento, não escutou mais nada. Atirou-se sobre Sheila e a amou com toda sua força, deixando-a extasiada. Não a amou porque a desejava, mas porque sentiu um prazer inenarrável. Destruir Fernando o deixava feliz. Muito feliz.

Na segunda-feira, quando Fernando retornou ao trabalho, nem o deixaram seguir para sua mesa. Foi encaminhado para o Departamento Pessoal.

A princípio, ele acreditou que fosse para acertar questões relativas ao seu afastamento. Ao chegar lá, Akira, o chefe da seção de pessoal havia vinte anos e que sempre dava as notícias no mesmo tom, do mesmo jeito, sem alterar a modulação de voz, falou:

— Sinto muito, Fernando. Era para ser por justa causa, contudo, como houve o afastamento de quinze dias e tal, a empresa está pagando tudo, mais o aviso-prévio e um extra. Enfim, querem se livrar de você de qualquer jeito.

— Mas o que houve?

— O seu Norton nem quer olhar na sua cara. Disse que, se o vir, vai arranhá-lo todo. Está decepcionado.

— Fiz um relatório tão minucioso. Tão perfeito.

— Bom, melhor assinar tudo aqui e sair na paz.

— Não. Quero falar com ele.

— Ele foi para Curitiba. Reunião com o pessoal da granja. Esquece.

Fernando assinou a carta de demissão com um nó na garganta. Entregaram seus pertences ali mesmo no Pessoal e, no fim da tarde, quando ligou para Clóvis, colega que se sentava ao seu lado no escritório, escutou:

— Norton odiou seu relatório. É só o que soube.

— Não é possível, Clóvis.

— Mas é.

— Preciso falar com ele. Tenho de me explicar. Alguma coisa estranha aconteceu. Eu me dediquei, você bem sabe.

— Sim. Achei estranhíssimo. — Ele baixou o tom de voz. — Dizem que ele ficou pê da vida com você. Queria arrancar seu coro. Chamou-o de tudo quanto foi nome. Disse que havia se arrependido de tê-lo contratado, que você era um irresponsável.

— Não pode ser.

— Mas é.

Fernando desligou o telefone abatido. Maurício entrou no quarto e indagou:

— E aí, primo, o que foi?

— Você não faz ideia. Fui demitido.

Maurício jogou-se na poltrona em frente à cama. Fez ar de surpresa:

— Não! Mentira!

— Sim.

— Nossa! Mas eu levei o relatório que você fez. Não era importantíssimo?

— Pois é. Esse relatório... — Fernando coçou o queixo e perguntou: — Diga-me uma coisa. Você mexeu no relatório, Maurício?

— Como assim?

— Abriu o envelope, deixou cair alguma folha, sei lá!

— Primo, por quem me toma? Quem pensa que sou? — Maurício fez cara de ofendido. — Poxa, eu vou numa boa entregar o negócio para você no trabalho e desconfia de mim?

— Não é isso...

Sílvia entrou no quarto:

— O que foi?

Maurício aproveitou a deixa:

— Tia, acredita? Seu filho acha que eu boicotei o trabalho dele. Diz que fui o responsável por ele ter sido demitido. Pode isso?

— Verdade, filho?

— Não foi isso que eu disse — defendeu-se Fernando.

— Mas foi o que "quis" dizer — contra-argumentou Maurício. — Muito feio. Assim, me ofende.

— Desculpe-me. Estou de cabeça quente.

— Eu vim aqui porque sua tia está ao telefone. Diz que sonhou com você e está aflita.

— Tia Soraia sempre me acalma.

Fernando levantou para atender o telefone, e Maurício sentiu um ódio surdo brotar dentro de si.

Sílvia percebeu a alteração de estado de humor do sobrinho. Notara tal estado desde sempre, pois Soraia fazia diferença de tratamento entre o sobrinho-afilhado e o próprio filho.

Acercou-se de Maurício e, acariciando seus cabelos ondulados, disse-lhe:

— Querido, não leve a mal. Sua mãe tem uma relação especial com Fernando. Eu também tive minhas crises de ciúme. Hoje entendo que cada um dá o que tem. Eles têm uma ligação afetiva muito forte.

— Então, por que ele não nasceu filho dela? Por que não nasci seu filho ou de outra?

Ela o abraçou.

— Porque, mesmo não sendo estudiosa da espiritualidade como sua mãe, seu tio ou sua prima, eu acredito que nascemos no lugar que devemos nascer, com as pessoas com as quais precisamos conviver, seja para fortalecer os elos de amizade e amor, ou para superar as desavenças e animosidades.

— No meu caso...

— Você e Soraia vieram para superar desafios do passado. Tenho certeza disso. Sua mãe o ama, mesmo assim. Do jeito dela. No fundo, você também a ama.

— Não sei. Fiz de tudo para que ela gostasse de mim. Ela nunca me olhou como eu queria.

— Aí é que está. Você queria que ela gostasse de você da maneira que idealizou. Sonhou, criou na mente a mãe ideal, talvez porque tenha visto outras mães mais amorosas e tenha desejado o mesmo. Todavia, cada pessoa é única, tem suas qualidades, seus pontos fracos e, como disse, apenas pode dar o que tem. Não dá para exigir além daquilo que não se pode dar.

— É duro, tia. Ela e Fernando. Fernando e ela, dona Soraia.

— Por outro lado, Paulo o idolatra. Até acho que o estragou um pouco de tanto que o mimou.

— Meu pai não me estragou — defendeu-se. — Ele só deu o que minha mãe não me deu.

— Seu pai não lhe deu limites. Você cresceu sem cercas, não soube nunca escutar um "não".

— Mas, quando Clarice diz "não", eu respeito.

— Porque a ligação de vocês é especial.

Ele sorriu.

— Isso é. Clarice tem o dom de me acalmar. Ela me deixa bem. Ela me faz um bem tremendo!

— A isso damos o nome de afinidade. É um processo, puro e simples. À medida que você dá, você recebe. Como sempre teve uma relação de afeto muito forte com Clarice, deu e recebeu muito amor.

— E com minha mãe...

— É, com Soraia...

Fernando entrou no quarto e os interrompeu:

— Primo, já sei o que vou fazer para sair dessa tristeza.

— O que vai fazer? — indagou curioso.

— Vou passar uns dias no Rio. Na sua casa!

Maurício teve a nítida impressão de que uma veia do pescoço ia explodir, tamanho o ódio. Teve vontade de abrir um buraco e desaparecer.

CAPÍTULO 38

Fazia uma semana que Fernando havia chegado ao Rio de Janeiro. Soraia tinha se transformado em outra pessoa. Estava mais alegre, sorridente, andava com o sobrinho para tudo quanto era canto da cidade. Passeavam todos os dias, não se desgrudavam.

Quem não gostava nada disso era Maurício. Quando mãe e primo passavam por ele, ciciava:

— Aonde a vaca vai, o boi vai atrás... — cantarolando o megassucesso de João da Praia. — Parece que a música foi feita para eles — ironizava.

Soraia chegou a chamá-lo, uma, duas vezes para participar dos passeios, mas ele os recusou.

— Não vou perder tempo em ir aos lugares frequentados por turistas. Acho um saco!

— Pior para você — disse ela, puxando Fernando pelo braço. — A última vez que o levei ao Pão de Açúcar, você tinha onze anos. Faz tanto tempo que até trocaram os bondes.

Ele deu de ombros.

— Podem ter trocado os bondes, mas a paisagem é a mesma, as filas são insuportáveis do mesmo jeito e não tenho saco para aguentar esse tipo de programa. Eu passo. Prefiro encontrar meus amigos na praia.

— Quero marcar contigo de irmos à praia dia desses — ajuntou Fernando.

Maurício fez que não ouviu. Entrou no quarto para se arrumar e ir à praia. Em seguida, voltou para o corredor e avisou:

— Se vão sair, usem táxi ou ônibus. Eu vou precisar do carro.

— Nada disso — protestou Soraia. — Seu primo é visita. Nós é que vamos usar o carro.

— *Meu* carro — enfatizou Maurício.

Deu-se início ao bate-boca. Fernando procurou contemporizar. Apartou mãe e filho, colocando-se entre os dois, e por fim disse, com calma:

— Eu e a dinda vamos de táxi.

— Não — protestou Soraia.

— Melhor, tia. O trânsito perto do Pão de Açúcar fica carregado, lento. Melhor irmos de táxi. Também temos tempo de conversar porque não precisamos prestar atenção em nada.

— É verdade. Só eu e você.

Maurício bufou e fungou. Separou-se dos dois, voltou para o quarto e bateu a porta com força.

— O que deu nele, tia?

— Coisa de hormônio, vai saber. Maurício tem um gênio difícil. Não sei lidar muito bem com seu primo. Mas ele vai ficar bem. Assim que chegar a Ipanema, ele sossega. Vamos.

Soraia apanhou a bolsa sobre o console e saíram.

Assim que saltaram do bondinho que fazia o segundo trecho, entre o Morro da Urca e o Pão de Açúcar, Fernando sentiu uma lufada de ar fresco que esvoaçou seus cabelos.

Olhou para os lados e para o alto e sorriu:

— Tia, o dia está perfeito para este passeio. Não há uma nuvem no céu. Daqui do alto poderemos ver a cidade toda.

— Pois sim. Faz tantos anos que não venho aqui. Estou toda arrepiada. Veja — apontou para os pelos dos braços, eriçados.

— É muita emoção. Vamos caminhar.

Fizeram o passeio pelos arredores, tiraram fotos, apreciaram a vista da cidade e, depois de um tempo, foram até a lanchonete. Sentaram-se, pediram água, suco e salgadinhos.

Conversaram amenidades e, num determinado momento, Fernando comentou:

— Na sessão que houve outro dia lá na casa de Leocádia, aconteceu algo inusitado.

Soraia já sabia de tudo o que tinha acontecido, porquanto Jamil lhe relatara os pormenores da sessão no dia imediato, mas procurou fingir surpresa:

— O que seria?

— O espírito que lá apareceu foi pedir perdão para minha mãe.

— Fiquei sabendo por alto. Seu tio Jamil me fez um resumo da reunião.

— Quando Clarice estava para desincorporar, ou seja, quando o espírito comunicante estava para se desligar dela e partir, virou-se para mim e disse que me tinha muita afeição.

— É?

— Ah, por que um espírito que nem se identificou na sessão foi pedir perdão para minha mãe, virou-se para mim e disse que tinha enorme afeição por mim?

Soraia estremeceu e remexeu-se na cadeira. Bebericou seu suco, divagou e tornou:

— Deve ser um guia.

— Guia não viria para pedir perdão. Concorda?

— Tem razão. — Ela mordiscou os lábios. Não queria continuar aquela conversa. Pediu intimamente aos céus, aos anjos, aos espíritos, a tudo em que tinha fé e acreditava piamente para ajudá-la naquele momento e fazer com que Fernando parasse de lhe fazer tantas perguntas.

— Tive a sensação de que aquele espírito tem algo muito forte comigo. Não sei explicar. Não sei. Sabe quando o coração bate mais forte? Parece que existe um elo, uma conexão mais profunda, sabe?

Não, não sei. Não quero saber. Você também não quer nem deve saber, era o pensamento dela, mas disse:

— Imagino. Contudo, você estava ainda se refazendo da cirurgia, que veio assim, de surpresa, estava com o emocional ainda abalado — e foi enrolando, falando o que vinha na cabeça para ver se Fernando saía do assunto, mudava o foco.

Até que o invisível escutou seu chamado. Uma amiga em comum apareceu e a cumprimentou, quebrando a onda de indagações do sobrinho por ora.

— Soraia! Você aqui no alto do Pão de Açúcar? Não creio.

— Micaela. Quanto tempo! — Soraia levantou-se para abraçá-la e beijá-la. Fernando levantou-se em seguida. Soraia o apresentou: — Este é meu sobrinho, também afilhado, Fernando. É de São Paulo.

— Prazer.

— O prazer é todo meu, querido — tornou ela, simpática.

— E você, o que faz aqui?

— Estou com um grupo de turistas suecos, menina. Esta semana eu já subi e desci estes morros umas trinta vezes.

Os três riram.

— E você, o que anda fazendo?

— Nada em especial, Micaela. Cuidando da casa, tentando botar juízo na cabeça do Maurício.

— Difícil — a amiga ajuntou. — Em todo caso, água mole em pedra dura tanto bate até que fura. Um dia, quem sabe, ele não toma jeito!

— Quem dera! — exclamou Soraia, e em seguida indagou: — Diga-me. Você, que conhece metade do Rio de Janeiro, pode me dar uma forcinha?

— O que é?

— Meu sobrinho está à procura de emprego. É um ótimo gerente administrativo.

— Não seja por isso — e, virando-se para Fernando, disse: — Eu tenho alguns amigos empresários, conheço gente que trabalha em banco, em tudo quanto é ramo, enfim... Façamos assim — ela retirou um cartão da bolsa e o entregou a ele —: você prepara seu currículo e, quando tiver feito uma meia dúzia de cópias, me liga e marcamos para você entregá-los para mim. Eu poderei distribuir, com o maior prazer.

— Nossa, muitíssimo obrigado!

— Imagine. Tenho uma dívida eterna de gratidão com seu tio Paulo. Se não fosse ele, eu estaria morta.

Fernando arregalou os olhos e ela prosseguiu:

— É. Dez anos atrás fui presa pelos órgãos da ditadura. Se não fosse o seu tio mexer uns pauzinhos, eu estaria enterrada em uma vala, em cemitério clandestino. Mas deixemos a história para lá. — Micaela abraçou Soraia com ternura. — Sabe que você e Paulo sempre vão morar no meu coração. Se puder ajudar seu sobrinho, vou ajudar. Com o maior prazer.

Despediram-se. Soraia comentou, convicta:

— Algo me diz que você não vai mais voltar para São Paulo.

CAPÍTULO 39

Dorothy folheava o jornal do dia, colocando-se a par das notícias do país e do mundo. Virou a página e fez uma careta:

— Argh! Sempre as mesmas notícias trágicas. Será que não há notícia melhor? — Apanhou o caderno de Cultura e sorriu ao ler: "Hoje estreia a Rede Manchete de Televisão". — Mais uma emissora de tevê. Que coisa boa! Tomara que apresentem programas de qualidade para a população.

A secretária entrou na sala e anunciou:

— Dona Dorothy, sua filha Rachel está na saleta fazendo um escarcéu. Gritou com deus e o mundo. Exige falar com a senhora imediatamente.

Dorothy girou os olhos nas órbitas.

— *Gosh*! Meu Deus! Essa menina não dá sossego. Mande ela entrar, vai.

A assistente fez sim com a cabeça e saiu. Um minuto depois, Rachel entrou na sala. Usava um vestido tomara que caia, cabelos presos num rabo de cavalo e sandálias de dedo.

No braço, uma bolsa de praia enorme, sem contar chapéu e óculos escuros sobre a testa.

— *Mummy*, oi.

— O que deu em você? Que mania é essa de ter chiliques?

— Não tive nada. O problema é ser atendida na recepção por aquela *negrinha* — Rachel fez uma careta. — Onde pensa que está com a cabeça?

— Não entendi o comentário. A mim, parece um comentário idiota.

— Bem, *mummy*, sabe que eu não tolero gente de cor. Se nasci branca, é porque tenho de conviver somente com pessoas de pele branca. Não gosto dessa mistura de raças, como ocorre neste país. Um horror!

Dorothy levantou-se e aproximou-se de Rachel. Com o dedo em riste, disse, indignada:

— Não sei o que seu pai lhe ensinou, mas percebo que não lhe mostrou como respeitar as diferenças, que somos todos, neste planeta, pessoas. Apenas pessoas. A cor da pele é só uma característica, mais nada. Comporta-se como pessoa ignorante. Aliás, todo preconceituoso, para mim, é ignorante.

Rachel respirou fundo e prosseguiu:

— É meu direito não gostar dessa gente.

— É meu direito pedir para você se retirar daqui, agora. Não tolero gente estúpida e atrasada.

— Está me confundindo com um negro. Daqui a pouco, talvez seja capaz de se separar de Nelson e... — ela levou o dedo ao queixo e tornou — ... amancebar-se com um escurinho. Isso não vou tolerar, além do mais...

O tapa veio de supetão. Dorothy encheu a mão e acertou em cheio o rosto da filha, impedindo-a de proferir mais asneiras. Rachel levou a mão ao rosto e afastou-se, incrédula:

— Nunca encostou o dedo em mim. Como pode?

— Não sou a favor da violência, contudo, você deveria ter levado uma boa surra quando começou a falar esse monte de besteiras. Eu cortaria o mal pela raiz.

Os olhos de Rachel estavam cobertos de cólera.

— Vai se ver comigo.

— Juro que deveria haver leis que impedissem ou que punissem pessoas como você, que só fazem mal ao convívio humano.

— Não há lei. Eu falo o que quiser.

— Não é bem assim. Você pode escolher, sim, o que dizer, à vontade. No entanto, terá de arcar com as consequências de suas escolhas. Todo mundo tem de acertar contas com a vida, uma hora ou outra.

Ela gargalhou.

— Acerto de contas? Fala sério! Neste mundo não existe acerto nenhum. E, além do mais, sou capaz de difamar sua imagem no mercado apenas para ver suas vendas sofrerem abalo.

— É uma ameaça? Eu pago um profissional para atestar que é doente da cabeça. Eu a interno num sanatório. E a sociedade se livra de um ser preconceituoso e atrasado como você. Aliás, eu a transformo em uma pária da sociedade.

— Está bem. Chega. Não vou mais brigar. Não vim aqui para falar sobre raça — e mudou o tom: — Afinal de contas, que história é essa de bloqueio das minhas contas? Acabei de chegar do banco e a transferência do exterior não veio. Quase bati na gerente.

— Você não tem modos. Parece um animal não domesticado. Não sei o que seu pai fez com você esses anos todos, mas modos não lhe deu.

Rachel fez um muxoxo.

— Não foi o que perguntei, no entanto, como quero ficar em paz, vou responder o seguinte: meu pai, ao menos, me deu carinho e amor, algo que você não soube me dar.

— Sempre a tratei muito bem. Não cobre de mim o que não tenho a oferecer.

Rachel a encarou com desdém.

— Se fosse possível escolher a mãe, você jamais estaria na minha lista. Enfim, creio que estamos empatadas no quesito "gostar".

— Não. Você não gosta de mim. É diferente. Eu gosto. Só não a amo como você idealizou. E também não imagino as ideias que seu pai colocou na sua cabeça a meu respeito.

— As piores possíveis, pode ter certeza. Não só ele, como alguns parentes com os quais tive contato em nossa terra natal. — Ela balançou a cabeça num gesto gracioso, movendo o rabo de cavalo, e tornou: — Não vim também para fazer terapia de família. Quero saber o porquê de minha remessa não ter chegado. Pode verificar isso agora com o banco?

— Isso é uma ordem?

— Entenda como quiser.

Dorothy meneou a cabeça de forma negativa, soltando um longo suspiro. Novamente encostou o dedo no nariz da filha:

— Escute aqui. Você já recebeu, semana passada, o dinheiro do mês.

— Acabou. Liguei para os administradores do fundo e exigi que enviassem uma quantia extra. Descontando a burocracia tupiniquim, deveria chegar entre ontem e hoje. Não chegou. Infelizmente, preciso da sua ajuda.

— O dinheiro só sai uma vez por mês. Nem mais, nem menos. É regra do fundo fiduciário. Vai ser assim até você morrer, daqui a muitos anos, solteira, casada, viúva, com ou sem filhos.

Rachel sentiu o sangue subir pelas faces.

— Isso não pode! Eu sou rica! Podre de rica! Não posso viver com essa merreca que pinga mensalmente na minha conta. Chega a ser cruel!

Dorothy riu.

— Você é patética. Uma garota mimada, que nunca fez nada na vida e não sabe valorizar nada, tampouco dar valor a nada nem ninguém. Pelo contrário, é racista, preconceituosa, estúpida. Por isso acredita que deva ser tratada como a rainha de Sabá.

— Rainha de onde?

— Além do mais, é burra. Não estudou, não aproveitou as benesses do dinheiro, não correu o mundo e absorveu conhecimento. Só quis saber de farras, sexo, cigarro e vai saber quais outras drogas experimentou. Nem quero saber. E tem mais. Tem essa doença nova na praça, matando um monte de gente. Tome cuidado com quem você se deita.

— Ela mata só os gays. Estou livre dessa praga.

— Vai nessa. Quero ver você se deitar com um bissexual.

— Você tirou o dia para tentar acabar comigo, mas não vai conseguir. Eu quero meu dinheiro. Sou rica, já disse. Posso tudo.

Dorothy levou o dedo em riste mais uma vez:

— Escute aqui, garota! Você nunca suou uma gota para fazer nada ou ganhar um dólar sequer. É um dinheiro ganho com muito suor, trabalho. Não vai ser gasto por uma dondoca doidivanas e amoral que pensa ser o centro do universo. Como se diz aqui neste país, você precisa comer o pão que o diabo amassou para ver se cresce.

Rachel fez cara de interrogação.

— Se não entendeu, não interessa — concluiu Dorothy.

Em seguida, seguiu-se um bate-boca em inglês, pesadíssimo, com agressões verbais as mais diversas. Dorothy voltou até sua mesa, abriu uma das gavetas, tirou uma nota de cem dólares e a entregou para a filha:

— Aqui está. É o que tem para trocar em uma casa de câmbio e se virar até o fim do mês.

— Que absurdo!

— Já lhe ofereci emprego, não quis.

— Trabalhar com você e a branquela da Debora? Nunca. Compartilhar espaço com aquela negrinha da recepção? Jamais.

— Se esse é seu problema, vá arrumar emprego em outro lugar.

— Já disse, sou rica.

— Então vá caçar um marido rico, pentear macacos, sei lá.

Foi empurrando a filha até a porta e, ao fechá-la e ficar sozinha em sua sala, Dorothy disse para si:

— Meu Deus! Rachel não tem freio. Onde essa menina vai parar?

❋

Rachel passou pela saleta da secretária-assistente, aproveitou que a moça estava entretida ao telefone, olhou ao redor, viu um cinzeiro de murano sobre o aparador e o apanhou.

A moça viu, tapou o bocal do telefone e alertou:

— Ei. Não pode levar nada daqui. O que está fazendo não é correto e...

Rachel fez um sinal com as mãos para a moça parar de falar.

— Cale a boca, escurinha. E, já que *mummy* me mandou pentear macacos, bem, se eu tivesse uma escova aqui na bolsa, até me sentaria ao seu lado para penteá-la. Mas não tenho estômago.

— O que está dizendo?

— Nada — e começou a falar em inglês, enquanto saía: — A jararaca tem bom gosto. Isso deve valer um dinheirinho. Vou vender na praia, inventar que trouxe de uma viagem que fiz à Itália, blá-blá-blá...

Colocou-o dentro da enorme bolsa e ganhou a rua, andou umas quadras e ficou pensativa sobre onde iria trocar a nota.

— Tem uma casa de câmbio logo ali na Visconde de Pirajá, só que a atendente é mulatinha e... — bum! Deu um esbarrão no rapaz que vinha no sentido oposto. Ela quase foi ao chão.

Irritada, ajeitou-se e bradou:

— É cego?

Ele, de pavio curtinho, replicou:

— Não tem noção de espaço? Acordou de bode?

— Sai pra lá, *mother*... — e soltou um palavrão em inglês que Maurício entendeu muito bem.

Ele ia revidar, mas ela saiu apressada e, dois passos depois, deu um grito:

— Minha bolsa! Aquele negrinho safado pegou a minha bolsa!

Maurício, num átimo de segundo, correu na direção em que Rachel apontou. Conseguiu alcançar o menino, tomou a bolsa das mãos dele. O rapazinho sumiu no meio da multidão.

Maurício rodou nos calcanhares e alcançou Rachel, que dava chiliques no meio da calçada, nervosíssima.

— É a bolsa. Consegui pegar de volta. Veja aí se está tudo em ordem.

Ela, sem graça, foi se acalmando. Conferiu.

— Está. Ainda bem. Aqui está a minha vida. — Referia-se ao cinzeiro e à nota de cem dólares, obviamente. E, agora agradecida, sorriu e se apresentou: — Obrigada, me chamo Rachel.

— Maurício. Pelo jeito é gringa.

— O quê?

— Estrangeira. É turista?

— Ah, não. Sou filha de norte-americana com brasileiro. Vivi quase toda a vida nos Estados Unidos. Meu pai morreu e vim para cá, viver com minha mãe.

— Ué! Sua mãe não é norte-americana e seu pai brasileiro?

— Sim.

— Por seu pai ser brasileiro, ao morrer, você deveria morar com sua mãe, norte-americana. Então, seria nos Estados Unidos.

Ela balançou a cabeça, movendo o rabo de cavalo com graça.

— Meu pai se mudou solteiro para lá, casou-se com minha mãe, depois eles se separaram e ela veio morar aqui. Uma longa história.

— Quase não tem sotaque.

— Meu pai fez questão de me ensinar o português. *Hablo muy bien*.

— Está falando em espanhol — ele riu.

— Faço isso para irritar as pessoas, principalmente minha mãe. — Ela consultou o relógio e perguntou: — Está indo para onde?

— Ia tomar um suco e encontrar amigos na praia.

— Eu preciso ir a uma casa de câmbio. Depois que me salvou do negrinho desalmado...

Maurício a corrigiu:

— Trombadinha. É o nome que damos a esses garotos sem eira nem beira.

— Que seja. Tenho de trocar uma nota de dólar. — Ela o mirou e sentiu que Maurício tinha algo semelhante a ela, talvez no modo de pensar, de ser, de agir, e indagou: — Conhece bastante gente na praia?

— Tenho um bom círculo de amigos. Por quê?

Ela tirou o cinzeiro da bolsa e mostrou a ele.

— Trouxe isso da minha última viagem à Europa e gostaria de vendê-lo. Sabe se alguém se interessaria?

Ele riu alto.

— Sei. Isso veio de uma viagem da Europa. Assim, na sua bolsa?

— É.

— Um cinzeiro com esse peso? Eu te manjo, gata.

— Uma viagem recente que fiz com papai antes de ele falecer, coitado.

— De onde pegou esse cinzeiro? Vai, me diz. Vamos até a outra esquina. Lá tem uma casa de câmbio. Me conta um pouco de você e eu conto um pouco de mim. Acho que vamos nos dar bem, ser bons amigos.

— Sabe que também sinto isso? É — tornou Rachel, sorridente. — Vamos nos dar bem.

CAPÍTULO 40

Sílvia terminou o banho e foi até o guarda-roupa escolher o vestido que usaria para a reunião na casa de Leocádia. O dia tinha sido difícil. Trabalhara no mercado, saíra um pouco mais cedo e fora visitar a mãe. Era-lhe muito difícil ver Eustáquia naquele estado dementado.

Uma mulher que trabalhara tanto, quase a vida toda, e agora terminava assim, sem noção de nada à sua volta. Era muito triste.

Ao mesmo tempo, momentos da reunião que tivera, meses atrás, em que Olavo se manifestara por meio de sua filha, deixaram-na bastante abalada. Sílvia jamais poderia supor que Olavo houvesse morrido.

— Meu Deus! De que será que ele morreu? Como? Quando?

As perguntas borbulhavam em sua mente. Desde aquela noite, não conseguia tirar Olavo do pensamento. Era um misto de remorso com raiva e saudade, não saberia explicar bem o sentimento. Porque, quando o espírito dele se apresentou e ela teve certeza de que era o antigo noivo, tomou um susto.

Primeiro, por saber que Olavo estava morto. Segundo, porque ele vinha pedir seu perdão.

— Ele me ama de verdade. Sempre me amou. — Uma lágrima escorreu pelo canto do olho. — Contudo, a vida me deu a terna presença de Ivan. Não digo que o ame com todas as minhas forças, mas é um excelente companheiro. Não podia ter sido mais feliz. É o companheiro possível, que pôde dar o que eu precisava, no momento certo, na hora certa. Isso é o que conta. Criou meu filho como se fosse dele, me deu Clarice. Não consigo ver minha vida sem Ivan e meus filhos. Minha família é esta! — ela afirmou, afastando os demais pensamentos com um gesto de mãos sobre a cabeça.

Terminou de se arrumar e, enquanto passava delicado perfume no pescoço, colo e pulsos, o telefone tocou. Era Fernando lhe contando as últimas novidades. Estava morrendo de saudades do filho.

— Está se alimentando? Não está dando trabalho aos seus tios? Tem certeza de que não quer voltar? Vai mesmo procurar trabalho no Rio?

Eram tantas as perguntas que, em determinado momento, Fernando precisou inventar uma desculpa qualquer e desligar.

Sílvia sentiu o peito oprimido:

— Meu menino está distante. Cada vez mais distante. Ele é o único elo que me liga, verdadeiramente, a Olavo. Olavo está morto. Fernando, talvez, não more mais perto de mim. Meus dois amores se foram...

Clarice entrou no quarto.

— Oi, mãe. Acabei de chegar. O que foi que disse? Meus dois amores se foram?

Cumprimentaram-se e Sílvia tentou ocultar o que sentia. Mudou completamente o jeito de falar e, abatida, comentou:

— Hoje fui visitar mamãe. Ela está tão alheia, não me reconhece. Perdi meu pai há alguns anos e agora minha mãe se foi. Viva, mas já se foi.

Clarice a abraçou com carinho.

— Vovó perdeu o gosto pela vida. Seu espírito recusou-se a continuar experimentando os desafios do dia a dia com alegria, coragem e determinação. Em vez disso, preferiu esconder-se. Infelizmente, o corpo físico dela era e ainda é forte o suficiente para sobreviver. Enquanto a máquina física respirar, dona Eustáquia vai viver entre nós.

— Que final de vida mais triste!

— É um modo de ver. Não deixa de ser um bom aprendizado para o espírito. Embora o cérebro esteja se deteriorando, o espírito, cansado de tanto fazer tudo para os outros, cobrar-se, exigir-se demais, para um pouco de se atormentar, dando uma trégua.

— Não entendi.

— Vovó sempre foi uma mulher que trabalhou muito, fez tudo pela família.

— Sim. Não tenho o que reclamar dela. Nunca deixou faltar nada em casa.

— Ela fez tudo para você, para a casa, para os outros, para vovô, para o mercado. Não fez nada para ela. Não me lembro de ter ido uma vez sequer para a praia.

— Tinha de tomar conta do mercado.

— O trabalho deve ser realizado com prazer, moderação e alegria. Não podemos ser escravos do trabalho. Vovó vivia para o mercado, para as coisas do vovô, porque não podia faltar nada para ele nem para as coisas da casa. Nunca cuidou dela, do bem-estar dela, do corpo, da saúde. Nunca a vi fazer um programa cultural, um passeio, uma viagem. Ela nunca fez nada "para ela". Entende?

— Começo a compreender.

— O espírito, cansado de dar toques, mostrar a ela que tinha necessidades, que a alma dela precisava de cuidados, de carinho, de atenção, decidiu freá-la. É como se dissesse: "Chega, não aguento mais. Você não me dá atenção. Então, não vai ter mais condições de dar atenção a nada nem a ninguém, vai perder a atenção, a noção das coisas, o senso de tudo". E foi o que aconteceu.

— O médico disse que é genético. Não quero terminar assim.

— Somos capazes de fazer milagres com nosso corpo. Temos uma capacidade fantástica de mudar nossas crenças e atitudes. Ao fazer tais mudanças, nosso corpo também muda. E a genética acompanha. De mais a mais, essas mudanças ajudam a mudar a maneira de morrer. Se você mudar seu modo de ser, se der mais atenção, cuidar mais de si, muito difícil será ficar doente. E, se ficar, com certeza não será esta doença que vovó, infelizmente, acabou adquirindo, porque estará cuidando de você. Percebe?

— Vou cuidar mais de mim.

— Deixe seu filho viver a vida dele. Fernando é adulto, tem responsabilidade. Eu também me formei, vou ser promovida no estágio. Está tudo bem. Você precisa cuidar do seu bem-estar.

— Sinto obrigação de ajudar seu tio no mercado. Afinal, o estabelecimento é da nossa família.

— Você gosta de trabalhar com tio Jamil?

— Não sei. Nunca me fiz esta pergunta. Sempre trabalhei porque achava que tinha de ocupar o lugar vago por Soraia quando se mudou. Por outro lado, também nunca quis depender do dinheiro do seu pai.

— Pois creio que está na hora de pensar no que deseja da vida. Não acredito que aquela sessão da qual participei tenha sido à toa.

— Como assim?

— Um espírito vem do nada e lhe pede perdão? Isso mexe com a gente, mãe! Não mexeu com você?

Sílvia sentiu um tremor pelo corpo, mas disfarçou.

— Claro que mexeu. Porém, são águas passadas. O passado se foi, ficou lá atrás, onde pertence. Eu o perdoei. Está tudo certo.

Clarice aproximou-se e abraçou-a novamente.

— Eu sei que há mais coisas que, por ora, não quer me revelar.

— Por que diz isso?

— Porque, quando estava incorporada, senti muito amor vindo daquele espírito. Ele a ama muito. Estava arrependido, como se quisesse fazer um acerto de contas e seguir em paz. Deve ter havido algo muito forte entre vocês, mas não me interessa. Quero apenas que você viva bem consigo mesma. Tem muita coisa boa para fazer na vida, mãe.

— Você tem razão. Preciso repensar muitas coisas.

O telefone tocou novamente. Era Edwiges, a enfermeira. Eustáquia havia sofrido um ataque cardíaco. Tinha acabado de falecer.

⁂

No hospital, Ivan preparava-se para mais um parto. Centenas de crianças tinham vindo ao mundo por meio de suas mãos. Já tinha passado por situações de risco, partos complicadíssimos, mas ele sempre levava a melhor. Sempre. Como costumava dizer ao seu time de assistentes, eles eram mais espertos que Deus.

Naquela noite, tudo corria bem. Havia dois partos programados. O de Laura e de Claudia. As duas tiveram uma gestação excelente, nenhum problema que suscitasse alguma atenção especial na hora de realizarem o parto.

Como era costume nessa época, as duas optaram por realizar o parto cesariano. Laura iria para a sala de cirurgia às cinco da tarde, e Claudia, às sete da noite. Depois, Ivan deixaria o hospital e seguiria para casa.

— Quero chegar a minha casa e descansar. Hoje foi um dia cansativo — disse para si, depois de olhar para o relógio e se preparar para o primeiro parto.

Tudo correu bem. Laura deu à luz uma menina rechonchuda e cabeluda. A equipe médica o parabenizou, ele se sentiu o deus de sempre e foi para a sala dos médicos dar uma descansada.

Às sete, novamente estava na sala de cirurgia e Claudia entrou. Da maca, olhou para ele e pediu:

— Doutor, salve o meu filho. Por favor.

— Que é isso, Claudia?

— Promete? Só quero que me prometa. Salve-o.

— Você está ótima. Exames ótimos. De onde tirou essa ideia mórbida?

— Sou espírita. Sonhei com minha mãe, já desencarnada, quer dizer, falecida, para quem não é familiarizado com a doutrina.

— E o que tem?

— No sonho, ela me tranquilizou, disse que minha hora aqui no mundo está se findando. Meu objetivo, nesta vida, era superar alguns desafios, reconciliar-me com meu atual marido e dar à luz esse menino. Ele vai ser bem-criado. Tomás vai ficar abalado, mas daqui a seis meses, no máximo, vai se casar com minha irmã. Estava tudo programado no astral.

— Que ideia mais estapafúrdia, Claudia! Devem tê-la medicado. Não diz coisa com coisa.

Ela agarrou o braço dele com força e, encarando-o, disse:

— Minha irmã vai criar meu filho, do mesmo modo que você criou o filho de outro. Afinal, não é o laço de sangue que conta, mas o amor que desenvolvemos por aqueles que criamos.

Ivan arregalou os olhos e quase teve um ataque apoplético. A saliva sumiu e ele não teve articulação. Como Claudia pôde saber tamanha intimidade? Como pôde dizer-lhe na cara algo que ninguém sabia, somente sua esposa e, quiçá, os cunhados? Ele começou a tremer.

Antes de voltar ao normal, Claudia sorriu e beijou sua mão. Uma enfermeira surgiu e, juntamente com um atendente, começou a empurrar a maca até a mesa cirúrgica. Logo, Claudia estava anestesiada e Ivan, um tanto alheio. Um dos assistentes perguntou:

— Podemos iniciar os procedimentos, doutor?

— Sim. — Ele passou as mãos pela testa, como a espantar os pensamentos, e começaram a cesárea.

Tudo foi muito rápido. Em alguns minutos, a pressão de Claudia baixou, ela teve uma parada cardíaca. Enquanto Ivan retirava o bebê de sua barriga, estavam ali na sala mais dois médicos, tentando, inutilmente, reanimá-la.

A enfermeira pegou o bebê nos braços, levou-o até a incubadora. Os assistentes ficaram desolados. Ivan, em estado de choque. Deus o havia vencido.

CAPÍTULO 41

Micaela era uma mulher mais simpática que bonita. Carregava sempre um sorriso nos lábios, era muito alto-astral. Formada em Jornalismo, trabalhara nas redações de importantes jornais do Rio.

Na época da ditadura, por conta de matérias contrárias ao regime vigente, fora presa, interrogada e, por intermédio da ajuda de Paulo, três dias depois de presa foi liberada, sem maiores esclarecimentos.

Depois disso, mudou de vida. Rapou o pouco dinheiro que tinha acumulado na poupança ao longo de alguns anos de trabalho e rumou para Londres, destino de nove entre dez jovens brasileiros no início dos anos 1970. Ela se envolveu com um artista plástico, percebeu que tinha jeito com artesanato e passou a confeccionar bolsas com sobras de tecidos, brim, retalhos os mais diversos.

Voltou ao Brasil, passou a vender uma ou outra peça para amigos na praia. O boca a boca se espalhou, ela ganhou fama, montou um ateliê em Ipanema e confeccionava suas bolsas e outros acessórios femininos. Muito articulada, conhecia um monte de gente e fora apresentada a Dorothy em um dos eventos promovidos por Zuzu Angel.

A morte da estilista, ocasionada por um acidente suspeitíssimo — Zuzu batia de frente com os militares, pois seu filho Stuart fora morto nos porões da ditadura —, fez com que Micaela e Dorothy se aproximassem e se tornassem grandes amigas.

Micaela, vez ou outra, produzia peças para algumas coleções de Dorothy. Às vezes, passava no ateliê da amiga norte-americana, não muito longe do dela. Colocavam o papo em dia, trocavam confidências, falavam da vida.

Na hora da despedida, depois de apagar o cigarro e bebericar seu café, Micaela abriu a bolsa, tirou um envelope e disse:

— Antes que eu me esqueça, deixe-me entregar isso para você.

— O que é?

— Sei que você é amiga querida, tenho liberdade contigo. Trouxe um currículo. Para apreciação. Não tem obrigação de nada. Também não prometi nada ao rapaz.

— Pode me passar.

— É o sobrinho de um casal amigo meu. Eu sou muito grata a eles. Gosto muito do Paulo, da Soraia. E o rapaz veio de São Paulo procurar emprego no Rio. Gostei dele. Moço simpático, energia boa.

Dorothy sorriu.

— Você com suas manias. Energia boa.

— É. Ele tem. Ainda duvida, não? Já absorveu tanto da cultura brasileira, mas ainda se nega a acreditar no mundo das energias, algo tão comum para nós.

— É conversa sua, de seus amigos doidinhos da praia. Não posso acreditar em algo que não vejo.

— Mas sente. Não sente arrepio quando entra em um lugar carregado, pesado? Não abre a boca quando se aproxima de uma pessoa baixo-astral?

Dorothy ficou pensativa.

— Pode ser. Nunca prestei muita atenção a esse fato.

— Pois devia. A captação das energias é um fato, mesmo que você não acredite nelas. E funciona pela lei da atração, das afinidades. Pensou em coisas ruins, vai atrair situações e pessoas desagradáveis no seu caminho. O mesmo serve para as coisas positivas.

— Talvez precise — comentou, enquanto pegava o currículo das mãos de Micaela. — Quem sabe conhecer esse assunto me faça compreender melhor o que se passa na mente de Rachel? Não sei mais o que fazer com essa menina.

— O que tem de fazer?

— Ela não tem limites. Destratou a minha assistente por causa da cor da pele.

Micaela levou a mão à boca:

— É absurdo. Onde já se viu, em plena década de oitenta, ter preconceito?

— Pois é. Nem quero falar sobre o assunto porque me desgasta. Não consigo separar as pessoas por cor de pele, sexo, enfim, gente é gente. E essa menina insuportável vive lá em casa como se fosse um hotel. Não consigo domá-la.

— Imponha suas regras.

— Faço o que posso. Ela me enfrenta.

— Enfrente-a também.

— Não quero partir para agressão, Micaela.

— Não estou me referindo a isso. Também não creio que agressão seja a solução. Mas você precisa se impor. Você é a dona da casa. Se Olavo a educou de uma maneira solta e inconsequente, não é problema seu.

— Às vezes, sinto uma pequena ponta de remorso. Quando saí de casa, anos atrás, algo muito maior me impediu de levá-la comigo. Eu não tinha condições emocionais. Nunca tive muito apreço por Rachel.

— Não sou mãe, não posso me meter no assunto. Sempre afirmam que uma mãe ama igualmente seus filhos.

— Mentira! — exclamou Dorothy. — Uma grande mentira. Nascem do mesmo ventre, mas têm temperamentos diferentes. Logo, há mais ou menos afinidades com um ou com outro. Não existe amor "igual". Parecido, sim. Mas igual, nunca.

— Você e Rachel devem ter enrosco de outras vidas.

Dorothy fez uma careta.

— Bobagem.

— Acredito totalmente nisso. Como explicar as diferenças de etnia, cor, sexo, orientação sexual, condições sociais, mortes prematuras, enfim, o jeito de viver e de morrer de cada ser neste planeta? Ninguém nasce, vive e morre da mesma forma. Todos nós somos únicos, riquíssimos em experiências, desde o mais ignorante ao mais sábio, do mais miserável ao mais rico, do mais bruto ao mais sensível. Se, ao morrer, tudo acaba, o ser humano se transforma em pó, e sua consciência se desmancha e desvanece, de que adianta ter passado por experiências, chorado, sofrido, amado, ter tido alegrias, momentos de felicidade, de tristeza... Qual seria o objetivo de um indivíduo viver apenas um ano e outro viver mais de noventa? Não haveria coerência.

— Não há justiça no mundo. Muito pelo contrário. Estava lendo o jornal de hoje e, a cada página, um emaranhado de injustiças, tudo sem nexo.

— Você está presa à justiça dos homens. Estou falando da justiça divina, das leis universais, do que faz com que eu e você estejamos aqui, neste momento, conversando, enquanto o planeta gira em uma velocidade absurda em torno do Sol. Nada sentimos, parece que tudo está parado, que a Terra não se mexe.

— Isso é. Nunca pensei dessa forma. Para mim, a vida sempre foi nascimento e morte. Ponto-final.

— Acredita que seu pai, por exemplo, homem dotado de extrema inteligência, não esteja, em consciência, em outra dimensão?

— Já sonhei com ele. Algumas vezes — tornou Dorothy, um pouco emocionada. — Nos momentos mais difíceis, ele sempre me aparece em sonho e me acalma.

— Porque a morte do corpo físico é somente uma transformação, uma passagem de um mundo para outro. Continuamos vivos, porque nosso espírito é eterno e todos nós estamos aqui para acertar contas, seja com os outros, seja com nossa consciência.

— Impressionante — surpreendeu-se Dorothy. — Tive uma discussão séria com Rachel outro dia e lhe disse que ninguém fica impune na vida, que teria contas a acertar.

— Viu só? Você tem uma mente espírita e nem sabia.

Dorothy sorriu.

— Você tem um jeito peculiar de encarar a vida. Começamos o dia falando de nossa vida, tomamos café, entregou-me um currículo e, de energias, agora estamos falando de vida após a morte. Está demais da conta para mim.

As duas riram e Micaela redarguiu:

— Tem razão. Fomos de oito a oitenta em um passe de mágica. — Ela consultou o relógio e considerou: — Preciso ir. Tenho uma cliente logo mais.

Despediram-se e, depois de sentar-se e redigir um memorando na máquina de escrever, Dorothy leu o currículo de Fernando.

— Hum, interessante. Já declinei três candidatos ao posto de gerente para a loja de Ipanema. Aliás, aquela loja sempre me deu trabalho e trouxe problemas. Será que esse rapaz se sujeitaria a trabalhar em outro segmento? Vou chamá-lo para uma entrevista.

⁂

Quando Fernando entrou na salinha de Dorothy, ela levou a mão ao peito. Num primeiro momento, teve a nítida sensação de aquele rapaz ser uma espécie de Olavo repaginado, um pouco mais magro talvez, contudo, muito semelhante ao seu ex-marido quando o conhecera, anos atrás.

— Não pode ser. Olavo não tinha parentes. Só uma tia solteira. O sobrenome dele vinha do tio inglês, Adams. Havia um Sousa no meio — sibilou Dorothy, enquanto verificava o currículo e checava o nome completo de Fernando. — O sobrenome não bate com o de Olavo. Só pode ser paranoia minha.

Fernando sorriu e segredou:

— Confesso nunca ter trabalhado no ramo de confecção.

— Embora o ramo seja diferente daquele com o qual está acostumado, a área administrativo-financeira é praticamente a mesma. Não muda muita coisa.

— A senhora tem razão.

— Senhora, não. Por favor. Deixemos os formalismos de lado. Dorothy. Somente o nome.

— Tem acentuado sotaque.

— Sou norte-americana.

— Fala muito bem o português.

— Meu ex-marido era brasileiro. O atual também é brasileiro. — Ela aproveitou a deixa e indagou: — Já viveu no exterior? Tem parentes estrangeiros?

Fernando moveu a cabeça para os lados:

— Nunca fui ao exterior. Tenho muita vontade de ir. Quem sabe, um dia. Adoraria conhecer os Estados Unidos.

— Um belo país — ela ajuntou.

— Tenho certeza de que vou gostar. Quero subir no topo do Empire State, em Nova York.

— Há prédios mais modernos e mais altos.

Ele concordou e redarguiu:

— Sou nostálgico. Quando garoto, assisti a um filme, *Tarde demais para esquecer*, em que o personagem interpretado por Cary Grant marca um encontro com Deborah Kerr no terraço do edifício. Ela não aparece, ele fica desapontado e, tempos depois, ao reencontrá-la, descobre que ela não foi ao encontro porque sofrera um acidente naquele dia e perdera o movimento das pernas.

— É um lindo filme. *An affair to remember*. Eu tinha acabado de me casar quando ele foi lançado nos cinemas.

— É também o filme preferido de minha mãe. Ela diz que o viu enquanto estava grávida de mim.

— Observei no currículo que você nasceu em abril de 1958.

— Sim. E, em relação à outra pergunta, minha avó, por parte de mãe — ele embargou a voz e pigarreou —, desculpe-me, ela faleceu faz três semanas, era filha de italianos e meu avô era libanês. Da parte de meu pai não sei ao certo, creio que espanhóis.

— O seu pai é vivo? — Ela estava interessadíssima.

— Sim. Meu pai está vivinho! E minha mãe também, graças a Deus.

— E o que seu pai faz?

— Ele é médico. Minha mãe trabalha no mercado que já é da família faz anos. Tenho também uma irmã mais nova, enfermeira.

A conversa fluiu de maneira agradável. Dorothy simpatizou bastante com o rapaz. Independentemente de ficar impressionada com a semelhança física entre ele e Olavo, contratou Fernando para ser o gerente da loja de Ipanema.

CAPÍTULO 42

Fernando não cabia em si, tamanho o contentamento. Também pudera. Passara por um período difícil. O dinheiro da rescisão estava chegando ao fim e ele não queria depender de ninguém. Ivan havia lhe proposto um empréstimo caso um novo emprego não surgisse, mas Fernando relutava em aceitar. Nunca dependera do pai. Por que iria depender agora, adulto, formado, com experiência?

Enfim, depois de passar por algumas entrevistas de emprego no Rio, veio a morte de Eustáquia. Ele, os tios mais Maurício, muito a contragosto, cabe ressaltar, viajaram de carro para São Paulo. Ficaram três dias, dando conforto a Jamil e, principalmente, consolando Sílvia.

Fernando aproveitou o último dia para distribuir alguns currículos na capital paulista e, depois de matar as saudades da família, retornou ao Rio com os tios e o primo. Poucas semanas depois da morte da avó, parecia que uma maré de sorte, bons ventos lhe sopravam novamente.

Ligou para os pais e contou a novidade. Sílvia, um tanto apática, ainda enlutada pela morte da mãe, parabenizou o filho e, novamente, sentiu aquele aperto no peito. Tinha certeza de que, agora, Fernando não mais voltaria para casa.

Ivan também congratulou o filho, sem muito entusiasmo. Depois do incidente no hospital, passou a questionar Deus, a vida, a morte. Queria retomar os estudos espirituais. Tinha muita vontade de conversar com Leocádia, comprar livros sobre vida após a morte, filosóficos, que também tratassem sobre reencarnação.

A morte de Claudia durante a cesárea, a conversa que ela tivera com ele antes de iniciarem os procedimentos cirúrgicos, tudo o deixara perplexo. Depois, tivera de encarar e dar a triste notícia ao marido dela. Outro golpe duríssimo. Não tinha sido fácil. Por conta de tudo, Ivan estava muito sensível naquelas últimas semanas.

Fernando desligou o telefone e abraçou novamente a tia.

— Não deveria comemorar com tanta efusividade. Afinal, nem faz um mês que vovó morreu.

Soraia passou a mão pelos cabelos dele com carinho.

— Meu amor, não se martirize. Dona Eustáquia estava doentinha havia alguns anos. A morte dela era só uma questão de tempo. De mais a mais, a morte é um processo natural, faz parte. Todos nós vamos morrer um dia, eu, você, seu tio, seu primo, seus pais. Tudo no planeta nasce, vive e morre num tempo determinado. Não deixe a tristeza contaminá-lo.

— Pelo jeito, voltou a estudar o Espiritismo.

— A espiritualidade como um todo. Os livros de Kardec me ajudam bastante, mas quero ampliar ainda mais meu conhecimento sobre as questões espirituais. Não quero mais perder a cabeça por causa do Maurício. Tenho aprendido que eu sou eu, e ele é ele.

— E precisou estudar tanto para chegar a uma conclusão tão óbvia, tia?

— Pois é. O fato é que ele é meu filho. Quando o assunto é entre mãe e filho, a coisa se complica, sabe? A gente mistura tudo, todas as emoções, os sentimentos. Vivemos as emoções de nossos filhos, queremos que eles sejam o que achamos que seja melhor para eles, dentro do nosso conceito de "bom". E, muitas vezes, o que desejamos não tem nada a ver com os gostos e anseios de nossos filhos.

— Entendo um pouco. Meu pai quis que eu seguisse medicina. Lutei muito para me impor e seguir outra carreira, porque nunca gostei de nada ligado à área médica. Creio que hoje ele entenda melhor a minha escolha, porque somos diferentes.

— Isso. Somos diferentes. Não é porque somos pais e filhos que devemos ser iguais. Somos semelhantes, pensamos de forma parecida, mas somos indivíduos, únicos. Devemos respeitar e enaltecer as diferenças, jamais tolhê-las.

— E no que tudo isso a tem ajudado em relação ao Maurício?

Soraia suspirou.

— Eu gostaria que ele fosse como você. Que estudasse, trabalhasse, seguisse uma carreira, tivesse um rumo na vida. Mas ele é ele, tem o jeito dele, foi criado de maneira solta, irresponsável, tornou-se rebelde, acredita ser superior aos demais mortais do mundo porque é bonito, tem um corpo que chama a atenção. Ele tem outros valores e, sei, vai se machucar muito por conta dessas ilusões. Porque prender-se à beleza, vaidade, julgar-se melhor que os outros ou superior a eles só cria mais ilusões e, quando a pessoa percebe, está patinando em um lamaçal, porque só a desilusão é capaz de trazê-la de volta à realidade.

— O que quer dizer, tia? — O rosto de Fernando carregava um ponto de interrogação.

— Seu primo vai sofrer muito para se tornar uma pessoa de bem. E eu não poderei evitar que ele sofra.

— Não está sendo dramática?

— Não. Maurício não respeita nada nem ninguém. Quem age assim desrespeita a vida. E a vida responde na mesma moeda. Ela, a vida, sempre vai exigir um ajuste de contas, mais cedo ou mais tarde.

Fernando sentiu um calafrio. No mesmo instante, Maurício entrou em casa carregando sua prancha, como de hábito. Esparramou areia pelo corredor, jogou a prancha de qualquer jeito na área de serviço, entrou na sala e jogou-se no sofá, com o calção molhado.

Soraia respirou e soltou o ar três vezes, levantou-se e foi para a cozinha.

— Vou fazer um suco, Fernando. Já trago.

— Também quero, mãe — pediu Maurício.

Ela nada disse. Foi para a cozinha e Fernando falou:

— Estou muito contente.

— É? O que foi? Viu passarinho verde?

— Não. Arrumei emprego.

Maurício fez um gesto vago com a mão e, sem olhar para o primo, mirando o controle remoto em direção à tevê e mudando os canais, indagou:

— Nossa! E está feliz por ter arrumado um emprego? Ficar enfurnado num escritório, de terno e gravata, ainda mais em uma cidade quente como o Rio? Eu passo.

Soraia voltou à sala trazendo uma bandeja com uma jarra e copos. Serviu Fernando. Depois, sentou-se e bebericou seu suco. Maurício a encarou sério:

— Não vai me servir?

— Não. Fiz o suco para o seu primo.

Ele a fuzilou com os olhos. Levantou-se e apanhou um copo. Depois se serviu.

— Não custava nada me servir.

— Você tem dois braços, duas pernas. Pode se movimentar.

— Fernando também — ele retrucou.

Ela fez que não ouviu e deu continuidade:

— Seu primo vai trabalhar como gerente de uma das butiques mais sofisticadas do Rio.

— Butique? Isso não é coisa de mulher?

— Não — interveio Fernando. — Trabalho não é dividido por gênero, mas por competência.

— É — asseverou Soraia. — Deixe de ser machista. Que comentário mais preconceituoso! Além do mais, seu primo vai trabalhar em Ipanema, bairro que você tanto adora.

Maurício encarou Fernando de cima a baixo.

— Trabalhar em Ipanema? Fala sério?

— É. Vou trabalhar lá. O salário é tão bom que me permite alugar um apartamento. Claro que não dá para alugar em Ipanema, mas em bairro próximo. Um conhecido me indicou um dois-quartos bem em conta em São Conrado.

Maurício sentiu o sangue subir.

Então o idiota vai trabalhar em Ipanema e morar em bairro nobre? E eu vou continuar aqui na Tijuca com meus pais?, pensou, no entanto, comentou, modificando o semblante:

— Pensa em morar sozinho?

— Claro.

— Não pensa em dividir despesas?

— Nossa, seria uma coisa muito boa, porque ajudaria a economizar. Como encontrar alguém que possa dividir despesas comigo? Não conheço muita gente no Rio. Precisa ser alguém em quem eu confie.

— Pois acaba de encontrar a pessoa certa.

— Quem?

— Eu — Maurício disse, mentindo descaradamente na sequência: — Também arrumei emprego como modelo, numa agência no centro. Acho que chegou a hora de eu cortar o cordão umbilical e seguir minha vida.

Fernando ficou surpreso com a novidade. Soraia levou a mão ao peito e quase engasgou com o suco. Pressentiu cheiro de confusão no ar.

CAPÍTULO 43

Maurício pegou o telefone no corredor e o arrastou até o quarto. Trancou-se e discou. A empregada atendeu e passou para Rachel.

— Oi.

— Tudo bom, gata?

— Tudo. Mas necessitando de adrenalina. A vida anda muito chocha, como se diz.

Ele riu da maneira como ela falou e tornou:

— Tem como pegar outro cinzeiro ou objeto?

— De onde?

— Sei lá. Quando nos conhecemos, não me disse que havia pegado o cinzeiro do ateliê da sua mãe?

— Foi.

— Pois bem. Não tem mais nada de valor ali? Um vaso, um quadro, alguma coisa que possa render bom dinheiro?

— O que está pensando em fazer? — Rachel estava animada. Adorava estripulias.

— Preciso de uma grana.

— Não sei se dá para pegar coisas lá. Minha mãe tem um olho clínico. Sentiu falta do cinzeiro. Foi perguntar para a assistente e acredita que a negrinha safada deu com a língua nos dentes? Disse à minha mãe que eu o roubei.

— E não foi isso o que fez?

— Foi. Mas a negrinha não podia ficar de bico calado? Odeio essa gente.

Maurício nada disse. Embora fosse danado, ardiloso e cheio de más intenções, não era preconceituoso, não via diferença nas pessoas por conta da cor da pele. Para não dar continuidade ao discurso de Rachel, foi direto:

— Podemos bolar um assalto.

— O ateliê tem alarme. Não acho que seja um lance inteligente assaltar o espaço de trabalho de minha mãe.

— Bom...

— Eu posso levá-lo a uma festa logo mais.

— Que festa?

— Minha mãe foi convidada para uma festa, dessas com gente de grana, cheia de ricos, velhos, chatos. Eu passo longe disso, mas pensando no pouco que conheço de você e em sua necessidade de dinheiro... — Rachel levou o dedo ao queixo e depois concluiu: — A festa vai ser ideal.

— Ideal para quê?

— Para faturar, meu bem. Vou lhe apresentar umas velhas ricas e carentes. Você poderá lhes oferecer um pouco de carinho, em troca de um punhado de dinheiro. Pode ganhar bem mais do que vendendo cinzeiros ou pecinhas roubadas de ateliê. Pense grande, rapaz.

Maurício, do outro lado da linha, sentiu um friozinho no estômago, um estado de contentamento. Já estava acostumado com esse tipo de "serviço".

— Você é fantástica, Rachel! Por que não pensei em usar meu corpo de maneira profissional? Eu sou uma máquina de dinheiro!

— Já havia me dito que fez uns programinhas.

— Eu saí algumas vezes para ter dinheiro imediato, mas nunca pensei em me tornar um garoto de programa.

— Meu amigo, você pode se tornar um garoto de programa fino e sofisticado. Seu corpo atlético e bronzeado vale muito. Esse rostinho bonitinho vale bem mais que uma aplicação na poupança ou no overnight.

— Qual é o traje?

— Social despojado. Quanto mais desprendido de protocolo, mais elas gostam. Você tem bom gosto. Arrume-se e encontre-me na esquina do ateliê às oito e meia. O resto fica comigo.

— Está certo. Beijo.

Maurício desligou o telefone e suspirou, contente:

— Agora vou sair daqui deste buraco e morar na zona sul. E ainda terei chance de atrapalhar a vida do Fernando. Quanta coisa boa acontecendo ao mesmo tempo! Sou um cara de sorte!

A primeira semana de trabalho foi um tanto estafante. Fernando precisou adaptar-se à abertura e ao fechamento da loja, à contagem de dinheiro e cheques no caixa, ao controle de entrada e saída dos funcionários, monitorar o atendimento aos clientes, gerenciar estoque, atualizar-se com as informações dos seguranças à paisana nas imediações da loja. Era muita informação, novas rotinas, nova maneira de trabalhar, um outro universo para processar.

Mas ele estava indo muito bem. Dorothy passava na loja todos os dias, na hora do almoço e no fechamento. Conferia com Fernando o borderô, os valores pagos, recebidos, as contas em geral. Estava satisfeita.

Na outra semana, ela teve de fazer uma viagem com Nelson para uma das fazendas dele no interior de Goiás. Precisavam comprar e vender um lote de terras e era necessária a assinatura do casal. Dorothy aproveitou para descansar uma semana ao lado do marido e deixou o ateliê aos cuidados de Debora. Ela foi designada para passar na loja todos os dias, ao menos na hora do fechamento.

Passava das oito, os funcionários estavam se preparando para fechar o estabelecimento, quando Debora entrou. Eles a cumprimentaram e ela perguntou por Fernando. Apontaram para a saleta ao fundo da loja. Ela agradeceu, bateu na porta e entrou.

Ao vê-lo, ficou surpresa. Fernando era-lhe muito familiar. Alguém conhecido, um parente, talvez. Até lembrava seu pai, em retratos que a mãe ainda preservava do passado.

Fernando sorriu e indagou:

— Em que posso ajudá-la?

Ela gostou do sorriso e da maneira simpática com a qual ele a tratou. Sem saber que ela era filha de Dorothy, comentou:

— Vim apanhar o borderô de pagamentos.

— Ah. Sei. Você trabalha no ateliê. Dorothy me disse que estava de viagem e que... é...

— Debora.

— Isso mesmo — ele tornou. — Debora, que viria acompanhar o fechamento da loja nesta semana.

— Pois aqui estou.

— Muito prazer. Eu sou o Fernando.

— Eu sei. — Ela estendeu a mão e o cumprimentou: — Prazer. Debora.

— Sente-se. — Indicou uma cadeira ao lado dele. — Estou finalizando a contagem dos cheques.

— Estou intrigada.

— Com o quê?

— Você não tem ligação com a família de Dorothy, tem?

Ele riu. Sem saber que Debora era filha de Dorothy, disse:

— A dona da loja me perguntou isso na entrevista. Queria saber se eu tinha parentes no exterior, na América do Norte. Enfim, não sei o porquê. Será que lembro algum parente dela?

— Creio que sim.

— Você conhece bem a Dorothy?

Debora sorriu, matreira.

— Conheço muito bem. Trabalhamos juntas há anos. Você está gostando do serviço, deste emprego novo, gostou da Dorothy?

— Estou adorando. E Dorothy é a melhor chefe que tive até hoje. É firme, decidida, mas um encanto. Estou aprendendo muito com ela.

— Modéstia de sua parte dizer que está aprendendo com uma mulher. Ainda mais em uma terra em que os homens se sentem inferiorizados quando chefiados por mulheres.

— Não vejo dessa forma. Nunca separei pessoas por sexo, gênero, condição social, cor de pele. Para mim, gente é gente. O que vale é o caráter.

— Tem uma visão diferente de outros homens.

— Eu não me baseio nos outros. Eu tenho opinião própria. Aprendi que cada um tem seu jeito de ser, de se comportar. Cresci em uma família com descendentes de italianos e libaneses. Tenho um tio homossexual e não o amo menos por conta disso. Ao contrário, aprendi a respeitar e apreciar as diferenças.

Debora fora agradavelmente surpreendida. Desde que chegara ao Rio, tinha saído com um ou outro rapaz, mas nada sério. Achava-os superficiais, até tolos. As conversas giravam em torno de política — o país estava vivendo tempos de anistia —, futebol, e ela também notara que os homens tinham um olhar machista em relação à mulher. Em plena década de 1980, Debora era obrigada a escutar pérolas do tipo "quero uma esposa que cuide de mim, da casa e dos filhos", "desejo uma mulher que seja só minha e me respeite" ou um que, logo no primeiro encontro, perguntou se ela sabia lavar, passar e cozinhar. Debora não ficou sentada nem dois minutos na mesa do bar. Apanhou a bolsa e saiu rumo ao calçadão, aturdida com tamanha pergunta cretina.

E agora estava à frente de um homem bonito, aparentemente sensível, com uma conversa agradável, que pensava de maneira parecida à dela. Sorriu.

— Eu também aprendi desde cedo a apreciar e respeitar as diferenças. Minha mãe me ensinou que ninguém é mais ou menos que ninguém. As pessoas têm capacidades e habilidades distintas, apenas isso.

— Sua mãe é uma mulher sábia. Adoraria conhecê-la.

— Um dia eu o apresento a ela — riu novamente.

— Por que ri?

— Por nada. É que você se parece com meu pai quando jovem. Pena que está morto. Caso contrário, eu o traria até aqui para fazer as devidas comparações!

— Ufa! — Ele passou a mão pela testa. — Estava ficando preocupado. Imaginei que meu pai poderia ter pulado a cerca. Mas, como disse que seu pai já morreu, fico tranquilo.

— Por quê?

— Porque meu pai está mais vivo do que nunca.

— Hum. Bom, preciso pegar o borderô. — Ela consultou o relógio e considerou: — Está tarde. E estou morrendo de fome. Você tem compromisso? Mora perto?

— Não. Moro na Tijuca.

— Um pouco longe.

— A esta hora, de ônibus, não demora tanto. Estou quase fechando o aluguel de um apartamento em São Conrado. Se tudo correr bem, até semana que vem eu me instalo nele.

— Que ótimo! Então, vamos?

— Vamos. Também estou com fome.

Fernando terminou os afazeres e logo estavam sentados em charmoso restaurante nas imediações. Fernando contou sobre sua vida até chegar à operação recente para retirada do apêndice e o último emprego.

Debora, por sua vez, também discorreu sobre sua vida, desde o nascimento nos Estados Unidos, sobre o pai brasileiro, a separação dos pais, a relação boa com a mãe e sobre Rachel.

Ele enrugou a testa e espremeu os olhos:

— Ah, então você estava me testando!

— Eu?!

— Claro. A filha da dona! E eu nem percebi.

— Eu ia contar, mas a nossa conversa tomou um rumo tão agradável lá na loja. Não achei apropriado. Pelo menos, naquele momento.

— Sei, sei.

— É verdade.

Fernando pousou sua taça de vinho sobre a mesa e as costas de sua mão encostaram nas de Debora. Os dois sentiram um choquinho.

— Ui! — comentou ela. — Que coisa!

— Eletricidade pura.

— Você lembra muito o meu pai! Desculpe eu bater tanto nesta tecla. Parece obsessão, mas não é. Vou procurar uma foto dele lá em casa. Antiga. Tenho certeza de que, ao vê-la, você vai me entender.

— Se você diz, eu acredito.

— É impressionante essa semelhança!

— Há pessoas que se parecem sem ser parentes. Veja o caso de atores que se caracterizam para representar determinados personagens que marcaram a história. Quantas atrizes já fizeram Marilyn Monroe e ficaram com a "cara" dela?

— Mas foram produzidas. Você se parece naturalmente com meu pai. Sem tirar nem pôr.

— Pode ser o efeito do vinho.

— Sim, pode.

— Seu pai era de onde?

— De São Paulo. A família era metade brasileira, metade inglesa, creio. Ele foi estudar nos Estados Unidos, conheceu minha mãe, se casaram. Não se deram muito bem. Eu era muito pequena quando se divorciaram.

— Uma pena quando não conseguem levar a relação adiante.

— Criamos expectativas, queremos que a relação dure, perdure por toda uma vida, sem enxergar o fato de que tudo na vida, até nós — apontou para os dois ao mesmo tempo —, tem prazo de validade.

— Nós, seres humanos, temos prazo de validade. Mas querer determinar uma relação? É começar acreditando que ela já vai acabar. Pensar assim é meio caminho para que ela não dure.

— Engano seu — protestou Debora, bebericando seu vinho. — Os objetos têm prazo de validade, os animais, as construções, os bichos, as árvores, até as estrelas morrem. Pode acontecer de um relacionamento durar por toda uma vida? Pode. É regra que todos tenham de seguir essa linha de raciocínio, ou seja, durar para sempre? Não. Há pessoas que se dão bem convivendo com uma única outra por longos anos.

— E...? — Ele a encarou de maneira enigmática e Debora prosseguiu:

— Há pessoas, contudo, que precisam trocar mais experiências, conviver com mais pessoas, daí terem alguns relacionamentos ao longo da vida. São pessoas que precisam encontrar, digamos, vários amores.

— Tem uma maneira peculiar de enxergar a vida, os relacionamentos.

— Talvez tenha aprendido cedo demais a encarar a realidade das relações afetivas. Meus pais se separaram com poucos anos de casados, eu era muito novinha. O meu pai era mais volúvel e minha mãe era mais centrada, focada no trabalho, na realização profissional.

— Tem saudades de seu pai?

— Para ser sincera, não sei.

— Como não?

— Porque convivemos muito pouco. Eu cresci longe dele e, ao atingir a adolescência, tentei uma reaproximação, mas nos falávamos apenas duas ou três vezes ao ano, por telefone. Eu raramente o vi. Ele cuidava da minha irmã caçula. Também vivemos separadas. Agora que ele morreu, estamos tentando conviver. Rachel não é uma pessoa fácil.

— Qual era o nome do seu pai?

— Olavo.

Conversaram mais um pouco.

Depois de terminada a refeição e pedirem a conta, caminharam pelo calçadão e Debora quis levar Fernando até em casa.

— Imagine, não se dê ao trabalho.

— Por quê? Não disse que respeita as diferenças e que homens e mulheres são iguais em tudo?

— Entendi a sua jogada — ele riu.

— Quero ver se o seu discurso é da boca para fora ou se é para valer. Essa será sua prova de fogo. Então, venha, meu carro está estacionado logo ali, do outro lado da calçada do ateliê.

Entraram, Debora deu partida e foram trocando impressões sobre a cidade, a vida, sobre eles mesmos, até chegarem à Tijuca. Assim que ele desceu do carro, despediram-se com um beijo no rosto.

Fernando entrou no predinho dos tios com o coração leve, sorriso fácil. Debora rumou para a zona sul sentindo uma agradável sensação no peito, como nunca havia sentido.

CAPÍTULO 44

Passava das onze quando Fernando entrou no apartamento. Um abajur iluminava parcialmente a sala. Paulo roncava a sono solto na poltrona. Soraia assistia ao jornal noturno. Sorriu ao ver o sobrinho.

— Chegou tarde. Mas está com um ar bom.

— Ar bom! Essa tirada é ótima, tia.

— Sim. Parece que está andando nas nuvens. O que foi? Conheceu alguém?

Ele sorriu e sentou-se no canto do sofá. Soraia levantou as pernas para ele se sentar e as encaixou sobre as coxas de Fernando.

— Tia, conheci.

— Sabia. Eu tenho bom faro para romances.

— Para com isso. Nada de romance. Eu só conheci uma moça. Muito legal, por sinal. Gente fina.

— Gente fina. Agora eu vou dizer que essa tirada é ótima. Eu te conheço, Fernando, como a palma de minha mão.

— Não vou negar que é moça bonita. Bem bonita. Estrangeira, mora aqui não faz muito tempo.

— Uma gringa. Mal chegou ao Rio e se envolve com uma gringa.

— Ela é filha da minha patroa, tia.

— Não entendi.

— A Debora é filha da dona da loja.

— Você e a filha da dona... — Soraia deu uma risadinha. — Você começou rápido!

— Pare com isso, tia. Eu não imaginava que ela era filha da dona. Foi tudo tão mágico. Deixe-me lhe contar.

Fernando passou a relatar os acontecimentos, desde o encontro na loja até passarem pelo jantar, com conversas diversas.

— Parece que tiveram afinidade logo de início.

— Sim — tornou Fernando. — O mais engraçado é que ela jura que eu me pareço com o pai dela.

— Como assim?

— Não só a Debora. Esqueci de lhe dizer. A mãe dela, Dorothy, quando me entrevistou, perguntou se eu tinha algum parentesco com o ex-marido dela. Depois, agora, no jantar, Debora não parava de afirmar que eu sou idêntico ao pai dela quando jovem.

— Explique-me melhor. — Soraia sentiu o coração bater forte e ajeitou-se no sofá. Encarou Fernando com seriedade: — Essa dona da butique é a estilista amiga da Zuzu Angel, não?

— Ela mesma. Por quê?

— É norte-americana, se não me engano.

— Sim.

— Casada com brasileiro? — Soraia estava começando a juntar os nós do passado, com certo receio.

— É. Ele é empresário, dono de fazendas. O seu Nelson vive em Goiás e Dorothy aqui.

Soraia sentiu certo alívio.

O pai não se chama Olavo, ainda bem. Estava começando a ficar atormentada, pensou ela, mas disse:

— A Debora não sente saudades do pai vivendo em Goiás, tão distante?

Fernando fez um gesto com as mãos:

— Não, dinda. Nelson é o padrasto da Debora.

— E o pai biológico? É norte-americano? Sabe o nome? Onde vive? — Soraia levou a mão à boca para evitar fazer mais perguntas. Estava indagando demais. Precisava controlar a ansiedade.

Fernando nada percebeu e respondeu com naturalidade:

— Ela me disse que o pai morreu. E que também era brasileiro.

— Sabe o nome? — insistiu ela.

— Olavo.

Soraia só não caiu porque estava sentada. O coração começou a bater descompassado e ela se sentiu mal. Fernando percebeu a alteração de estado e perguntou, assustado:

— Aconteceu alguma coisa, tia?

— Um mal súbito. Por favor, vá até a cozinha e me traga um comprimido para dor de cabeça e um copo com água cheio de açúcar misturado. Por favor.

— É para já.

Fernando levantou-se rápido e correu até a cozinha. Soraia cutucou Paulo, que dormia a sono solto. Ele mastigou a saliva e acordou, encarando-a:

— O que foi, meu bem?

— Precisamos conversar no quarto.

— Agora?

— Assim que Fernando for para o quarto dele. Assunto urgente. Creio que um terremoto está prestes a estremecer nossas vidas.

Paulo arregalou os olhos e passou a mão nos lábios. Notou que Soraia estava branca como cera e sentiu que o assunto era grave. E era.

A notícia deixou Sílvia em estado de choque. Depois, mais calma, embora com a voz levemente trêmula, ela perguntou a Soraia, de novo:

— Ele disse que o pai da moça se chama Olavo?

— Hum, hum. Afirmativo.

— E o nome da mãe é Dorothy?

— Eu já sabia que o nome da chefe do Fernando era Dorothy, mas jamais associaria esse nome ao Olavo. É um assunto tão distante e, para mim, particularmente, estava morto e enterrado.

— Parece que ressuscitou — emendou Sílvia. — Só pode ser obra do diabo. É muita ruindade da vida Fernando aproximar-se da mulher que tirou Olavo de mim e, pior, gostar de uma mulher que não pode.

— Não vou discutir sobre a ruindade de Olavo ter sido tirado de você, porque discordo. Ele foi embora porque quis, fez tudo de cabeça pensada. Você que não comece a inventar que ele foi seduzido pela gringa, Sílvia. Não queira dar uma de louca.

— Tem razão. É que ainda, às vezes, vem uma ponta de raiva desse passado.

— Perdoe a você, ao Olavo e à Dorothy. Pensei que já tivesse acabado com isso na sessão feita na casa de Leocádia.

— Sou humana, ainda dou minhas escorregadas.

— Está certa. Não vou julgá-la, minha irmã de coração. Mas sabe que não havia pensado sobre Fernando gostar da meia-irmã? Não pode.

— É. Coitado. Ele não pode se apaixonar por essa moça.

— E o que faremos, Sílvia? Quer que eu proíba seu filho, adulto, de namorar? Não tenho como evitar!

— Estou tão nervosa! O que fazer?

— Contar a verdade, ora.

— Nem morta! — exclamou Sílvia, em alto tom.

— Problema seu. Se a vida criou essa situação, é porque está na hora de Fernando conhecer a verdade. Você não tem o direito de esconder a verdade dele.

— Tenho.

— Não tem, Sílvia. O seu problema é a vaidade. Está com medo do que Fernando vai dizer, pensar, sentir a seu respeito. Está com medo do que Clarice venha também a pensar. Está com medo da reação dos outros, não está querendo saber o que pode ser melhor para seu filho. Muito triste essa postura mesquinha.

Sílvia, do outro lado da linha, deixava as lágrimas escorrerem livremente.

— Soraia, o que fazer?

— Converse com Ivan. Duas cabeças pensam melhor que uma.

— E vou dizer o que a Ivan? Que Fernando está prestes a descobrir a própria origem?

— Diga a seu marido que Fernando está a ponto de descobrir quem é seu pai biológico. Diga a Ivan que Fernando está trabalhando para a ex-mulher de Olavo, tem contato diário com a meia-irmã e está se apaixonando por ela. Ivan vai entender a gravidade e pensar em algo.

— Está bem. Vou falar com ele.

Desligaram o telefone. Soraia passou a mão nos cabelos. Paulo, deitado na cama, indagou:

— E agora? Tem mesmo certeza de que Fernando está próximo da verdade?

— Sim, meu bem. Fernando está prestes a descobrir quem é seu verdadeiro pai. E a chefe, Dorothy, é a chave.

Maurício, que acabara de entrar em casa, tinha passado pelo corredor naquele exato momento. A porta do quarto dos pais estava entreaberta, pois Soraia havia puxado o telefone do corredor para dentro do cômodo. Deixara a porta semiaberta para que o fio do aparelho pudesse passar.

Eles estavam tão atarantados que nem perceberam Maurício atravessar o corredor. Ele atravessou, entrando no quarto pé ante pé. Fez o possível para não fazer barulho. Fernando dormia na cama ao lado. Ele se despiu, mergulhou debaixo das cobertas e mordiscou os lábios:

— Uau! Tio Ivan não é pai do mala sem alça. Claro, estava na cara que Fernando não é de nossa família. Por isso nunca o suportei. Ele é bastardo! E por que a mãe disse que Dorothy é a chave? Chave de quê? Preciso conversar com Rachel sobre isso. Aí tem coisa. Coisa boa.

CAPÍTULO 45

Assim que Fernando alugou o apartamento em São Conrado, Maurício o convenceu a dividir o aluguel e as despesas.

— Você vai me pagar como? — quis saber Fernando.

— Descolei emprego fixo em uma agência de modelos. Vai ter cachê todo mês. Fique sossegado, vamos rachar tudo, meio a meio.

— Se você garante, então pode ficar com o segundo quarto. Seria meu closet, mas eu me aperto e ajeito tudo no meu.

Maurício sorriu e agradeceu, contudo, ao entrar no quarto e fechar a porta, rosnou:

— Idiota. Está me dando o closet como quarto. Humilha-me toda vez que pode. Isso não vai ficar assim. Quando encontrar Rachel, vou tirar a limpo essa história da sua bastardice. Ah, como vai ser bom descobrir algum podre da sua vida, deixar você constrangido de alguma forma, vê-lo sofrer...

Duas horas depois, Maurício encontrou Rachel na praia.

— Gata, eu a procurei por toda a cidade, o mês todo! Onde esteve?

— Fui fazer uma pequena viagem. Estou de volta. Algo urgente?

— Você precisa me ajudar a entender um assunto — e contou sobre o que escutara da tia.

Rachel franziu o cenho e considerou:

— Tem certeza do que ouviu?

— Absoluta.

— Meu pai não teve amantes. Eu me lembro de tudo. Fazia marcação cerrada em cima dele. Depois, quando estava maior, deixava ele sair por aí, mas também porque eu queria sair.

— Não. Essa história de seu pai é mais antiga. Meu primo tem vinte e cinco anos.

— Espere aí.

— O que foi?

— Você disse que seu primo tem vinte e cinco anos? — indagou Rachel.

— Sim, por quê?

— Porque minha irmã também tem vinte e cinco anos. Será que são gêmeos separados no nascimento?

— Seria maravilhosa uma notícia dessa, mas não creio. Acho que seu pai pulou a cerca antes ou logo que casou com sua mãe.

— Só pode ser. Deixe que eu vou descobrir.

E não deu outra. Do jeito espevitado que tinha, Rachel chegou e esperou pela mãe. Mal Dorothy entrou, ela perguntou, de supetão:

— Papai teve um filho antes de se casar com você, sabia?

— De onde tirou essa ideia estapafúrdia?

— Um passarinho me contou.

— Um passarinho bobo — Dorothy considerou.

— Bem esperto, eu diria. Tem um rapaz que é a cara do papai quando jovem circulando pelas ruas do Rio. Já o chamaram de Olavo Júnior. Um amigo meu me disse. Parece que é um paulista e trabalha para você.

Dorothy procurou manter-se firme. Sabia que Rachel a estava provocando.

— Você soube da semelhança física de meu novo funcionário com seu pai. Está me provocando.

— Não. Faz tempo que não passo na loja, desde que sua empregada negrinha me acusou de roubar objetos.

— Que você roubou, eu sei. — Dorothy a olhou séria. — E pare de se referir a Estela como negrinha. Ela é uma pessoa.

— Negra — completou Rachel.

— Você ainda vai se dar muito mal.

— Não vem ao caso — Rachel desconversou e prosseguiu: — As boas e más-línguas afirmam que esse funcionário é filho do papai. Melhor checar o passado dele. Não custa nada. Não tem um elo dele aqui no Brasil, um amigo para confirmar ou desmentir essa história?

— Não vou me preocupar com isso. — Dorothy não estava mesmo preocupada.

Rachel foi mais incisiva:

— Bom, as más-línguas declaram que seu funcionário está de amores pela Debora. Se esse moço for filho do papai, eles não poderiam namorar, né?

— Quanta besteira! Vou me deitar, que ganho mais.

Dorothy saiu e a deixou falando sozinha. Rachel sabia que perturbara a mãe:

— Conheço essa mulher. O que Maurício escutou tem um fundo de verdade. *Mummy* ficou desconfortável com o comentário. Vou descobrir e investigar mais a fundo essa história.

Dorothy entrou no quarto e quedou pensativa.

— Que eu saiba, Olavo não teve filho fora do nosso casamento. Só eu...

Maurício, obviamente, tinha mentido para Fernando. Não estava trabalhando em agência de modelo coisa nenhuma. Depois que Rachel o levara a uma festa repleta de ricos e importantes, ele se dera bem com as coroas, despertando-lhes interesse sexual.

Sem constrangimento algum, passou a sair com mulheres mais velhas e cobrar um bom valor para lhes fazer companhia, agrados e coisas mais. Logo correu o boca a boca e ele tinha, digamos, compromissos todas as tardes. Não marcava nada para o período da manhã e gostava de ter as noites livres para sair com amigos, gastar o dinheiro com roupas caras, restaurantes, e cogitava dar entrada em um carro último tipo. Estava doidinho para adquirir um Escort XR3 conversível, amarelo, igual ao do amigo Duda Guinle, que aparecera na praia dirigindo um e deixando os amigos de queixo caído.

Naquele dia, porém, havia marcado de sair com Rachel. Fazia um tempo que não se viam. Ele havia terminado de passar agradável tarde com uma ricaça do Méier. Ganhara um bom dinheiro e fora contemplado com um extra.

— Eu sou o máximo! — disse para a própria imagem refletida no espelho, enquanto espalhava colônia nos braços e no peito.

Fernando acabava de chegar. Passou pelo pequeno corredor e avistou Maurício. Cumprimentou-o e, antes de entrar no quarto, ficou parado na soleira do banheiro.

— Está perfumado. Vai sair com alguma gatinha?

— Nada. Não quero saber de envolvimento algum. Só farra.

Fernando notou o relógio de marca sobre a pia e a pulseira de ouro que Maurício terminava de colocar no pulso. Questionou:

— O trabalho de modelo está lhe dando bom dinheiro, mesmo. Vejo que está gastando bem — apontou para o relógio.

— É. Tenho beleza acima da média, fazer o quê? Faço mais fotos, ganho mais.

— Não tem nenhum trabalho que vai sair em jornal, revista?

— Por enquanto é só fotografia para catálogos de empresas — mentiu. — E, se tudo der certo, vou desfilar. Passarela dá muito dinheiro.

— Fico contente que tenha arrumado algo que lhe dê prazer.

— Você não tem ideia de como me dá prazer, primo!

— Que bom.

— Vai sair?

— Vou. Eu e Debora estamos nos acertando, creio. Vou levá-la para jantar. Coisa rápida, afinal, amanhã tenho de acordar cedo.

— Hum. Eu preciso ir. — Maurício afastou-se e deu um tapinha nas costas de Fernando. Pensou: *Hoje eu vou desvendar essa história do bastardinho. Ah, vou.*

Saiu e, minutos depois, encontrou Rachel na entrada do restaurante.

— Está lindíssimo. Melhorou muito na aparência desde a última vez que nos vimos.

— Segui seu conselho. Comecei o novo trabalho e estou levando a sério.

— Dando consolo às senhoras carentes. E arrancando o dinheiro delas.

— Claro! Dinheiro e joias, quando possível. Já ganhei este relógio e também esta pulseira de ouro. — Mostrou o pulso. — O que fazer se sou sedutor nato?

— Você não vale nada.

— Nem você! Fiquei sabendo que saiu com aquele diretor de tevê.

Ela riu, maliciosa.

— Foi. O pior é que dormi, literalmente. O fulano não fez nada. Só me beijou e plaft! Caiu do lado e dormiu. Ainda bem. Velho asqueroso.

— E por que saiu com ele?

— Considero a chance de conseguir alguma coisa na tevê. Eu sou bonita, gostosinha, falo bem o português, também sou fluente em inglês. Posso fazer papéis de estrangeira, falar com sotaque se quiser. Preciso de dinheiro.

— Faça como eu.

— Já fiz. Não é meu melhor campo de atuação. Prefiro conseguir dinheiro de outra forma. Juntar sucesso, fama e dinheiro seria perfeito para mim.

— E seu fundo fiduciário? Você ganha uma boa mesada, Rachel.

Ela bufou, irritada.

— A mão de vaca da minha mãe fez o fundo limitar minha retirada. Três mil dólares mensais. Como uma mulher como eu pode viver com três mil dólares por mês no Rio de Janeiro de 1983? Impossível! Loucura. É querer me fazer sofrer.

— Tem razão.

— O fundo tem milhões, milhões. — Ela fez um gesto expressivo com os dedos da mão. — E eu posso apenas retirar essa mixaria.

— Conspiram contra nós. Se há outras vidas, como minha mãe costuma afirmar, acho que cometemos alguns desatinos. Não é possível. Por que sofremos tanto?

— Argh! — Rachel pronunciou algo indecifrável. — Estou cansada de ouvir essas bobagens. Para mim só existe esta vida. E eu quero vivê-la intensamente, com dignidade. Para tal, preciso de dinheiro. E vou consegui-lo, com fundo ou sem fundo.

Entraram no restaurante, pediram uma mesa, sentaram-se, fizeram o pedido e, assim que o garçom se afastou, Maurício indagou:

— Conseguiu descobrir mais alguma coisa sobre a história de seu pai?

— Não. E você, trouxe a foto do seu primo?

— Sim. — Maurício sacou a foto do bolso e mostrou a ela. — Esta foto foi tirada há alguns meses num almoço de família. Fernando é este...

Rachel nem o deixou terminar de falar e apontou para o rosto do primo, com olhos arregalados:

— Meu Deus! Não tenho mais dúvidas. Esse moço só pode ser filho do meu pai!

CAPÍTULO 46

Sílvia andava de um lado ao outro do mercado. Jamil, que já o havia fechado, acendeu um cigarro e lhe entregou:

— Fume. Está nervosa.

— Não, obrigada. Não quero cigarro, bebida, nada. Estou aflita e nada será capaz de arrancar essa angústia de dentro de mim.

— Agindo dessa forma só vai piorar as coisas.

— Porque não é você quem está passando por uma situação tão delicada. Se a verdade vier à tona, posso perder meu filho para sempre, Ivan pode perder Fernando para sempre. É muito grave.

— Está fazendo um grande drama, uma tempestade em um copo d'água.

Sílvia o encarou um tanto rancorosa. Jamil prosseguiu:

— Sou o irmão que sempre esteve ao seu lado, em todos os momentos. Quando engravidou, estive ao seu lado para enfrentarmos juntos o que viesse. Não a abandonei jamais. Por isso, não me olhe com essa cara, com esse ar de irritação.

Ela sentiu vergonha e o abraçou, chorosa:

— Perdão. Não tive a intenção. Desde que entrou em minha vida, foi a pessoa que mais esteve ao meu lado, um irmão de verdade. Eu só tenho a agradecer por ter tido você em meu caminho. Desculpe.

Jamil a tranquilizou, passando delicadamente as mãos pelos cabelos sedosos e castanhos dela. Sílvia tremia de quando em vez.

— A aflição só atrapalha, porque, pensando dessa forma, você não acredita que a vida esteja fazendo o melhor para todos. Tente permanecer no positivo, mesmo que, por ora, as coisas não andem bem.

— Tem razão — ela disse e, ao se desfazer do abraço, tornou: — Pensei que este assunto jamais viesse à baila. Nunca imaginei que um dia fosse precisar enfrentar essa realidade.

— Enfrentar a verdade, quer dizer.

— Sim. Estávamos bem confortáveis. Eu e Ivan, quero dizer. Esquecemos o passado. Deixamos tudo lá atrás.

— Não acredito que tenham esquecido o passado, mas varrido o assunto para debaixo do tapete.

— Acha mesmo?

Jamil fez sim com a cabeça.

— Se tivessem resolvido bem a questão, Fernando teria crescido sabendo a verdade, sem problemas. Mas vocês optaram por esconder o passado, como se os fatos tivessem acontecido da maneira como sonharam e não como eles ocorreram. O processo de se perder nessas ilusões gera medo, desconfiança, expectativas negativas no indivíduo. Por mais que tente esquecer o que de fato ocorreu, sempre ficará a possibilidade de um dia ter de enfrentar a verdade. E, quando a visita da verdade chega sem avisar, nos pega de surpresa.

— Eu não esperava, Jamil. Juro. Ao descobrir que Olavo estava morto, julguei que o caso estivesse, literalmente, enterrado. Ora, se o pai biológico de Fernando não está mais vivendo entre nós, por que lhe contar sobre sua origem? Não vi necessidade.

— Você não viu, contudo, a vida... — Ele suspirou e finalizou: — A vida viu que é chegado o momento de a verdade ser exposta. É o acerto de contas.

— Não gosto da maneira como fala.

— Pois é. E você não vai perder a compostura. É uma mulher de classe, inteligente, articulada. Não entre nos pensamentos dramáticos que a cabeça tenta lhe impor. Aquiete seu coração. Tudo vai se resolver.

— Assim espero.

Sílvia abraçou-o novamente. Não percebeu a presença de Adélia ali perto. Estava acompanhada de outro espírito em forma de mulher, Alaíde. Mulher com aparência na casa dos quarenta, corpo bem-feito, cabelos castanhos e cacheados naturalmente que iam até metade das costas. Tinha a pele alva, os olhos de um profundo azul e os lábios se destacavam pela tonalidade vermelha de batom. Vestia um conjunto de blusa e saia em tons escuros, contrastando com a pele alvíssima.

De trejeitos delicados, tornou:

— Por que Sílvia ainda se deixa levar pelos dramas do mundo? Passamos por tantas lições, tantos desafios. Aprendemos tanto e agora, quando mais precisa ficar em equilíbrio, se deixa levar pelas ideias de seu aparelho mental conturbado.

— O problema é a cabeça. Se ela deixasse de pensar um pouco na situação e sentisse o que fazer, teria uma ideia mais clara de como conduzir a situação de forma positiva — interveio Adélia.

— Agradeço muito a disponibilidade em me deixar vir até aqui. Sabe o quanto gosto de Sílvia. E de Ivan também. Estava na hora de se permitirem viver uma união mais estável, equilibrada.

— A presença de Olavo em suas vidas sempre causou desatinos, por assim dizer.

— Não tanto — esclareceu Alaíde. — São espíritos que caminham juntos há muitas existências, todavia, nas últimas três experiências terrenas, Olavo e Sílvia deram mau passo no tortuoso caminho da paixão. Depois de séria conversa no astral, em última passagem terrena, decidiram que não se relacionariam nesta encarnação como marido e mulher.

— Mas ela engravidou dele.

— Porque Fernando se dispôs a vir fosse por intermédio de Olavo ou de Ivan. No passado, os três foram irmãos: Fernando, Ivan e Olavo. Fernando era o irmão que se mantinha no fogo cruzado, acalmando os ânimos dos outros dois, que estavam sempre se pegando, brigando, discutindo. Dependendo das escolhas que Olavo fizesse, os três poderiam se reencontrar nesta vida e manter boa relação de amizade, superando em muito as animosidades do passado.

— Sinto por Olavo não ter feito a melhor escolha — tornou Adélia, entristecida.

— Não existe a melhor ou pior escolha. O espírito sempre vai escolher o melhor para si. Olavo, consciente ou não, optou por situações que fossem convenientes para seu próprio crescimento. Nada está errado. Agora, refazendo-se no mundo espiritual, terá a chance de rever conceitos, ideias antigas, pensar diferente e, quem sabe, em outra oportunidade, terá condições de conviver melhor ao lado de Sílvia e Ivan.

— Hoje cedo passei pelo posto de tratamento e cuidados. Olavo está bem melhor. Ainda atormentado, mas melhor.

— A perturbação vai durar um pouco mais — esclareceu Alaíde. — Não se vai de uma hora para outra. Embora Olavo tenha vindo para cá há um tempo, ainda tem dificuldades para aceitar a nova realidade e desfazer-se de crenças há muito cristalizadas. O processo de recuperação dele ainda será longo.

— Vamos dar um passe calmante e revigorante em Sílvia? Ela precisa.

— Sim. Aproveitamos e limpamos a aura de Jamil.

As duas ficaram ao lado de Sílvia e lhe ministraram um passe calmante. Sílvia não as viu ou notou, mas sentiu agradável sensação de bem-estar. Em seguida, fizeram uma limpeza energética em Jamil.

E, terminados os passes, partiram.

CAPÍTULO 47

Maurício saiu com uma senhora que beirava os cinquenta e havia se divorciado fazia pouco tempo. Iara era uma mulher vibrante, simpática, benquista na sociedade, porquanto fazia doações altíssimas a instituições e associações.

Ela vivia na ponte aérea e, como não gostava de holofotes e era bem reservada, procurava não se envolver com homens conhecidos, pois poderia gerar fofocas, matérias para revistas de celebridades etc. Descobrira que, saindo com rapazes novinhos e anônimos, podia criar qualquer história, desde um sobrinho distante a um assistido das instituições às quais fazia suas doações.

A mídia não a incomodava e ela se divertia. Conhecera Maurício em uma festa, simpatizara com ele e queria torná-lo companhia fixa. A princípio ele declinara o convite, mas, conforme as cifras aumentavam, a resistência diminuía, e Maurício passou a sair com Iara praticamente todos os dias.

Houve o convite de passar dois dias em São Paulo. Ele adorou a ideia. Vieram animados e, ao chegar à capital, hospedaram-se em um hotel de luxo nos Jardins.

Na primeira tarde, Iara o dispensou porque tinha cabelos, pés e mãos marcados no salão de beleza e passaria a tarde toda na função.

— Pode ficar com a tarde livre — informou, enquanto caminhavam pelo shopping. — Mas nada de flanar pela cidade. Meu motorista poderá levá-lo aonde quiser e "ai" de você se aprontar comigo.

— Fique tranquila. Vou visitar minha tia.

— Tia, sei.

— Verdade. Pode acreditar, Iara.

— É tia, mesmo? Não me engane.

— O motorista pode conferir endereço e tudo. É minha tia. Não vou ser idiota e aprontar na sua cara.

— Está certo. Pode ir. Quero você aqui de volta às seis. Em ponto.

— Pode deixar.

— Tome. — Ela tirou algumas notas da bolsa e as depositou na mão dele. — Compre uma camisa e calça novas. Quero você bem bonito hoje à noite. Vamos jantar e dançar no Gallery.

— Sério?

— Comporte-se e terá tudo o que quiser — falou e piscou de forma maliciosa.

Maurício lhe deu um selinho e saiu, sorridente. Dobrou o corredor, entrou em uma loja, comprou uma camisa, uma calça. Pagou e depois, em outra loja, comprou uma blusa para Clarice.

— Tenho certeza de que ela vai adorar o presente.

Chegou com o motorista na porta da casa de Sílvia e pediu:

— O senhor pode dar uma volta e retornar daqui a meia hora.

— Sim.

Maurício abriu o portãozinho, passou pelo jardim e bateu na porta. Estava entreaberta. Ia chamar pelo nome da tia, mas escutou vozes vindas do andar de cima. Eram vozes alteradas. Ele as identificou como sendo de Sílvia e de Ivan.

Pé ante pé, Maurício subiu os degraus e parou no último. Dali escutava a conversa com perfeição. A porta do quarto dos tios estava entreaberta e dava para ouvir nitidamente.

Sílvia estava nervosa. E exigia de Ivan:

— Você tem de tomar satisfações. Não podemos, em hipótese alguma, permitir que Fernando continue trabalhando naquela loja, ou mesmo que continue tendo contato com essa família. Não pode. Tentou falar com Dorothy?

— Ligo e ela não retorna. Deixei vários recados.

— Ela está nos evitando. Por quê?

— Não sei.

— Ela se lembra de você. Esteve com ela anos atrás. Tem alguma coisa errada...

— Vai ver ela nem sabe ao certo. Não sei, Sílvia, há tanta dúvida.

— Não há. Sabemos que não. Temos de afastar nosso filho daquela família. Pronto.

— De que vai adiantar? Afastá-lo não vai resolver o problema.

— Por ora, vai.

— Sílvia, escute. Não vê que precisamos encarar os fatos? Nunca quisemos olhar de frente para esse caso. Sempre acreditamos que jamais teríamos de lidar com assunto tão delicado, principalmente quando voltei dos Estados Unidos convicto de que Olavo não deveria saber a verdade.

— Por isso mesmo. Se Olavo não deveria saber a verdade e está morto, por que agora deveríamos despejar todo o passado sobre as costas de Fernando? Para quê?

— Tem ideia do que pode estar acontecendo? E se ele estiver mesmo namorando essa moça? Não percebe que Fernando está namorando a própria irmã? Sílvia, isso é muito grave.

— Melhor trazê-lo para São Paulo. Arrumamos um emprego para ele aqui. Jamil disse que o coloca para administrar o mercado. Faremos qualquer coisa.

— Tudo bem. Mas e se ele estiver gostando dessa moça? O que vamos dizer a ele? Olha, Fernando, você não pode namorá-la porque ela é sua irmã.

— Deixe de ser sarcástico!
— É a alternativa que me resta, Sílvia. Você não está raciocinando direito. Está se deixando levar pela emoção, pelas ideias da cabeça. Seus pensamentos estão tumultuados. Não pode viver assim.
— Vivo como quero.
— Não pode exigir que seu filho viva como você quer. Está sendo mesquinha e arrogante.
— Eu?!
— É. Fica com o discurso de que está querendo o bem da família, quer me proteger, proteger o nosso nome e tudo o mais, mas, na verdade, nem está aí para os sentimentos do nosso filho. Nem quer saber o que Fernando sente. Está agindo feito Olavo. Nunca pensei que você chegasse a esse ponto. Estou desapontado.
Ele apanhou a carteira e as chaves sobre a cômoda.
— Aonde vai?
— Preciso de ar. Respirar. Não quero ficar em casa.
Maurício desceu os degraus de forma rápida, ganhou a rua e, na calçada, encostou o portãozinho e tocou a campainha. Quis parecer que estava chegando naquele momento. Ivan abriu a porta e surpreendeu-se ao vê-lo. Após cumprimentá-lo, indagou:
— Algum problema no Rio?
— Não, tio. Vim filmar uma campanha publicitária aqui na cidade. Volto amanhã. Resolvi dar uma passadinha para vê-los e também para ver a prima.
— Clarice só vai chegar no comecinho da noite. Sua tia está lá dentro. Eu preciso sair. O hospital me chama.
Assim que Ivan entrou no carro e partiu, Maurício considerou:
— Hospital, está bem. Mente muito bem, tio. Deve ser coisa de família. Todos nós mentimos muito bem! Agora tenho a constatação: Fernando é mesmo o bastardinho. Então ele é filho do ex-marido de Dorothy. E, sem saber, está namorando a meia-irmã. Isso é ótimo! Preciso arrumar um jeito de destruí-lo com essas informações. Mas como?

CAPÍTULO 48

A vida sempre procura nos dar a chance de renovar ideias, mudar posturas, fazer com que possamos enxergar pontos fracos que atravancam nosso caminho rumo a um dia a dia mais harmonioso e feliz. Cada um tem o direito de escolher o que é melhor para si, sempre. Todavia, quem cultiva a maledicência não pode viver em paz, da mesma forma que quem não distribui simpatia não pode ser querido.

Por essa razão, é imperioso entrar em seu coração para se conectar ao seu mundo interior e sentir o que seu espírito deseja, porquanto ele tem tudo o que você precisa para viver melhor.

Rachel, infelizmente, não queria ter esse contato. Acreditava que o mundo devia jogar-se aos seus pés. Ela era a pessoa mais importante do mundo e não media esforços para fazer valer os seus desejos e caprichos. Dessa forma, só atraía antipatia e energias pesadíssimas que se colavam constantemente à sua aura, sem que ela percebesse.

Passou por Fernando e o empurrou, pronunciando palavrões em inglês desnecessários de ser traduzidos. Deixou o rapaz sem graça e, na sequência, apanhou um vestido no mostruário e entrou no provador.

Uma vendedora simpática, porém negra, veio atendê-la e foi tratada feito lixo. Rachel a xingou de todos os nomes possíveis e imagináveis. Debora, que acabava de chegar para apanhar os cheques e dinheiro do caixa, aproximou-se e a repreendeu:

— O que pensa que está fazendo?

— A loja é da mamãe. Portanto, é como se fosse minha. Posso fazer o que bem entender. Como podem admitir crioulos? Essa gente de pele escura só afasta a clientela.

— Aí é que você se engana. Você e essa mania de se sentir superior.

— Sou. Gente branca é superior. Odeio os negros.

— Por que não vai se tratar? Precisa de um analista. Esse jeito de falar e atingir as pessoas ainda vai lhe trazer problemas.

Rachel elevou os ombros.

— Não estou nem aí. Branco e preto não se misturam. Está errado.

— Errado é seu comportamento idiota.

— Idiota é você — vociferou Rachel.

Debora suspirou. Sabia que não adiantava conversar com a irmã. E tornou:

— Você disse bem, a loja é da mamãe. Portanto, não pode entrar aqui feito uma estúpida e tratar os funcionários dessa maneira também estúpida.

— Gentinha. Gentalha. Não suporto esse povo. Adoram tocar na gente, agarrar, dar beijinho. Querem logo ser amigos, ter intimidade. Que nojo! Tenho de colocá-los em seus devidos lugares.

— Antônia só estava tentando ajudar.

— Não quero ajuda de ninguém, ainda mais de uma vendedora com essa cor — enfatizou, referindo-se à cor da pele da moça.

Debora abriu e fechou a boca sem poder articular som, tamanha a indignação. Antônia passava por elas, ouviu o comentário e pôs-se a choramingar, indo para o fundo da loja. Fernando foi até ela.

— Você é uma das pessoas mais desprezíveis que conheço — disparou Debora.

— Os seus comentários não me atingem — devolveu Rachel, atirando o vestido em direção à irmã e batendo o salto em direção à saída. — Esta loja é uma porcaria. Boutique bem vagabunda. Depois que trocaram de gerente, parece que ficou pior.

— Saia daqui antes que eu lhe encha de sopapos.

Ela gargalhou.

— Você, Debora? Vai me peitar? Essa é boa. Eu acabo com você em um minuto. — Os olhos de Rachel pareciam arder em chamas.

Debora deu um passo para trás. Sentiu medo. Rachel fez uma careta, ajeitou a alça da bolsa no ombro e saiu da loja. Da calçada, fez sinal e tomou um táxi. Fez uma cara de desgosto. O motorista era mulato. Deu o endereço e, assim que pagou e desceu em frente ao prédio onde morava, respirou aliviada.

Passou pelo porteiro sem cumprimentá-lo, porque ele era serviçal e, na cabecinha dela, empregados não deviam lhe dirigir a palavra. Empurrou a faxineira, que quase tomou um tombo, e pegou o elevador.

O porteiro ajudou a moça a se reequilibrar.

— Menina abusada. Está bem?

— Estou. Ela é sempre assim, esse nojo. Senti tontura quando passou por mim. Tem entidade grudada nela, seu Elias.

— Cruz-credo, Dalva. Jura?

— Tem. Essa menina é ruim, atrai companhia tão ruim quanto ela. Se não melhorar o jeito de ser, vai se dar muito mal.

O porteiro fez o sinal da cruz.

Ao chegar ao andar, Rachel entrou no apartamento e decidiu ir direto para seu quarto. Passou pelo corredor e notou a porta da suíte de Dorothy entreaberta. Deu uma espiada e viu a mãe, de costas, falando ao telefone com Nelson:

— É verdade, meu bem. Dizem que o moço é a cara do Olavo quando jovem. Eu tenho certeza de que ele engravidou a namorada brasileira e nada me disse porque, se eu soubesse, não nos casaríamos.

A conversa continuava com Dorothy ora esclarecendo Nelson, ora escutando ou fazendo perguntas. Foi nesse ponto que Rachel se interessou. Esticou a orelha avançando a porta para dentro do cômodo. Dorothy dizia:

— O quê? Não. Imagine. Esse boato de que, caso se confirme que o rapaz seja mesmo filho de Olavo, esteja namorando a irmã não tem fundamento. Ao menos para nós dois, que sabemos a verdade sobre Debora. Ela não é filha de Olavo, portanto, pode namorar esse rapaz, seja ele filho ou não de Olavo e...

Rachel arregalou os olhos e correu até seu quarto. Encostou a porta e ficou perplexa, mas por pouco tempo.

— Hum, sabia que aquela lambisgoia não podia ser cem por cento minha irmã. Tinha de haver um erro, alguma coisa que justificasse tanta diferença entre nós duas. Agora sei. Mamãe pulou a cerca. Só que eu não vou contar nada ao Maurício, senão perde a graça, acaba o show. Ele está louco para se vingar do primo, armar alguma cena. E eu quero ver o circo pegar fogo!

⁂

Novo encontro entre ela e Maurício ocorreu dali a dois dias, depois de assistirem ao show da Blitz no Circo Voador. Assim que se sentaram em um boteco na subida da Lapa e fizeram os pedidos, Maurício perguntou:

— Tem alguma coisa para me dizer? Descobriu algo?

— Nada — mentiu. — E você?

— Nem te conto! Meu primo é mesmo filho do Olavo, quer dizer, seu pai, ou seja, é seu meio-irmão.

— Não pode ser! — Ela fez um esgar de incredulidade. — Então meu pai tinha uma amante?

— Não. Deixe-me contar o que deve ter acontecido.

Maurício explicou a Rachel sobre o envolvimento da tia com Olavo, a possível gravidez etc.

— E está namorando a minha irmã? Quer dizer, a irmã dele também? Não pode — Rachel salientou, evitando a risada.

— Não, claro que não! É incesto. Um absurdo. Estou pensando numa maneira de acabar com a moral e a dignidade do Fernando na frente das pessoas. Destruí-lo, sabe? Fazer com que as pessoas sintam asco dele, raiva, nojo.

— Como?

— Espalhando ao mundo que ele namora a irmã. Isso não chocaria a todos?

Ela riu bem-humorada.

— Claro. Chocaria até mesmo os mais liberais. Incesto é algo que não cola bem. As pessoas não aceitam. Ainda mais nesta sociedade católica e tacanha como a de vocês.

— Pois é. Estou esperando um grande evento para anunciar a descoberta. Parece que sua mãe vai apresentar a nova coleção de verão em uma mansão no Alto da Boa Vista.

— Quem te disse isso?

— Fernando comentou por alto. Ele falou que uma dondoca da sociedade vai oferecer a residência dela para um coquetel com desfile no jardim e ao redor da piscina da casa. Se isso se concretizar, vou jogar na cara dele, na frente de todos, da mídia, que namora a irmã. Imagina o escândalo?

— A relação entre mim e minha mãe não está das melhores. Por isso, Dorothy não vai me convidar. Pode crer.

— Fique tranquila. Tenho meus contatos — ele sorriu. — Tenho certeza de que uma cliente com quem vou sair daqui a uns dias tem ou consegue os convites.

— Vou adorar — ela vibrou, sabendo que toda a confusão seria esclarecida logo mais. Contudo, o que importava para Rachel era a confusão, o cheiro de perturbação no ar. Ela gostava disso.

CAPÍTULO 49

Fernando e Debora estavam cada vez mais próximos. Desde que Dorothy voltara de viagem, não mais buscava os cheques na loja de Ipanema. Debora fazia questão de passar por lá todas as noites. Aproveitava para papear e, em seguida, os dois saíam para jantar.

Naturalmente, a amizade evoluiu para namoro. Soraia estava desesperada e não sabia como agir.

— Paulo, temos de impedir esse namoro.

— Como? Só se dissermos a verdade.

— Não cabe a mim fazer isso. Prometi a Sílvia guardar segredo. Quem tem que revelar a verdade é ela e Ivan.

— Quanto mais demoram, mais o menino se deixa apaixonar. Imagine o que pode acontecer quando ele descobrir a verdade?

— Pode ser duro, mas ele saberá que não vai poder namorá-la.

— Tudo bem, mas será que vai perdoar você, a mim, ou aos pais? Fernando pode nos querer ver pelas costas.

— É um risco.

— Que eu não quero correr. Amo demais esse menino — tornou Soraia.

— Sim. — Ele a abraçou. — Tenho certeza de que tudo vai se esclarecer da melhor forma.

— Não sei, Paulo. Algo em meu peito diz que não. Sinto um aperto, uma sensação ruim.

— Bobagem. Desde que voltou a estudar, a se interessar novamente pelos estudos espirituais, anda com sensações, intuições. Não acha que está fantasiando?

— Não. Você bem sabe que não. Há uma resistência muito grande de sua parte em aceitar que o mundo espiritual existe, que tudo não acaba com a morte. Sei que a morte de Herculano ainda lhe causa um sentimento de dor.

Paulo afastou-se e virou-se de costas para ela. Debruçou-se na janela da sala e mirou um ponto indefinido da paisagem. Logo em sua mente vieram cenas de sua amizade com Herculano, da adolescência, dos tempos que andavam juntos e aprontavam com as meninas. Herculano era um tremendo de um irresponsável, mas Paulo o amava como se fosse seu irmão. Eram unha e esmalte, estavam sempre grudados, e Paulo compreendia o porquê de o rapaz cometer seus excessos.

A mãe de Herculano morrera no parto dele. O pai, por conta disso, tornara-se homem frio e distante. Casara-se novamente seis meses depois e, com a nova esposa, tivera mais dois filhos na sequência.

A nova família era o enlevo do pai. Herculano tornara-se um estorvo. Era como se ele fizesse parte de uma outra vida, de um outro mundo. Toda vez que o pai o encarava, lembrava-se da falecida e atirava em sua cara:

— Você a matou. Se não nascesse, ela estaria aqui. Talvez eu teria os dois filhos que tenho hoje com ela. Você não serve para nada. Só serve para eu me lembrar da desgraça que me causou.

Essa frase e outras, do mesmo teor, eram ditas quase diariamente ao garoto. Obviamente, Herculano cresceu perturbado, meio fora da cerquinha. Rebelde com causa, aprontava todo tipo de traquinagem para tirar o sossego do pai. Passou a fumar aos doze e beber aos treze. Aos vinte, já era praticamente um alcoólatra, embora não admitisse.

Paulo o conhecera durante o exame de admissão para o ginásio. Tornaram-se amigos inseparáveis. A mãe de Paulo, dona Dirce, acolhera Herculano como filho querido e procurava dar a ele um pouco de carinho, algo que o menino jamais recebera na vida.

E assim ele foi levando a vida. Até a festa de formatura na companhia de Paulo e Soraia, a bebedeira, o acidente... Paulo não se conformava até hoje de ter ficado bêbado, ter desmaiado, não ter podido ajudar o amigo, socorrer o rapaz que morrera.

Depois brigaram e, algum tempo depois, Herculano morria num acidente aéreo. Nunca pôde dizer ao amigo que o amava. As cenas vieram misturadas com alegria e muita tristeza, e uma lágrima lhe escapou pelo canto do olho.

— Se existe mesmo vida além da vida, por que Herculano não veio me visitar? Por que ele não apareceu em sonho?

— Não sei — Soraia respondeu, meio sem jeito.

— Já se passaram mais de vinte anos e nada. Nada. É como se ele tivesse sumido, sido sugado por um buraco negro.

Soraia o abraçou pelas costas. Encostou a cabeça em seu ombro e disse, de maneira carinhosa:

— Não sabemos os desígnios da vida, meu amor. Não sei como a vida trabalha, como nascemos e morremos. Sei que vivemos muitas vidas a fim de ampliar nossa consciência, para que possamos aprender a valorizar as coisas boas, nos tornar pessoas boas, ter uma vida boa. Também acredito que temos contas a acertar, seja com nossa consciência ou com pessoas próximas com as quais não nos demos bem. Além do mais, se a vida fosse somente esta, única, por que Herculano teria nascido sem mãe? Por que fora privado do amor materno? Por que sofreria, segundo suas palavras, os abusos verbais e físicos do pai? Por que teve de passar por experiências tão dolorosas? Para quê? Para morrer jovem, sem aproveitar a vida e de forma irresponsável?

Paulo girou o corpo e a encarou:

— Não foi irresponsável.

— Os anos passaram, mas a história não mudou. O fato é que Herculano, sendo um pobre coitado ou não, foi irresponsável. Tirou a vida de uma pessoa. Atropelou um rapaz e não prestou auxílio. Você pode defender seu amigo, sentir saudades, amá-lo e tudo o mais. No entanto, não se esqueça de que ele foi responsável por um desencarne.

— Fala de uma maneira, como se ele fosse um assassino.

— Não foi muito diferente.

— Você diz que nada acontece por acaso. Se assim for, o rapaz iria morrer de qualquer jeito.

— Não se esqueça de que, se pensar dessa forma, o livre-arbítrio perde a finalidade. Cada um é responsável por suas escolhas e terá de responder pelas consequências delas. Herculano, mesmo morto, teria de arcar com a própria consciência, porque o ajuste, o acerto de contas com a vida, precisa ser feito, de um jeito ou de outro.

Ele arregalou os olhos. Soraia prosseguiu:

— Sei que amava muito seu amigo, mais até que sua família, Paulo. Mas, convenhamos, o que Herculano fez com aquele rapaz foi desumano.

— Ele morreu em seguida. Então, ficou tudo certo. Ele ficou quite com a vida.

— Se você não acredita em nada, por que ele ficaria quite? Qual seria a necessidade?

Paulo sentiu uma pressão na cabeça. Não soube o que responder. No mesmo instante, sentiu uma imensa saudade do filho.

— Queria tanto abraçar o Maurício. Faz um tempo que não o vejo.

Soraia meneou a cabeça para os lados.

— Fugindo do assunto. Mas tudo bem. Agora quer saber do filhão que ama de paixão. Talvez o tanto quanto amava Herculano.

Falou e saiu da sala, indo para o quarto. Paulo quedou-se pensativo. Era a primeira vez que fazia comparação do sentimento que nutria pelo filho e do que sentia por Herculano.

Parecia ser o mesmo. Paulo sentiu um estremecimento pelo corpo. E perguntou-se:

— Como posso amar igualmente duas pessoas?

No quarto, Soraia deitou-se na cama e ligou a tevê. Passou pelos canais e parou no que transmitia a novela das seis da tarde. Era o último capítulo de *Pão-pão, beijo-beijo*. Como toda novela termina com final feliz, Soraia, emocionada, não conseguiu impedir que algumas lágrimas escorressem livremente, borrando a maquiagem.

Foi o momento certo para que o espírito de Raul se aproximasse e lhe desse um passe calmante. Logo ela sentiu um soninho e cochilou. Tão logo adormeceu, Soraia sonhou com ele.

— Raul, quanto tempo! — Ela o abraçou com efusividade.

Assim que desfizeram o abraço, ele tornou:

— Não tem ideia de quão feliz estou por estar aqui.

— Você sabe, estou com uma sensação ruim, parecida com a que tive quando meu pai estava para morrer. Não gosto de ter esse sentimento, pois é prenúncio de que algo desagradável está prestes a acontecer.

— Você tem sensibilidade, por isso, a intuição é forte. — Raul a puxou delicadamente pelo braço e, num instante, estavam sentados num banco em volta de belo jardim.

O cheiro de jasmim fez Soraia fechar os olhos e aspirar o perfume delicado. Ela suspirou profundamente e Raul disse:

— Sabe, Soraia, nestes anos que estou aqui nesta dimensão, estudando, vivendo novas experiências, aprendi que a fonte do saber, essência da vida, está realmente dentro de nós. Deus, sem sombra de dúvidas, fala por meio dela e nos faz perceber o que precisamos para suprir nossas necessidades. Por isso, valorize a intuição.

— Sim. Sei disso. Mas, às vezes, não consigo discernir, saber ao certo o que é a intuição. Confundo-a com os sensos da alma.

— A intuição é a mais perfeita forma de conhecer a verdade, é a capacidade de a alma sentir as energias e ver além do mundo material.

— Então — ela levou o dedo ao queixo, pensativa — seria o mesmo que dizer que a intuição é a maneira como meu espírito dá os recados, mostra a verdade das coisas?

— Isso mesmo. É por aí. E, se ligar-se a ela, vai se dar muito bem, porque a intuição jamais falha.

— Falando dessa forma, o que sinto é verdadeiro. Algo ruim está para acontecer — insistiu ela.

Raul procurou tranquilizá-la.

— A vida faz tudo certo. É uma pena que custemos a perceber.

— O que quer dizer com isso?

— Logo você vai saber. Por ora, o que importa é que tudo caminha como deve ser. Você tem melhorado bastante em relação ao controle de seus pensamentos. Sabe separar melhor o que é seu do que não é. Consegue lidar melhor com as provocações de Maurício.

— Agora que mora com Fernando, longe de casa, parece que nosso relacionamento está um pouco menos conturbado.

— No fundo, você gosta dele. É chegada a fazer pirraça, não gosta de dar o braço a torcer.

— Eu?!

— Sim. Não me venha com esse ar de santinha do pau oco. Sou seu amigo, quero-a muitíssimo bem, por esse motivo posso lhe dizer a verdade sobre você. Não é uma pessoa fácil de lidar, Soraia. Lembra-se de como era seu relacionamento com Sílvia na época em que seu pai se casou com Eustáquia?

— Eu era jovem, havia perdido minha mãe fazia pouco tempo.

— Nada justifica uma personalidade arredia, pronta para atacar o outro com o intuito de aborrecer, afrontar, desconsiderar. Sei que Sílvia também fez por merecer, mas você foi uma pessoa difícil. Mudou sensivelmente quando me conheceu.

Ela levou a mão ao peito.

— Aquele acidente não sai até hoje do meu pensamento. Eu quis ajudar você, Raul. Sabe disso. Agora mesmo estava conversando com Paulo sobre o acidente, sobre Herculano. Aliás, por onde ele anda? Desde sua morte, não temos notícias dele.

Raul sorriu de maneira maliciosa.

— Ele anda por aí.

— Está bem? Recuperou-se?

— Digamos que está se recuperando. Ainda carrega, em seu íntimo, uma culpa jogada para debaixo do tapete em relação à minha morte. Mas a vida, sábia, sempre nos apresenta a conta. Mais cedo ou mais tarde, Herculano terá de confrontar-se com o assunto. De forma inteligente ou sofrida.

— Queria vê-lo. Não sinto mais tanta raiva assim. Creio que hoje, se ele estivesse na minha frente, eu teria mais compaixão. Já não o acusaria.

— Verdade?

— Falo sério. Eu mudei, Raul.

— Sim, claro que mudou.

— Poderia tentar localizá-lo?

— Verei o que posso fazer.

— Obrigada.

— Agora vamos, está na minha hora de partir. Você precisa despertar porque Paulo virá acordá-la para o jantar.

CAPÍTULO 50

A vida foi estruturada para a nossa evolução. Todavia, ainda em estágio de aprendizado e crescimento, entramos facilmente na ansiedade e aflição. E tal estado nos deixa emocionalmente destruídos.

Nada acontece sem uma razão justa. Por esse motivo, a vida acaba por juntar as pessoas de acordo com as necessidades de entendimento que elas têm, para que possam aprender umas com as outras.

Não foi diferente com Rachel e Maurício, dois espíritos ainda presos às ilusões do mundo. Ela, cuja última encarnação foi vivida no Sul dos Estados Unidos durante a época da Guerra da Secessão, defendia ardentemente o uso da mão de obra escrava como opção ideal para o crescimento econômico do país. Morreu alguns anos depois da guerra e passou quase um século no mundo espiritual, entre acertos com desafetos e, principalmente, com a própria consciência.

Foi-lhe dada nova oportunidade, inclusive, de reencarnar no mesmo país, a fim de envolver-se em campanha por igualdade e direitos civis para a comunidade afrodescendente.

Embora não nos lembremos, os fatos do passado estão em nosso inconsciente e se refletem em nossos sentimentos no presente. Rachel cresceu, teve a oportunidade de modificar seu jeito de ser e pensar, envolver-se em movimentos que assegurassem o fim da segregação racial, contudo, permaneceu firme na crença de que a cor da pele diferencia as pessoas e, portanto, os membros de raça negra devem ser tratados de forma distinta; para Rachel, infelizmente, os negros eram inferiores aos brancos.

Sorte de ela viver em um tempo em que a discriminação por cor, etnia, orientação sexual ou classe social não era repudiada, como passou a ocorrer a partir do comecinho do século XXI. Se Rachel tivesse esse tipo de comportamento lamentável nos dias de hoje, já teria sido presa ou estaria com vários processos judiciais sobre os ombros, além de ter sido colocada à margem da sociedade.

Rachel tinha, como todo mundo tem, o direito de pensar o que bem entendesse em relação a tudo e todos, mas precisava aprender a regra básica de convívio em sociedade: o respeito ao próximo, a consideração por todo tipo de diferenças, afinal, todos nós somos semelhantes, porém indivíduos trazendo dentro de si particularidades que devem ser valorizadas e, acima de tudo, respeitadas; jamais devem ser desprezadas.

Maurício, por sua vez, continuava preso na ilusão de que o mundo deveria fazer suas vontades para que ele se sentisse bem e feliz. Ele já vinha, há algumas encarnações, tendo chances de vivenciar situações nas quais pudesse descobrir por si só e entender que apenas o autoapoio seria capaz de torná-lo uma pessoa de bem consigo próprio e com a vida.

Assim como Rachel, ele não queria mudar e, mais uma vez, tinha a responsabilidade de disciplinar a vaidade, encarar seus pontos fracos e tornar-se seu melhor amigo. Não percebia que a vida o havia aproximado de Rachel para, juntos, aprenderem a modificar a maneira de ser e ter a chance de viver melhor consigo mesmos e acertando as contas com as pessoas ao redor. Não compreendia, tampouco notava, que a vida manda os desafios e é melhor enfrentá-los com coragem e positivismo do que lamentar.

Ele estava prestes a experimentar novo desafio para modificar seu jeito mesquinho e arrogante de ser. Em outras palavras, a vida estava a ponto de lhe apresentar a conta. Como reagiria? Impossível precisar.

Vivemos hoje em um mundo no qual devemos dar as mãos uns aos outros e ensinar a nossos filhos que todos os seres merecem compreensão, carinho e, acima de tudo, respeito. Só assim é possível construir um mundo efetivamente mais equilibrado, justo e melhor para vivermos em paz e harmonia.

E estava na hora de Rachel e Maurício aprenderem a respeitar as pessoas e a se olhar com amor, mesmo que tivessem de pagar um preço alto para atingir tal objetivo.

Estavam em outubro. Dorothy iria apresentar a coleção de verão dali a três semanas, perto do fim do mês. O evento seria realizado na mansão de uma grande amiga, no Alto da Boa Vista.

Era uma casa linda, cravada em meio a um terreno repleto de vegetação nativa, coisa rara. O local era tão deslumbrante que vez ou outra servia de cenário para um comercial ou cena de novela de tevê.

Emília estava acostumada com esse vaivém de câmeras, luzes e gente apressada andando para todos os cantos dos jardins e em volta da piscina. Ela mal ficava hospedada na casa. Vivia a maior parte do tempo com o marido austríaco em um palacete na cidade de Salzburgo, às margens do rio Salzach.

Ela adorava clima com baixas temperaturas e vinha raríssimas vezes ao Brasil. Geralmente encontrava-se com Dorothy fora do país. No entanto, em uma conversa telefônica com a amiga, ao saber da nova coleção, ofereceu a casa como cenário e dispôs-se a vir passar uns dias para matarem as saudades.

Emília era uma pessoa boníssima, de coração puro. Nascida e criada no meio da nata carioca, jamais se deixou contaminar pelas afetações que o dinheiro e o poder podem causar a determinadas pessoas. Era elegante, fina e cativava as pessoas, de porteiro de prédio a reis e imperadores, pela simplicidade com que se expressava. Resumindo, era, como se diz nos dias de hoje, uma fofa, um doce de pessoa.

Fernando havia solicitado a ela, em segredo, se, no fim do evento, sem grande alarde, aproveitando tão somente o cenário, o local onde estariam, poderia oficializar o relacionamento com Debora, pedindo-a em noivado e, na sequência, a mão dela para o padrasto, Nelson.

Diante disso, Dorothy, muito à vontade, fez o convite:

— Se vai ser algo tão importante, por que não convida seus pais para o evento?

— Meus pais?

— É, Fernando. Seus pais. Eles poderiam participar, assistir ao desfile de moda e, depois que os convidados se forem e ficarmos somente nós, ou seja, eu, Nelson e Debora, seus pais e sua irmã, celebramos o noivado. Emília já me deu autorização e, inclusive, vai nos agraciar com um jantar.

Ele sorriu, emocionado.

— Mesmo? Sinto-me nos ares. Nunca imaginei que você me permitisse trazer meus pais para o evento.

— Por quê?

— Não queria misturar negócios com vida pessoal.

— Não tem nada a ver. Além do mais, você vai se tornar parte de minha família. Quero muito conhecer seus pais — tornou ela, mais na curiosidade em conhecer de perto a antiga namorada de Olavo.

Fernando, sem nada perceber, devolveu:

— De certa forma, seremos agora uma grande família. Tem razão. Vou ligar hoje mesmo, convidá-los e providenciar as passagens. Poderão ficar em casa. Meu primo mal dorme lá. E, mesmo que durma, ficará no sofá.

— Quero somente sua família. Nada de parentes — ela foi clara.
— Pode ficar tranquila. Não vou abusar.
— Nem vou chamar Rachel. Ela é impertinente e intragável. Não se dá bem com Debora. Por que chamá-la? Não faz sentido.
— Você é quem sabe.

Passava das oito da noite quando o telefone tocou e Ivan atendeu.
— Pai. Quanta saudade!
Ivan se emocionou. Sem deixar transparecer, devolveu, num tom natural:
— Filho, como está?
— Melhor, impossível. Aqui está tudo indo muito bem.
Conversaram bastante, sobre vários assuntos, trabalho, negócios, política e, de repente, veio o inesperado, quando Ivan indagou:
— Quando vem nos visitar?
— Você virá me visitar. Aliás, você, mamãe e Clarice.
— Não estou entendendo.
— Pai, lembra-se do meu namoro com a Debora, filha da dona da loja?
Ivan remexeu-se nervosamente no sofá.
— Sim, lembro — disse numa voz fria.
— Então. As coisas evoluíram, sabe?
— É?
— Sim. Eu vou pedir Debora em noivado. E, para tanto, quero vocês aqui no dia do pedido.
Ivan gaguejou, pigarreou. Sílvia entrou na sala naquele momento e perguntou se estava tudo bem. Fernando, do outro lado da linha, fazia a mesma pergunta.
Ivan encarou Sílvia de forma atônita. Apontou para o telefone afirmando ser Fernando. Ela não entendeu direito e apanhou o gancho, encostando-o no ouvido:

— Filho, o que aconteceu?

— Eu é que pergunto. Estava falando com o pai e ele começou a tossir. Está bem?

— Aparentemente, sim. O que estavam conversando?

— Tenho uma ótima notícia.

— Qual?

— Vou ficar noivo!

— Noivo?

— Sim. Vou pedir a mão de Debora. Logo vamos nos casar e...

Fernando só escutou o gancho batendo com força no chão. Chamou a mãe, o pai, e nada. Sílvia caiu sobre o próprio corpo, desfalecida. Ivan não sabia o que fazer.

CAPÍTULO 51

Passado o susto inicial, Ivan andava de um lado para o outro da sala. Sílvia estava impaciente.

— O que vamos fazer? Ligar de volta e contar tudo?

— Não. Isso, não. Precisamos contar toda a verdade cara a cara.

— Fernando vai nos odiar.

— Melhor nos odiar do que casar com a irmã.

Sílvia cobriu o rosto com as mãos.

— Que horror! Como a vida pôde me punir? Por que temos de passar por isso?

— Não sei, mas temos de revelar a ele a verdade. Acabou.

Clarice entrou em casa naquele instante. Ouviu as últimas palavras de Ivan e quis saber:

— Revelar qual verdade, papai?

Ivan estancou o passo e ficou imóvel, sem saber como reagir. Sílvia levantou-se e a abraçou:

— Chegou cedo.

— Mesmo horário. O meu turno não mudou por esses dias.

— Então, perdi a noção das horas — mentiu, encarando Ivan e fazendo sinal com os olhos, suplicando para que ele inventasse algo e pudesse convencer a filha.

— Papai e você estão nervosos. Sinto isso. O que foi?

— Seu irmão vai ficar noivo — revelou Ivan. — Ficamos surpresos. A verdade é que eu fiz uma poupança para Fernando e para você, separadas, a fim de presenteá-los quando estivessem prestes a se casarem.

Ela sorriu.

— Que coisa mais linda! E querem fazer surpresa, é?

Sílvia adiantou-se em dizer:

— Sim. Por isso estávamos aqui discutindo. Não seria prudente, por agora, revelar ao seu irmão essa novidade, de que ele tem um bom dinheiro para ganhar.

— Fomos convidados para o evento — tornou Ivan, escondendo a aflição. — Próximo sábado. Vamos passar o fim de semana no Rio.

— Que ótimo! Terei tempo para trocar o dia de trabalho com alguma colega. E poderei ver o Maurício. Sinto que ele precisa de mim.

— Você gosta dele, não? — indagou Sílvia.

— Gosto. Muito.

A viagem foi tensa. Sílvia e Ivan pisaram no chão do Santos Dumont com o coração batendo forte. Clarice notou o estado alterado dos pais e acreditou que, de certa forma, estavam emocionados por conta do noivado do irmão.

Além do mais, dotada de extrema sensibilidade, estava mais ligada em Maurício. Sonhara com ele na noite anterior. Embora não se recordasse do sonho, acordara com uma sensação estranha no peito. Tinha certeza de que algo ruim estava por acontecer. Não quis compartilhar esse sentimento com os pais porque sabia que Sílvia, principalmente, ficaria nervosa com qualquer comentário aterrorizante.

Tomaram um táxi rumo a São Conrado. Naquele dia, a loja de Ipanema não funcionou em virtude dos preparativos da coleção. Fernando já havia subido ao Alto da Boa Vista no comecinho da manhã e encontraria os pais no apartamento perto da hora do almoço. Passariam a tarde juntos e, na sequência, iriam para o evento.

Assim que Sílvia o viu, correu a abraçá-lo e desatou a chorar. Fernando nada entendeu. Clarice simplesmente disse:

— Mamãe está carente de você.

Debora terminava de se arrumar para a grande noite. Havia colocado um vestido de alças finas, sandálias, deixara os cabelos, naturalmente ondulados, soltos e jogados para trás, e estes se moviam com graça sobre os ombros quando ela andava.

Assim que terminou de se maquiar, encontrou Dorothy na porta do quarto, observando-a com ternura.

— Há quanto tempo estava me vendo?

— Fazia um tempinho — confessou Dorothy.

— Mamãe, que coisa! Parece que me vê como uma menininha.

— Sempre vai ser minha menina — disse, enquanto caminhava até próximo da penteadeira e tocava delicadamente os cabelos da filha.

— Estou muito feliz, mãe. Gosto muito do Fernando.

— Gosta mesmo?

— Quer saber? Estou apaixonada.

— Isso é tão bom! Fui apaixonada duas vezes na vida.

— Uma vez pelo papai e outra pelo Nelson.

Dorothy abriu e fechou os olhos. Tinha uma vontade imensa de revelar a verdade à filha. Mas o que dizer? Que Olavo não era seu pai? Que Debora fora fruto de uma impulsividade, de um gesto tresloucado de Dorothy? E, ainda por cima, revelar que a loucura acontecera durante a lua de mel? Qual seria o melhor jeito? Ou haveria um jeito de contar sem que Debora a condenasse?

Dorothy tinha profundo amor pela filha. Temia que Debora pudesse afastar-se dela ao saber a verdade sobre sua concepção. Todavia, era chegada a hora da verdade. Logo as pessoas saberiam sobre a paternidade de Fernando. Poderia haver uma grande confusão, gerar constrangimentos. Dorothy não queria saber de nada que pudesse afetar o equilíbrio emocional da filha.

Por conta disso, decidiu que era a hora de revelar a Debora a verdade. Segurou as mãos dela com delicadeza, abaixou-se, encarou-a e tornou:

— Preciso lhe confidenciar algo.

— O que é?

— Antes, porém, gostaria que não me julgasse. E soubesse que eu a amo acima de tudo. Você é a pessoa mais importante do mundo para mim.

— Sei disso. Eu também a amo muito. Sempre estivemos juntas.

Dorothy sentiu leve estremecimento pelo corpo. Uma emoção que há muito não sentia.

— Quando eu engravidei de você...

Rachel entrou no quarto naquele momento.

— Que cena mais bonitinha! Mamãe e filhinha. Estão de segredinhos?

Dorothy meneou a cabeça para os lados. Exalou um longo suspiro de contrariedade. Levantou-se.

— Depois conversamos, Debora. Como se diz, entrou boi na linha.

— Engraçadinha — rebateu Rachel. — Não posso participar dos assuntos de família? Também sou parte da família.

Dorothy não contou nada a ela. Encarou Debora e comentou:

— Depois da festa conversaremos melhor. A sós.

— Está bem.

Dorothy a beijou na testa e, quando estava para sair do quarto, passou por Rachel, que lhe perguntou:

— Por que não gosta de mim?

Dorothy virou o corpo, apoiou-se no batente e asseverou, olhos firmes:

— Não é questão de gostar ou não gostar. Não temos afinidades.

— Você não gosta de mim! — exclamou.

— Quem está afirmando é você. Nunca disse isso.

— Nem precisa. Basta ver a maneira como me trata.

— E por acaso você, Rachel, me trata bem? Desde sempre, quando vinha, mesmo raramente, passar férias comigo, me destratava. É você quem nunca gostou de mim.

— Papai me falou que você preferiu Debora a mim.

— Quer saber a verdade?

Rachel a encarou e esticou o queixo para a frente:

— Quero.

— Uma mãe nunca ama igualmente seus filhos. Quem afirma que ama está mentindo. As afinidades e diferenças contam. Além do mais, depois que sua irmã nasceu, eu não queria engravidar.

Debora levantou-se e tentou contemporizar:

— Mamãe, o momento não é para esse tipo de assunto. Hoje é uma noite especial.

— Mas Rachel exige, quer uma resposta que a satisfaça. Vou lhe dar. E acabar de uma vez por todas com essa picuinha entre nós.

— Não se meta, Debora — vociferou Rachel. — Quero ver o que *ela* — apontou para a mãe — tem a me dizer.

— Pois bem — tornou Dorothy. — Eu não queria mais ter filhos. De repente, me vi grávida.

— Por que não abortou? Seria mais fácil. Teria resolvido seu problema.

— Até cogitei. Mas seu pai queria muito ter um menino. E me convenceu a manter a gravidez. Com o tempo, a barriga crescendo, também acalentei o sonho de ter um homenzinho na família.

— E se decepcionou quando vim ao mundo.

— Não sei se esse seria o termo correto. Você nasceu com a pele escura, porquanto o cordão umbilical se enrolara no pescoço. Pensei que tivessem me dado a filha errada.

Rachel teve um ataque:
— Não sou escura! Sou branca. Eu sou branca, entendeu?
— Calma — Debora tentava contemporizar.
Dorothy balançou a cabeça.
— Acho que é por essa razão que sempre tive um pé atrás com você. É uma menina superficial, fria, presa a conceitos racistas, seleciona suas amizades pela cor da pele e condição social, não pelo caráter. Você nasceu torta. Vai morrer torta.
— Mas vai ter de me aturar até completar trinta anos. Depois, pegarei todo o meu dinheiro no fundo e vou cair no mundo. O meu sonho é nunca mais ter de olhar para a sua — e encarou Debora com chispas de ódio — e tampouco para a sua cara. Vou me ver livre das duas para sempre.
— Assim seja — tornou Dorothy. — Se eu pudesse, adiantaria o dinheiro, mas não posso, não está sob minha alçada. Teremos de nos aguentar por mais alguns anos. Que o convívio seja pacífico.
— Quero sair daqui desta casa — Rachel foi incisiva.
— Estava pensando nisso — concordou Dorothy. — Logo Debora vai dar um rumo na vida dela. Daí nossa convivência vai se tornar, de fato, insuportável. Assim que passar o evento, semana que vem, irei procurar um apartamento para você sair daqui e tocar a vida.
— Eu quero escolher.
— Não. Quem dita as regras sou eu. Eu vou pagar seu aluguel. Eu escolho. — Virou-se para Debora e finalizou: — O motorista nos espera. Está na nossa hora.
Assim que ela saiu do quarto, Rachel, explodindo de raiva, alfinetou Debora:
— Vai mesmo ficar noiva? Tão fora de moda.
— Esse é um problema meu. Cuide de sua vida — falou e saiu do quarto.
Rachel mordiscou os lábios, irritada, e afirmou:
— Hoje a noite promete! Vou acabar com você, irmãzinha.

CAPÍTULO 52

Passava das nove da noite quando Maurício apareceu na portaria do prédio onde Rachel morava. O porteiro o anunciou e ele subiu. Assim que entrou no apartamento, assobiou:

— Uau! Que espetáculo! Parece apartamento de novela.

— Meio cafona. Exagerado. Meu estilo de decoração é bem distinto do de minha mãe. Sou mais minimalista, *clean*.

— Eu gostei.

— Você não veio aqui para apreciar a decoração de casa. Conseguiu os convites?

Ele passou a mão na testa.

— Pensei que fosse mais fácil, mas consegui. Tive de passar a tarde toda com uma coroa pavorosa, decadente, lá em Copacabana — e tirou do bolso do paletó dois convites. — Aqui estão. Para entrar no evento de sua mãe.

— Perfeito. Você até que está bem arrumadinho.

— Preferia estar melhor. Não pude me arrumar em casa. Meus tios e minha prima estão hospedados lá.

— A priminha do coração está aqui? — ironizou.

— Não gosto que faça piadinhas em relação a Clarice. Ela é uma ótima pessoa. Aliás, é a única pessoa no mundo que presta. Eu a defendo com unhas e dentes.

— Nossa! Parece discurso de apaixonadinho.

— Nada a ver. Eu tenho um sentimento especial por ela desde pequeno. Só isso.

— Está bem. Quer me enganar? Ou se enganar?

— Não estou entendendo, Rachel.

— Seus olhos brilham quando fala nessa Clarice. Nunca notou?

— Não tem como ver meus olhos quando falo.

— Bobo.

— Vamos. Pelos meus cálculos — ele consultou o relógio —, o evento está quase na metade.

— E eu roubei as chaves do carro de Debora. Ela e a megera da minha mãe foram ao evento com motorista.

— Quer que eu dirija?

— Por favor. Não sei dirigir nesta cidade.

— Mas veja só: vamos até o evento, eu falo na frente de todo mundo que Fernando e Debora são irmãos, saímos de lá e sumimos por uns dias.

— Não podemos voltar para casa neste fim de semana. Sabe disso.

— Está tudo certo. Outra "amiga" com quem saio de vez em quando me emprestou a casa de veraneio que tem na praia da Macumba, no Recreio dos Bandeirantes.

— Onde fica isso? No Rio?

Maurício riu com gosto.

— Sim. Fica aqui no Rio. O Recreio fica logo depois da Barra da Tijuca. É longe, afastado, deserto. Você vai curtir. As praias também são desertas.

— Tudo bem. Vamos.

Rachel abriu a bolsinha que carregava sob o braço e dela tirou um molho de chaves. Entregou-o a Maurício. Assim que entraram no carro, ela murmurou:

— Maurício acha que vai criar um grande estrago, pobrezinho. Eu só não conto a ele a verdade sobre minha irmã porque quero ver *mummy* constrangida na frente de um monte de gente. Apenas isso.

Maurício perguntou:

— O que está gesticulando?

— Nada. Estava pensando alto. Como a vida é curta. Por isso, devemos aproveitá-la ao máximo!

❋

Sílvia suava frio. Ivan, mesmo nervoso, tentava tranquilizá-la.

— Calma.

— A noite vai ser uma tragédia. Grega! Como posso me acalmar?

— Não sei, mas estou aqui, ao seu lado. Sou seu marido.

— Meu coração está tão apertado! Será que não é melhor falar com Fernando agora? Contar tudo a ele?

— Do jeito que as coisas estão, creio que o melhor seja esperar acabar o evento e, antes do jantar, chamar Fernando, Dorothy e Debora para uma conversa.

— Por que será que Dorothy não quis falar conosco? Se nos reuníssemos antes, poderíamos ver uma estratégia em conjunto, pensar em algo.

— Não sei — ajuntou Ivan. — Eu tentei. Ela nunca retornou as nossas ligações.

— Estranho. Tudo estranho. E agora vamos nos encontrar, cara a cara, em uma situação tão desagradável!

— Você está certa — tornou Ivan. — Vamos conversar agora.

Ele se levantou de supetão do sofá e, quando ia dobrar o corredor, esbarrou em Fernando.

— Pai, que bom vê-lo! Olha, me ligaram do evento. Houve um problema com a entrega das flores, a funcionária que cuida disso não chegou ainda, está presa no trânsito. Eu preciso correr até lá imediatamente.

— Eu e sua mãe queremos...

Fernando nem o deixou falar. Interrompeu-o, enquanto corria de um lado para o outro:

— O motorista vai levá-los às sete horas. Clarice chega do salão pronta, é só se vestir e vocês sobem para nos encontrar. Não vai ter erro. Preciso ir. Beijo.

— Mas...

Inútil falar. Antes de Ivan finalizar a frase, Fernando já havia saído. Ele encarou Sílvia e concluiu:

— Agora é tarde.

Os convidados não paravam de chegar. Embora fosse um evento de porte médio, a elite carioca estava lá, além de grande parte da mídia: emissoras de tevê, rádio, jornais e revistas. Todos estavam ansiosos para ver a nova coleção de verão de Dorothy.

Sílvia, Ivan e Clarice chegaram perto das oito da noite. Fernando veio recepcioná-los e os apresentou a Debora e Nelson. Houve empatia imediata entre ela e Sílvia.

— A senhora é muito mais jovem do que imaginava.

— Tive Fernando muito novinha, aos dezenove anos.

Nelson os cumprimentou e pediu licença para ajudar Dorothy. Debora cumprimentou Ivan e Clarice. Também sentiu grande empatia pela moça. Era como se fossem conhecidas de longa data. Depois, voltou a comentar com os três, dirigindo o olhar a Sílvia:

— Seu filho, por incrível que pareça, é a cara do meu pai.

— É mesmo? — quis saber Clarice. — Como assim? Seu pai não é o Nelson?

— Não. Eu apresento Nelson como pai, mas na verdade é meu padrasto. O meu pai mesmo morreu há um tempo.

— Sinto muito — lamentou Clarice.

Debora fez um gesto com a mão e completou:

— Depois eu lhe mostro uma foto de meu pai quando jovem. Você vai ver a semelhança entre ele e seu irmão.

Sílvia estremeceu e apoiou o braço em Ivan. Fernando nada notou e puxou a namorada para o lado.

— Precisamos ir. Roberta não veio. Estão precisando de nossa ajuda nos bastidores.

Debora foi simpática:

— Fiquem à vontade. Depois do desfile voltaremos a nos ver e teremos tempo para nos conhecer melhor. Trarei minha mãe para lhes apresentar. Ela está na casa, conversando com a dona, acertando alguns detalhes do jantar — e, virando-se para Clarice, tornou: — Você vai achar impressionante a semelhança entre Fernando e Olavo, meu pai.

Saiu de braço dado com Fernando e sumiu entre os convidados. Clarice encarou a mãe e perguntou:

— Esse nome não me é estranho. Por acaso tem a ver com aquele espírito que frequentou a sessão de Leocádia?

Ivan sorriu para a filha:

— Tem como conseguir um copo de água para sua mãe? Ela não está passando muito bem.

Enquanto isso, na capital paulista, Jamil e Leocádia estavam no saguão do aeroporto à espera de João Carlos, que vinha de longa viagem ao exterior e, por ora, ficaria um bom tempo no país.

— Quem sabe, agora, podem decidir morar juntos? — tornou Leocádia.

— Não sei. Seu filho é muito independente. Sempre viveu sozinho, viajando para cima e para baixo, muito dono de si. Não sei se gostaria de, a essa altura da vida, dividir o mesmo teto comigo.

— João Carlos sempre foi autossuficiente. Nunca precisou apoiar-se em ninguém, mas isso não quer dizer que ele não sinta vontade, nesse momento de vida, de viver ao seu lado, morando sob o mesmo teto. Noto que você está com medo e justifica o jeito de ele ser para não tomar atitude.

Jamil corou.

— Não. Eu sou dono de mim. Sei o que quero.

— Será? — ela o desafiou. — Sempre viveu em função de algo ou de alguém. Nunca viveu para si. Sempre fugiu para não cuidar de você.

— Não é verdade.

— Claro que é. Deu um passo importante na vida, namorou meu filho, mas manteve uma relação distante, fria, até. Pensa que João Carlos viaja a todo momento por quê? Porque você não dá a ele a chance de estarem juntos. Sempre há algo que impeça você de ficar mais tempo com ele: é o mercado, o medo de o mundo saber sobre suas escolhas, a sua mãe quando estava viva...

— Alto lá! Eu me dediquei a cuidar de Eustáquia porque a amava. Nem era minha mãe de sangue. Mas eu a amava.

— Sim, contudo, usava a doença dela para ficar longe de meu filho. Quantas vezes João Carlos quis lhe fazer companhia no casarão, dormir lá, cuidar de Eustáquia? Você nunca permitiu.

Jamil ruborizou.

— Não pegava bem. Eu não saberia como agir. Minha mãe estava ali ao lado...

— Sempre os outros na frente. Você em último lugar. Se continuar agindo dessa forma, vai perder meu filho.

— Não diga uma coisa dessas, nem por brincadeira!

— Mas é verdade.

— Estamos juntos há mais de vinte anos.

— O tempo não diz nada. O que importa é a qualidade da relação. Você está cem por cento entregue a ela? Lembre-se do que eu lhe disse uma vez.

— O que foi?

— Se você não valorizar o que tem, vai perder.

— João Carlos me ama.

Uma leva de passageiros começou a sair pela porta de desembarque e, dali a alguns minutos, João Carlos apareceu. Como sempre, elegante, trajando um blazer azul-marinho, calça cáqui e mocassim. Embora viesse de voo internacional com mais de dez horas de duração, os cabelos estavam impecavelmente penteados para trás, e o bigode, levemente prateado.

Leocádia estendeu os braços.

— Saudades, menino.

Ele a abraçou com efusividade.

— Adoro quando me chama de menino. Rejuvenesço dez anos.

Em seguida, abraçou Jamil. Não foi um abraço caloroso.

— Como está? — indagou.

— Bem. Melhor agora. Estava morrendo de saudades.

João Carlos tomou a valise com uma mão e enlaçou a cintura de Leocádia com outra, caminhando para a saída do aeroporto. Jamil foi um pouco atrás.

— Gostaria de jantar. Estou com fome — tornou João Carlos.

— Vamos a um restaurante ótimo que inaugurou nos Jardins — interveio Jamil.

João Carlos fez sim com a cabeça e, quando Leocádia entrou no carro, ele sussurrou no ouvido de Jamil:

— Precisamos ter uma conversa séria. Ainda hoje.

Jamil estremeceu.

CAPÍTULO 53

O desfile começou pontualmente às oito e meia da noite. Jovens de ambos os sexos deslizavam por uma passarela iluminada por lâmpadas piscantes e coloridas que ia do jardim e passava por cima da piscina, ao som de música dançante da época.

Os convidados estavam sentados em cadeiras dispostas nos dois lados da passarela. Logo começou o espocar dos flashes e, a cada modelo apresentado, uma salva de palmas.

Maurício e Rachel entraram no evento sem maiores problemas. Apresentaram os convites e se sentaram em uma última fileira. A agitação e o entusiasmo das pessoas eram tantos que eles mal eram notados.

Terminado o desfile, de sucesso total, e servido o coquetel, os convidados foram se retirando e, às onze da noite, a casa estava pronta para o jantar de noivado.

Emília havia solicitado aos seguranças para dar uma geral na residência, nos arredores e assegurar que ali somente estivessem, além dela, Dorothy, Nelson, Debora, Fernando, Sílvia, Ivan e Clarice.

A mesa de jantar estava preparada para oito convidados, incluindo Emília, obviamente. Fernando fizera questão de que ela, como anfitriã, se sentasse à cabeceira da mesa. E, generosíssimo, pediu que Nelson se sentasse na outra. Assim, Fernando, Debora e Dorothy ficariam de um lado; Sílvia, Ivan e Clarice, do outro.

Houve uma pequena tensão no momento em que Sílvia e Dorothy se encontraram. Assim que Debora as apresentou, a mão de Sílvia tremeu.

Dorothy percebeu o estado dela e, fora de seu costume, decidiu abraçá-la.

— É um prazer conhecê-la.

— O prazer é meu.

Dorothy cumprimentou Ivan e, antes de se sentarem à mesa, os chamou para uma saleta reservada.

— Nós dois? — indagou Sílvia, apertando a mão de Ivan.

— Sim — afirmou Dorothy. — Precisa ser agora. Vai ser rápido. Vocês vão entender e ficar aliviados. Por favor — e fez sinal para passarem para a saleta.

Assim que fechou a porta atrás de si, Dorothy sorriu para Ivan:

— Você não mudou muito nesses anos.

— Você também não. Parece que não foi tanto tempo assim.

— É. Também acho. — Virando-se para Sílvia, confidenciou: — Sempre tive curiosidade de saber sobre você.

— Por quê?

— Porque foi — ela calculou as palavras e tornou, com delicadeza — uma pessoa importante para Olavo. Além do mais, você e ele trouxeram Fernando ao mundo.

Sílvia engoliu em seco. Ivan remexeu-se na cadeira e cruzou as pernas.

— E como pode permitir que nossos filhos fiquem noivos? — indagou Ivan, atônito. — Você sabe que Fernando é filho de Olavo. Portanto, ele não pode se casar com Debora!

Sílvia notou o semblante calmo de Dorothy e teve um estalo. A frase veio de maneira natural:

— A não ser que...

Dorothy completou:

— Debora não seja filha de Olavo?

Sílvia e Ivan se entreolharam sem saber o que dizer. Estavam boquiabertos.

— Depois, com calma, explicarei melhor a vocês sobre como engravidei de Debora. Por isso nunca impedi que ela e Fernando namorassem.

— E por isso não quis atender minhas ligações — ajuntou Ivan.

— Não queria falar nada antes de estarmos todos juntos.

— Você nos deixou aflitos. Estávamos morrendo de medo. Quase contamos a Fernando toda a verdade e...

A conversa foi interrompida por um burburinho que foi crescendo a ponto de Emília entrar na saleta, atônita:

— Dorothy, sua filha Rachel está na sala acompanhada de um rapaz e estão falando barbaridades para Debora e Fernando. O que está acontecendo?

Saíram todos em disparada para a sala. Rachel e Maurício tripudiavam sobre Fernando e Debora. Ele, olhos arregalados, não sabia como agir ou articular palavra. Ela, prostrada numa poltrona, mão cobrindo o rosto, chorava copiosamente.

Maurício falava com um dos dedos apontados na direção de Fernando:

— É isso, cara. Não posso te chamar de primo porque não é meu parente, é filho de um desconhecido. É filho do pai dela — apontava para Debora.

Nelson interveio:

— Não é nada disso.

— Claro que é — sustentou Rachel, mesmo sabendo a verdade. — Eles são filhos do mesmo pai. São irmãos.

Maurício prosseguia:

— Sabia que um dia seu castelo iria afundar.

Fernando, uma lágrima no canto do olho, indagou:

— Por que tem tanto ódio de mim?

Maurício não soube responder, mas sentiu prazer imenso em ver Fernando naquele estado, fragilizado.

Rachel ria divertindo-se:

— Incesto! Dois pervertidos!

Dorothy invadiu a sala, irritada.

— Como entrou aqui?

Rachel sorriu:

— *Mummy*! — e, ao ver Sílvia logo atrás, tornou: — E a outra! As duas mulheres de Olavo. Juntas. Que família mais exótica!

O tapa veio rápido e certeiro — plaft! Rachel sentiu a ardência no rosto, e o sorriso sumiu de sua face.

— Doeu.

Dorothy lhe deu novo tapa.

— Eu devia ter trazido você para morar comigo desde pequena. Iria educá-la de forma adequada. Mas agora é tarde. Você não tem mais conserto. É uma pessoa desprezível.

— Nunca poderá se ver livre de mim. Sou sua filha. Vai ficar amarrada comigo até eu completar trinta anos.

— Saia daqui, ordinária. Agora!

Enquanto isso, Ivan partiu para cima de Maurício:

— Quem pensa que é, fedelho? Como pôde criar uma situação tão constrangedora como essa?

— Não é verdade? Vai me desmentir, titio? — Ele riu de forma sarcástica: — Meio-titio. Será que Clarice é sua filha?

O soco veio certeiro. Maurício cambaleou para trás e caiu sobre a mesinha atrás de si, derrubando abajur e outras peças.

Clarice meneava a cabeça e fitou o primo, desolada:

— Por que fez isso, Maurício? Por quê? Eu gosto tanto de você! Por que quer tanto destruir minha família?

Maurício tinha pensado em tudo, exceto que a situação poderia ferir Clarice profundamente. Sentiu uma dor bem maior do que a do soco que o tio lhe dera. Passou os dedos pelo lábio ensanguentado e teve vontade de abraçá-la, beijá-la, pedir-lhe perdão.

Foi naquele momento que Maurício teve um lampejo de lucidez.

— Perdão, Clarice. Não sei por que fiz isso. Nunca quis magoar você.

Rachel o puxou pelo braço.

— Vamos. Os seguranças estão vindo para nos pôr para fora à força. O nosso tempo aqui já acabou.

Ele se levantou com a ajuda dela, passou por Clarice, deslizou a mão pelo braço dela e Clarice baixou os olhos. Maurício sentiu uma dor como nunca havia sentido antes na vida.

A um canto da sala, Adélia e Alaíde assistiam a tudo.

— Será que esse rancor entre Maurício e Fernando pode chegar a termo, findar? — perguntou Adélia.

— Maurício desprendeu toda a raiva que guardava em seu subconsciente. Ele ainda guardava na memória celular fatos de um passado recente, mais precisamente de duas encarnações anteriores a esta, em que desejava ardentemente se casar com Clarice e fora impedido por Fernando, porque era fanfarrão, boêmio. Tentaram fugir, viver o amor deles, mas Fernando, implacável, os perseguiu e os encontrou. Clarice foi levada para um convento e confinada numa clausura até morrer, tísica. Maurício morreu de amor, cheio de ódio contra Fernando.

— Então, o que acabamos de ver foi como se Maurício ainda estivesse preso a esse passado.

— Sim. Em seguida, Maurício regressou ao planeta, mas por pouco tempo. Desencarnou jovem. Todavia, esse passado, pelo que vejo, está sendo limpo. Os acontecimentos que estão por vir vão mudar toda a dinâmica da família — ajuntou Alaíde.

— Estou preocupada com Rachel. Não sei se ela está preparada...

Alaíde sorriu, bondosa:

— Ninguém está, Adélia. Por isso, estamos aqui.

— Vamos limpar as energias do ambiente?

— Sim. Mas precisamos ser rápidas. O tempo urge, porque logo teremos uma grande tarefa que vai exigir muito de nós.

Enquanto elas higienizavam o ambiente com gestos delicados, Dorothy, Nelson, Sílvia e Ivan procuravam tranquilizar os filhos, contando-lhes a verdade sobre a origem de cada um.

Embora surpresos com o relato, Debora e Fernando se sentiram aliviados de poder se amar sem impedimentos. O resto, bem, o resto, aos poucos, eles iriam absorver com o tempo.

CAPÍTULO 54

A vida funciona de maneira prática. Ela faz com que você experimente o que acredita e descubra a verdade, arrancando o véu da ilusão, que só machuca e nubla a mente. É por essa razão que cada indivíduo atrai as próprias experiências para seu processo de evolução.

Rachel e Maurício não conseguiam entender que só o amor consegue fazer com que as coisas caminhem bem. A raiva, o ódio, a implicância e a indiferença não funcionam, só trazem problemas. E eles tinham acabado de criar uma situação propícia para encararem um problemão.

Assim que entraram no carro, ele deu partida e saíram do casarão mudos. Desceram o Alto da Boa Vista e depois Maurício tomou a Estrada da Gávea Pequena.

Rachel ligou o rádio e finalmente quebrou o silêncio. Começou a rir:

— Ai, ai. Você é apaixonado pela priminha.

— Não.

— É, sim. Ficou sem graça.

— Gosto demais da Clarice. Apenas isso.

— É amor, idiota.

— Não me chame de idiota.

— Claro que chamo. Fez papel de otário.

Maurício não entendeu.

— Eu?! Papel de otário?

— Sim.

— Acabei com meu primo. Destruí a família. Ele e sua irmã nunca poderão se casar. E me diz que fiz papel de otário? Está louca?

Rachel não parava de gargalhar.

— Fez, sim.

— Pela primeira vez na vida me sinto vingado! Fernando teve o que merecia e agora quero ver como minha mãe vai encará-lo. — Gesticulava e mexia uma das mãos, enquanto a outra cuidava da direção.

Rachel foi incisiva:

— Idiota, sim. Sabe por quê? — Ele meneou a cabeça e ela tornou: — Vou lhe explicar. Claro que seu primo pode se casar com a minha irmã.

— Cometendo incesto? Claro que pode. Seria um soco no meio do estômago da moral da família.

Ela continuava a gargalhar.

— Eles não são irmãos.

Maurício estava concentrado na condução do veículo, calculando as freadas no momento de fazer as várias curvas. Não prestou muita atenção, ou não concatenou direito as ideias. Apenas indagou, sem virar para Rachel:

— O quê?

— Não escutou? É isso mesmo. Eles podem se casar porque não são irmãos.

— Claro que são. Fernando é filho de Olavo, que, por sua vez, é seu pai e de Debora.

— *No!* — Ela fez um gesto gracioso com o polegar para baixo. — Não, não. Eu e Fernando, sim, podemos ser filhos de Olavo. Mas a Debora não é.

— Não estou entendendo.

— Volto a repetir. Debora não é filha de Olavo.

— Ela é sua irmã! — ele protestou.

— Sim, bobinho, mas por parte de mãe. A Dorothy pulou a cerca, ou seja, a Debora não é filha de Olavo. Se não é filha dele, nada impede a minha meia-irmã de namorar ou casar com Fernando.

— Você sabia disso? — Maurício questionou enquanto fazia nova curva, agora com o suor escorrendo pela testa.

— Claro.

— Por que não me falou antes?

— Para ver o circo pegar fogo. Só por causa disso. O seu espetáculo já terminou e teve um curto efeito. A essa altura — ela consultou o relógio —, minha mãe já deve ter contado a verdade aos pombinhos.

— Então...

— Então foi você quem fez papel de otário! Mil vezes otário!

A cabeça de Maurício começou a dar pontadas nas laterais. Seu ódio foi nublando a visão e, na curva seguinte, deixou escapar as mãos da direção. Rachel gritou, mas era tarde. O carro perdeu a estabilidade, chocou-se na mureta do lado contrário e capotou diversas vezes.

❋

Adélia e Alaíde ali estavam. Espíritos abnegados e acostumados ao resgate de indivíduos em situações delicadas, foram atraídas para o local do acidente tão logo tinha acontecido.

O cheiro de pneus queimados no asfalto se fazia presente quando Alaíde, mãos delicadas, tocou a testa de Rachel. Com o impacto da batida, seu corpo fora arremessado com violência para fora do carro. Rachel teve morte instantânea.

Assim que sentiu o delicado toque na testa, Rachel abriu os olhos perispirituais. Seu corpo astral se desprendeu facilmente do corpo físico, e ela, atordoada, balbuciou algumas palavras desconexas, entre o inglês e o português.

Alaíde a tomou nos braços e piscou para Adélia. Desvaneceu-se no ar e, em seguida, Adélia aproximou-se do veículo capotado. Estava de ponta-cabeça e Maurício estava preso às ferragens, desacordado.

Ela também lhe tocou a fronte, imantando nele energias revigorantes. Maurício abriu os olhos e vislumbrou uma luz. Em seguida, com muita dor, perdeu os sentidos. Não saberia dizer, mais à frente, se vira uma entidade ou se a confundira com as luzes da ambulância que tinha acabado de chegar.

Tão logo os bombeiros retiraram seu corpo das ferragens, os paramédicos o deitaram sobre a maca e Maurício foi conduzido até o hospital mais próximo.

❋

Minutos antes do acidente, Debora e Fernando ainda estavam absorvendo doses cavalares de verdades acerca das próprias vidas, ora emocionados, ora desapontados.

Depois de escutarem as histórias de Sílvia e Dorothy, os jovens deram-se as mãos e saíram da mansão em silêncio. O motorista já os esperava e Debora deu sinal para ele os levar para a casa de praia que a mãe emprestava de uma amiga em Cabo Frio.

— Não quero voltar para casa hoje, tampouco amanhã. Preciso respirar sozinha, longe de casa — ela admitiu.

— Sinto a mesma vontade — confessou ele. — Não estou com vontade de conversar com meus pais. — Fernando pigarreou e tornou: — Quer dizer, agora não sei mais nada. Parece que minha vida foi uma farsa o tempo todo.

— No seu caso, seus pais tomaram essa decisão porque tal atitude salvou a reputação de sua mãe. De mais a mais, meu pai tinha acabado de se casar com minha mãe. Se quer saber, a atitude de sua mãe foi digna. E a de seu pai, mais ainda.

— Ivan não é...

Debora o interrompeu:

— Jamais diga uma coisa dessas. Ivan foi, é e sempre será seu pai. Olavo nunca participou de sua criação. Não é justo, a esta altura da vida, rebelar-se contra aqueles que o criaram e lhe deram amor desde o nascimento.

— Eu sei, mas...

— Mas nada. Sílvia e Ivan são dignos de consideração e respeito. Sei que está mexido porque a verdade caiu como um furacão sobre nossas cabeças. Contudo, somos adultos e, mais importante, nos queremos bem.

— Você ficou chateada com sua mãe. Por que eu não posso ficar com os meus pais?

— Porque é diferente. Seus pais esconderam a situação por um motivo justo. Minha mãe escondeu minha origem por conta da vaidade. Meu pai morreu acreditando que eu era sua filha legítima.

— Tem razão. E o que pretende fazer?

— Por agora? Nada. Quero ficar ao seu lado, somente eu e você, mais ninguém.

— Tem raiva de sua irmã?

Debora meneou a cabeça.

— Não. Rachel sempre foi uma menina problemática. Papai, quer dizer, Olavo a criou de forma muito solta. Ela se transformou em uma menina rebelde, sem limites. Se causou algum prejuízo, foi a si mesma. Rachel não tem amigos, não se dá bem com ninguém. Creio que participou dessa armação toda apenas para me ver fragilizada por alguns instantes.

— Ela me parece uma pessoa bem superficial.

— Que vai precisar aprender a lidar com determinadas questões de vida de maneira firme. Maurício, seu primo, precisa de tratamento psicológico, diria até espiritual. Ele não está bem.

— É, por mais que fale, eu não tenho ódio dele. Não sei por que, mas, quando estava todo rancoroso na sala, me atirando palavras vis, senti como se já tivesse feito o mesmo com ele. Não sei explicar.

— Uma espécie de *déjà-vu*, de volta ao tempo?

— Não sei ao certo. É como se já tivéssemos vivido algo parecido. Por mais que Maurício tenha tentado me derrubar, no fundo, gosta de mim.

— Se não gostasse, não se importaria.

— Isso é.

Debora tomou a mão de Fernando entre as suas. Finalizou com carinho:

— Não quero mais falar na família.

— Eu também não. Estou muito interessado em você, em nós, em nosso futuro.

— Eu também.

Beijaram-se longamente e, duas horas depois, estavam em Cabo Frio, sozinhos, apaixonados e felizes.

❋

Sílvia e Dorothy ainda conversavam sobre o passado, falavam sobre Olavo, começavam a trocar experiências de vida quando a notícia chegou. Como o carro estava no nome de Debora, a polícia veio primeiro até o casarão.

Sílvia quis saber:

— Como eles estão?

— Muito mal — foi a curta informação dada pelo policial.

Sílvia sentiu um frio na espinha. Fez uma prece ao seu jeito direcionada ao sobrinho e, na sequência, ligou para Soraia. Foi Paulo quem atendeu:

— O que foi, Sílvia?

— Maurício bateu o carro e está hospitalizado.

Paulo deu uma risadinha.

— Não pode ser. — Ele caminhou com o aparelho telefônico até perto da janela da sala, dedilhou a cortina da janela para o lado e olhou para a calçada. — O carro está estacionado lá embaixo. Não receberam trote?

Sílvia acreditou que Paulo não a tivesse escutado bem. Queria repetir, mas Ivan pegou o fone da mão dela e falou com firmeza:

— Paulo. É sério. Maurício bateu o carro e está no hospital. Parece que corre risco.

Soraia entrou na sala nesse instante. Viu a expressão no rosto do marido e, antes de ele despencar na poltrona, agarrou o telefone.

— Alô.

— Oi, Soraia. É Ivan.

— O que aconteceu?

— Maurício sofreu um acidente. Anote o endereço do hospital para o qual ele foi levado.

Soraia anotou e, enquanto se arrumava para sair com Paulo, o jovem espírito de Raul estava atrás deles, dando-lhes força e sustentação. Iriam precisar. Das duas coisas.

CAPÍTULO 55

Rachel abriu os olhos e, ao ver a figura de Olavo à sua frente, sorriu:

— Papai! É você mesmo?

— Sou. Estou aqui para ficar ao seu lado. Ficarei até lhe darem alta.

— O acidente foi feio, eu sei. Pensei que fosse morrer.

Olavo sorriu sem graça. Adélia entrou no quarto e Rachel mudou a expressão.

— Quem é você?

— Amiga de seu pai.

— Não me lembro de meu pai ter amigos de cor — ela aumentou o tom de voz, irritada.

— Por quê? Seu pai agora tem amigos coloridos? Quais cores? Brancos, pretos, amarelos, azuis, verdes?

Olavo interveio:

— Rachel, para seu bem, melhor se acalmar.

— Eu?! Acalmar-me? Com essa mulher ao seu lado?

— Sim. Porque, se alterar seu emocional e desequilibrar--se, não terei como mantê-la ao meu lado. Você será levada imediatamente para um lugar afim com suas energias, um lugar cuja vibração seja muito parecida à que você emite. E, confesso, não é das melhores.

Ela esfregou os olhos e continuou:

— Como é que é? A minha vibração não é boa? Por acaso, é pior que a dessa preta? — apontou para Adélia.

— Essa preta, como você diz de forma desdenhosa e preconceituosa, foi quem a trouxe do acidente, depois que... — Ele parou de falar, temendo o pior.

— Depois que o quê? Não vá me dizer que fiz transfusão de sangue e recebi o sangue sujo dela. Só me faltava!

Adélia sorriu, fez sinal para Olavo se despedir de Rachel. Ele aproximou-se da moça e tocou seu rosto:

— Desculpe. Em vida terrena, dei o melhor de mim, fiz o melhor que pude. Ninguém dá o que não tem. Se você foi criada de forma solta, deveria ter aproveitado e olhado tudo como bênção, por não ter um pai repressor e ter a chance de se transformar em uma pessoa melhor. Mas usou o excesso de liberdade para se tornar uma pessoa mesquinha, superficial e, em mais uma vida, presa no preconceito. Você não quis melhorar.

— O problema é meu. Faço da minha vida o que bem entender.

— Faz mesmo — ele concordou, abaixou-se e a beijou no rosto. — Preciso ir. Não sei quando vamos nos ver de novo. Saiba que você vai estar sempre no meu coração.

Olavo despediu-se e saiu do quarto. Rachel fez uma careta.

— Idiota. Mil vezes idiota. Que discurso mais meloso! Sempre foi um frouxo. Não foi à toa que mamãe pulou a cerca...

Ela teve um lampejo e mirou Adélia:

— Serviçal, venha cá e me diga. Sofri um acidente feio, pensei que tivesse morrido. Agora encontro meu pai. Isto é sonho, não é? Porque eu sinto meu corpo — ela se apalpava — e estou lúcida.

— Sim. Você, em termos de consciência, não morreu. Só o corpo de carne, o físico, que foi para a casa do chapéu. Seu corpo ficou muito machucado e a impossibilitou de continuar a viver no planeta por ora.

Rachel gargalhou.

— Sei. E agora devo satisfações a uma negra. Quem é você?

— Sou a médica responsável por esta ala.

— Tá. Médica? Eu não quero ser tratada por você. Me chame um médico, de preferência alto e louro.

— Você não toma jeito, mesmo. Aqui temos compaixão, só que tudo tem limite. O desrespeito não é tolerado. Gente como você não pode ficar neste posto de tratamento, tampouco seguir caminho ao lado de Olavo. A sua energia é muito baixa.

— Hum. A doutora ficou cabreira. E está me dando lição de moral? Escute aqui, Zira. Eu não sou o Cornelius e não estamos no *Planeta dos macacos*. Portanto, pare de querer dar uma de superior, coloque-se no seu lugar e suma da minha frente, antes que eu pule desta cama e avance em seu pescoço.

— Vou chamar o médico alto e louro. Com licença.

— Isso mesmo! Detesto lidar com gente inferior. Que saco!

Adélia nada disse. Em silêncio, retirou-se do quarto. Um minuto depois, bateram e Rachel disse um "entre", enquanto tomava um copo de água, virada de costas para a porta.

— Sou o doutor Beau. A seu dispor.

Rachel virou o corpo e, ao se deparar com a figura à sua frente, teve um ataque. O copo de água que segurava foi ao chão e espatifou-se. Ela arregalou os olhos e gaguejou:

— Vo... você?! Como?!

— Não queria um médico alto e louro? Aqui estou.

— Você deveria estar morto. Aliás, morreu.

Foi a vez de Beau gargalhar.

— Sim, querida. Você mandou matar a mim e minha família toda. Você e seus amiguinhos da Ku Klux Klan.

Aterrorizada, Rachel encolheu-se na cama, desculpando-se:

— Não! A nossa seita apenas perseguia os negros. Você era branco...

Beau prosseguiu:

— Eu era branco, alto e louro. Professor. Eu e outros colegas lecionávamos aos negros para que se instruíssem e, dessa forma, tivessem a chance de se verem livres da escravidão. Você e seu grupo não gostaram da ideia. Não se lembra da nossa acalorada discussão, dois dias antes de minha casa arder em chamas?

Ela balbuciou algumas palavras:

— Estou confusa. Minha mente não está processando direito as informações. Você fez parte da minha vida, morreu, mas não desta...

— Morri porque, como disse, você mandou atear fogo em minha casa, matando a mim e minha família. Tempos depois, aqui no mundo espiritual, foi-lhe dada a sagrada chance de retorno e mudança de ideias, posturas, mas, pelo visto, não mudou nada.

— Quero sair daqui agora. Quero meu pai. Exijo!

— Não exige nada. A única maneira de parar com essa ideia estapafúrdia de separar pessoas por cor de pele ou etnia é viver situação semelhante. Só assim você poderá, em um futuro não distante, refletir melhor sobre seu ponto de vista tão endurecido.

Rachel sentiu um frio na barriga.

— Não podem me prender. Não podem nada. Não há o livre-arbítrio? Já ouvi falar. Eu posso escolher. Tenho esse direito.

— Evidente que tem. Apenas não tem o direito de discriminar as pessoas. O seu caso, agora, não é mais à base de conversa e entendimento. Não funciona. Vai precisar passar e sentir o preconceito na própria pele.

— Não! Não vai me obrigar a...

Não deu tempo de finalizar. Beau aplicou nela um sedativo e Rachel apagou. Adélia entrou no quarto e indagou:

— Qual é o próximo passo?

— Ela não vai ter condições de absorver nada neste plano. Está obcecada e presa aos conceitos baseados em distinção de classes, etnia, discursos racistas. A melhor maneira de acabar com esta crença cristalizada é fazer com que Rachel reencarne da forma como mais despreza.

— Vai renascer negra.

— E sem recursos. Não soube também dar valor ao dinheiro, a nada. Usou-o de maneira a se sentir superior aos demais e agora vai ter de lutar contra o preconceito e batalhar pelo seu sustento.

— É raro tratar de reencarnes imediatos — ponderou Adélia.

— Ela não vai reencarnar agora. Vai levar cerca de dois, três anos. Precisamos preparar seu perispírito para as mudanças físicas adequadas.

— Vai reencarnar no Brasil?

— Não. Em um bairro pobre de Los Angeles, nos Estados Unidos. É naquele país que o espírito dela se comprometeu em últimas vidas. E é ali que muitos desafetos estão reencarnados, como também alguns afetos. Daqui a uns anos, os norte-americanos vão enfrentar novas questões envolvendo a segregação racial. É uma espécie de acerto de contas com a própria consciência. Rachel vai estar do lado de quem sofre e precisa lutar para mostrar-se semelhante ao próximo.

— Ainda vivemos dessa forma, tendo de provar que somos iguais, apesar da cor de pele, sexo, gênero, condição social...

— É, Adélia. O mundo não mudou muito nos últimos quinhentos anos. O ser humano ainda vive preso à vaidade, à ilusão. Uma boa parte já reencarnou com ideias altamente saudáveis do ponto de vista de humanização. Entretanto, muitos grupos que lutaram em últimas guerras também estão retornando com suas cargas de preconceito ainda nublando suas mentes. O embate não será fácil.

— Mas, como você mesmo diz, Beau, temos a eternidade pela frente.

— Tempo é que não falta.

— Preciso falar com Olavo. Ele está no jardim, apreensivo.

— Vá, minha querida. Vou chamar nossa equipe para levá-la daqui. Assim que começar o processo de renascimento, chamaremos você.

Adélia agradeceu e saiu. Caminhou por corredores amplos, claros, e logo estava em um belo jardim. Olavo a esperava, esfregando as mãos, ansioso:

— E então? Ela foi mais suave com Beau?

Adélia balançou a cabeça para os lados.

— Não. A ideia de que raça e etnia são componentes que separam as pessoas ainda é forte no DNA espiritual de Rachel. Beau vai partir para o extremo.

— Ela vai voltar, não?

Adélia fez sim com a cabeça. Olavo pensou um pouco e quis saber:

— Poderia ir junto?

— Como assim?

— Junto com Rachel. Eu falhei com ela como pai.

— Como você mesmo disse a ela, fez o melhor que pôde.

— Não foi bem isso. Eu mais falei para que ela se acalmasse ou mudasse seu jeito arrogante de ser. Eu contribuí para sua derrocada. O objetivo nesta vida era nós dois vivermos juntos, nos tornarmos melhores. Fomos separados de Dorothy e Debora porque assim estava para acontecer. No fundo, me dá uma dor imensa no peito saber que ela vai voltar e, inevitavelmente, sofrer.

— Ilusão é sinônimo de sofrimento — ajuntou Adélia.

— Sim. Sabe, Adélia, ninguém, quando sofre na Terra, é vítima desprotegida ou mesmo inocente. Aprendi, durante o tempo em que aqui estive, que o sofrimento é sempre uma resposta da vida a um ato nosso e uma lição de aperfeiçoamento ao espírito. Se aquele que se perde na maldade, no preconceito, soubesse que teria um dia que pagar a conta apresentada pela vida, sofrer por causa de seus atos, por certo não os praticaria. Rachel precisa de alguém que a ame e a apoie. Eu gostaria de ir, se possível, imediatamente.

— Não sei se será possível, Olavo. Consultarei os responsáveis. O que pretende?

— Voltar no mesmo lar que ela. Ser um irmão mais velho, protetor, que vai auxiliá-la no caminho do bem. Apenas isso.

— Verei o que pode ser feito.

Olavo agradeceu com um sorriso e, antes de ir falar com os superiores, Adélia tocou em seu braço e advertiu, com suavidade na voz:

— Olavo, não se esqueça de que ninguém quer errar, apenas deseja progredir, só que, na maioria das vezes, ignora o melhor caminho e vai errar até encontrá-lo. Faz parte do crescimento de qualquer um de nós.

— Eu quero ir, mesmo que erremos. Dessa vez, irei convicto de que vou fazer algo que vale mesmo a pena.

— E quanto ao seu sentimento por Sílvia?

Os olhos dele brilharam emotivos:

— Para mim o amor é renúncia em favor da felicidade de quem se ama. Sílvia e Ivan merecem viver o amor deles. O que mais me importa, no momento, é a saúde emocional de Rachel. Farei tudo para que ela fique bem.

— Você me comove com tamanha generosidade — tornou Adélia. — Tenho certeza de que agora vão encarar e vencer os desafios. E, se for possível, gostaria de ser sua guia espiritual quando reencarnar.

Olavo não cabia em si de tanto contentamento:

— Será um prazer. Agora vou embora com mais confiança. Obrigado!

E abraçaram-se com imenso carinho.

EPÍLOGO

Um ano depois.

Não podemos esquecer que cada um é responsável por suas escolhas. Não existe vítima, embora todos tenham o poder de mudar. Basta querer. E Maurício tentava, diante das limitações que a vida lhe impusera, mudar sua maneira de ser.

Encarou o fisioterapeuta e rilhou os dentes:

— Não suporto mais fazer este exercício. Não consigo.

— Tente — estimulava o rapaz.

Maurício fez força e, apoiado na barra de ferro, foi-se arrastando até o ponto indicado pelo profissional.

— Está difícil.

— Mais uma vez.

— De que adianta?

— Condicionamento físico. Vamos.

Ele terminou a maratona de exercícios e, ao sentar-se na cadeira, fez um gesto vago com a mão:

— Não sei por que fazer tanto esforço se ficarei eternamente preso a esta cadeira de rodas.

Uma voz feminina se fez ouvir atrás dele:

— Eternamente é muito tempo. Pode ser apenas nesta vida.

Ele sorriu e voltou o rosto.

— Clarice! Só você tem o dom de me animar.

O fisioterapeuta fez uma mesura com a mão e retirou-se. Clarice deu tchau para o rapaz e Maurício fez cara séria:

— Que intimidade é essa com o Beto?

— Fui eu quem o indicou para tratar você, esqueceu?

— Hum. É. Foi.

Ela riu da cara amarrada.

— Bobo. Acha mesmo que eu vou dar sopa para o Beto?

— E por que não?

— Já disse que você é muito importante para mim. Depois do acidente, da morte de Rachel, das confissões de minha mãe, enfim, refleti sobre tantas coisas e não quero mais mentir para mim mesma. Eu gosto muito de você.

Maurício sentiu um tremor pelo corpo.

— Jura? Fala a verdade?

— Claro. Por que mentiria?

— Eu sinto o mesmo, Clarice. Gosto de você. Fiz muita besteira, errei muito. Agora quero ter uma nova vida. Se é que, limitado deste jeito — apontou para o corpo sobre a cadeira —, terei condições de viver bem essa nova vida.

— Você é quem sabe. Com ou sem cadeira, com ou sem perna, você ainda tem cabeça, sente, está vivo! — Ela passou a mão pelo rosto dele. — O que importa é você ter consciência dos atos e querer viver melhor consigo e com os outros ao seu redor.

— Queria viver melhor com toda a minha família.

— Seus pais se sensibilizaram bastante com o acidente. Soraia tem se mostrado ótima mãe. E Paulo, então, nem temos o que dizer. Paizão e amigo.

— É verdade. Meus pais foram maravilhosos. E você tem sido companheira leal e inseparável. Convenceu meus pais para que eu pudesse me mudar para São Paulo e me tratar no hospital em que você trabalha. Tio Ivan e tia Sílvia têm sido como pais para mim, mesmo depois de eu os ter magoado naquela noite trágica.

— Todos eram assim, você é que não os via dessa forma. Estava preso a outros valores e conceitos. Mudou sua maneira de enxergar a vida e, por conseguinte, a maneira de ver seus familiares. Só isso.

— Tio Jamil também se revelou uma pessoa fantástica.

— A vida toda fui muito apegada ao tio Jamil — revelou Clarice. — Quando atingi a maioridade e passei a entender melhor sobre os sentimentos, notei o quanto ele se entristecia por não viver o que queria.

— Você se refere ao relacionamento dele com João Carlos?

— Sim. Ao final da última conversa séria que tiveram, tempos atrás, tio Jamil decidiu batalhar para superar seus medos. Passou a se autoapoiar e, graças a essa mudança positiva em seu comportamento, a relação dele com João Carlos melhorou sobremaneira.

— Depois que vendeu a casa da vó Eustáquia e foi morar com João Carlos, notei o quanto ele modificou o jeito de ser. Para você ver — Maurício estava pensativo —, decidiu que agora quer acompanhar João Carlos em todos os eventos, exposições ao redor do mundo. Está me preparando para assumir o mercado de vez.

— Sente-se pronto para encarar tal responsabilidade?

Os olhos dele brilharam emotivos:

— Estou muito bem comigo mesmo e, tendo você ao meu lado, confesso que tenho forças para me dedicar cem por cento ao trabalho. O mercado vai prosperar ainda mais e vamos ter uma boa vida.

— Só quero que você se sinta bem, Maurício.

— Eu me sinto. Tenho sido tão agraciado pela vida que até Fernando me perdoou pelas besteiras que cometi contra ele. Fui um idiota. Rachel teve razão ao dizer, antes de morrer, que fui um idiota. Mil vezes idiota.

— O passado se foi. Não muda. Apenas podemos aprender com o que não deu certo lá atrás e procurar não repetir os mesmos condicionamentos. Vamos pensar daqui adiante.

Tem mais fisioterapia para fazer. Precisa fortalecer seus braços, criar mais resistência física.

— Estou mais forte. Só perdi os movimentos das pernas. O resto está funcionando...

Maurício ruborizou e Clarice sorriu:

— Sei o que quer dizer. Não perdeu a sensibilidade nas partes íntimas. E, mesmo que tivesse perdido, eu não me importaria — ela falou e o beijou nos lábios, de forma inesperada.

Depois do beijo, ele a encarou, firme:

— A verdade é que eu sempre amei você. Só não sabia. Agora sei. E quero viver ao seu lado.

— Eu também.

— Será que nossa família vai permitir nossa união? Somos primos...

Clarice observou:

— Mas minha mãe e sua mãe são filhas de pais distintos. A mãe de uma se casou com o pai de outra. Somos primos, mas não temos laços sanguíneos. Portanto...

Maurício levou o dedo até os lábios dela:

— Sei. Podemos viver nossa vida. Quer ser minha namorada?

— Só isso? — ela riu.

— Por ora. Depois, quem sabe...

A festa de bodas de prata de Soraia e Paulo foi realizada no Montanha Clube, na Tijuca. Lugar bonito, repleto de verde, era ideal para receber a grande quantidade de convidados que iriam prestigiar e celebrar os vinte e cinco anos de união do casal.

— Há vinte e cinco anos, quando nos casamos no Uruguai, você tinha me feito esse pedido. Espero que esteja conforme o esperado — disse Paulo, ao entrarem no elegante salão, lindamente decorado para a ocasião.

— Você não esqueceu! — suspirou Soraia, emocionada.

— Jamais me esqueceria. Depois do acidente com nosso filho, sinto que estamos mais unidos. Eu a amo e a amarei por mais vinte e cinco anos, se a vida assim permitir.

Emocionada, Soraia deixou uma lágrima escapar pelo canto do olho, borrando a maquiagem. Apertou delicadamente a mão de Paulo e revelou:

— Temos passado por grandes provações desde o acidente. Mas tudo está se ajeitando e eu adoraria viver ao seu lado tantos anos quanto for possível. — Ela o beijou com carinho e seguiu em direção ao toalete.

Logo em seguida, Fernando e Debora, mãos dadas, caminharam pelo elegante salão e foram até a mesa em que Maurício estava. Desde a época do acidente, não se falavam muito. As notícias de um ou de outro eram transmitidas por Clarice.

Maurício os viu e sentiu leve desconforto. Adoraria cruzar e descruzar as pernas, mas não tinha como. Encarou Fernando e cumprimentou:

— Tudo bem?

— Tudo. Fiquei sabendo que você aceitou o convite de tio Jamil e vai trabalhar no mercado.

— É. Eu me animei. Vou estudar contabilidade e administrar o mercado para ele. É da família. E vou realizar uma função que não precisa das minhas pernas, só da minha cabeça — apontou para a testa.

— É. Isso é.

Debora o beijou no rosto.

— Como foi a vinda para o Rio?

— Viemos de carro. Clarice veio dirigindo. Ela é ótima no volante. Aliás, é ótima em tudo.

— Ela me contou que estão namorando — observou Fernando.

Maurício empalideceu:

— Algum problema? Você vai ficar chateado se a gente ficar junto? Eu não quero criar uma situação constrangedora, primo, desculpe, Fernando. Mas quero provar a vocês que o Maurício que conheciam morreu na noite do acidente. Sou outra pessoa.

— Não precisa provar nada. Sei que ama minha irmã e vai fazê-la feliz. O resto não me importa.

— Verdade?

— Sim. — Fernando encarou Debora e piscou. Tirou dois ingressos do paletó e os entregou para Maurício.

— O que é isso?

— Veja — apontou Fernando.

— Ingressos para o Rock in Rio? Sério?

— Clarice é louca pelo James Taylor. Compramos ingressos para a noite em que ele vai se apresentar.

— Também irão se apresentar Elba Ramalho, Ivan Lins, Gilberto Gil, Al Jarreau e George Benson. Será uma inesquecível noite de janeiro! Imperdível — completou Debora.

Clarice apareceu logo atrás deles:

— Não vou escutar não como resposta.

— Estou deslumbrado, mas como vamos a Jacarepaguá? Assim? — apontou para o próprio corpo.

— A gente empurra a cadeira. Se não der, carregamos você, ora — revelou Fernando.

— Bom, também, se não quiser — rebateu Clarice —, eu posso chamar o Beto, fisioterapeuta. Ele adora o Gilberto Gil.

Maurício meneou a cabeça negativamente:

— De jeito algum! Eu vou, nem que tenha de me arrastar.

— Gostei! — exclamou Fernando.

— Isso mesmo. A cadeira de rodas jamais deverá ser empecilho para você realizar o que deseja. Reaja!

Os quatro se uniram em um afetuoso abraço e Maurício não pôde deixar de conter algumas lágrimas que escorriam pelo canto do olho. Estava emocionado e feliz. Fernando empurrou a cadeira e os quatro foram para o jardim.

Próximo deles, Adélia e Raul conversavam, animados:

— Fiquei sabendo que Rachel está sendo preparada para voltar.

— Sim, Raul. Em breve.

— E quanto a mim? Terei chance, agora, de voltar?

— Depende de você. Está pronto?

Ele olhou para Clarice sentada sobre o colo de Maurício. Sorriu:

— Creio que sim. Nunca tive raiva de Herculano. Jamais o culpei por ter me atropelado e, por consequência, eu ter morrido. Eu não o conhecia e a vida nos juntou em um momento trágico.

— Herculano estava muito preso às ilusões da vida. Reencarnou de forma rápida porque o espírito dele clamava por nova chance e, de certa forma, Soraia estava ligada a ele pela culpa. Foi feito um rearranjo.

— Que, de certa forma, foi produtivo.

— Agora — tornou Adélia, voz amável —, por conta do acidente, em vez de fugir por meio de manipulação, Maurício decidiu enfrentar a verdade, reconheceu que errou, tem condições e pode mudar, portanto, ele vai conseguir rever suas crenças, modificar a postura diante da vida, melhorar a autoestima e tornar-se um indivíduo de bem consigo mesmo. Porque o poder da mudança está nele. Só Maurício tem o poder de fazer isso e acertar as contas consigo mesmo.

— Concordo. E me prontifico a vir como filho. Dele e de Clarice.

— Eu sabia. Estava apenas esperando o seu pedido.

— Vamos agilizar isso?

Adélia fez sim com a cabeça. Antes de irem, passaram por Soraia e Paulo, Sílvia e Ivan, porquanto Alaíde estava intuindo-os com mensagens positivas para que seus espíritos pudessem encarar os desafios com força e coragem.

Em seguida os três espíritos, de mãos dadas, sorriram para Fernando e Debora. Pararam em frente a Maurício e Clarice. Fizeram um círculo em volta do casal e, de olhos fechados, com as mãos espalmadas, irradiaram-lhe energias revigorantes. E foram embora.

Naquele instante, Maurício fechou os olhos e sentiu que seu corpo flutuou até as estrelas. Bem ali, no meio delas, ele podia caminhar e sentir toda a força da vida.

Um minuto depois, respirou fundo, abriu os olhos e percebeu o quanto amava Clarice, amava a vida e a si mesmo, tendo a certeza de que o amor acontece de forma espontânea e vem para cada um de maneira singular.

Maurício sorriu, segurou a mão de Clarice e depois a beijou com delicadeza. Olhou novamente para o alto e, enquanto contemplava o céu estrelado, sentiu-se o homem mais feliz do mundo.

Levamos o livro espírita cada vez mais longe!

Av. Porto Ferreira, 1031 | Parque Iracema
CEP 15809-020 | Catanduva-SP

www.**lumeneditorial**.com.br
www.**boanova**.net

atendimento@lumeneditorial.com.br
boanova@boanova.net

17 3531.4444

17 99257.5523

Siga-nos em nossas redes sociais.

@boanovaed

boanovaeditora

CURTA, COMENTE, COMPARTILHE E SALVE.

utilize #boanovaeditora

Acesse nossa loja

Fale pelo whatsapp